HEYNE

Das Buch

Paulas Märchen scheint wirklich wahr zu werden. Die Hochzeit mit Karlos ist so gut wie beschlossen, wenn er ihr nur endlich einen Heiratsantrag machen würde. Leider gehen diverse Versuche jedes Mal schief, und Paula beginnt an seinen ernsten Absichten zu zweifeln. Weil Paula keine Lust mehr hat, länger zu warten, fragt sie sich, warum es nicht auch einmal andersherum gehen kann!

Aber kann eine Frau wirklich einem Mann einen Heiratsantrag machen? Wird Karlos nicht beleidigt sein? Und was hat sie von der Schwiegermutter zu erwarten, die sie für eine Hochstaplerin und Mitgiftjägerin hält? Die wird doch ganz bestimmt nicht tatenlos zusehen, wie Paula ihren Sohn abschleppt? Tut sie auch nicht, sondern sie bringt Karlos' Ex ins Spiel.

Die Autorinnen

Bianka Minte-König, gebürtige Berlinerin, ist promovierte Literatur- und Medienwissenschaftlerin und lehrt seit 1980 als Professorin an der Fachhochschule Braunschweig. Sie ist Autorin der Bestsellerreihe »Freche Mädchen – Freche Bücher«. Ihre Romane wurden in 21 Sprachen übersetzt, als Hörbücher vertont und verfilmt.

Gwyneth Minte, Jahrgang 1983, schloss ihr Jurastudium mit dem ersten Staatsexamen ab und sammelte Erfahrungen bei Theater, Film und Rundfunk. Sie arbeitet als Hörbuchsprecherin, Schauspielerin und als freie Autorin für verschiedene Verlage.

Weitere Informationen über die Autorinnen und ihre Bücher unter www.biankaminte-koenig.de

Lieferbare Titel

Liebe? Aber klar doch! (1)
Liebe? Immer wieder! (2)
Liebe? Jetzt sofort?! (3)
Liebe? Nur mit dir! (4)

Bianka Minte-König
& Gwyneth Minte

Liebe?
Für immer!

Roman

Wilhelm Heyne Verlag
München

FSC
Mix
Produktgruppe aus vorbildlich bewirtschafteten Wäldern und anderen kontrollierten Herkünften
Zert.-Nr. SGS-COC-1940
www.fsc.org
© 1996 Forest Stewardship Council

Verlagsgruppe Random House
FSC-DEU-0100
Das für dieses Buch verwendete
FSC-zertifizierte Papier *Holmen Book Cream*
liefert Holmen Paper, Hallstavik, Schweden.

Originalausgabe 10/2008

Printed in Germany 2008
Redaktion: Christiane Wirtz
Umschlaggestaltung: init.Büro für Gestaltung, Bielefeld
Satz: KompetenzCenter, Mönchengladbach
Druck und Bindung: GGP Media GmbH, Pößneck
ISBN: 978-3-453-40542-4

www.heyne.de

Für Kirsten, die sich getraut hat!

♡ ♡ ♡

So haben wir nicht gewettet!

Ich glaubte es nicht! Hatte Melli tatsächlich grade ihre Verlobung bekannt gegeben? Ausgerechnet Melli, die sich niemals im Leben an einen Typ binden wollte? Sie, die freie, die unabhängige Künstlerin mit den großen Rosinen im Kopf, was ihre Weltkarriere anging?

Erst traute ich ja meinen Ohren nicht, aber als sie dann auch noch Lars an sich zog und ihn vor allen Partygästen abknutschte, musste ich wohl akzeptieren, dass die Sache besiegelt war. Verlobt! Melli und Lars! Das war ja zum Mäusemelken!

Ich schielte zu Karlos rüber. Eigentlich wäre er doch dran gewesen. Seit Wochen wartete ich auf die erlösende Frage, aber sie kam und kam nicht. Nur meine Freundinnen Alix und Melli nahmen ganz selbstverständlich an, dass er mich heiraten würde. Er selber jedoch hatte darüber so direkt noch nie mit mir gesprochen.

Aber eigentlich war auch ich bis heute davon ausgegangen, dass ich die Erste sein würde, die von uns drei Freundinnen ihren Typ vor den Traualtar schleppte oder von ihm geschleppt wurde, und nun sah es so aus, als würde Melli mir tatsächlich zuvorkommen.

Nein, bei aller Freundschaft, das konnte ich mir nicht bieten lassen.

»Paula, reg dich ab!«, meinte Alix zwar. »Eine Verlobung ist noch keine Hochzeit, und wie ich Melli kenne, wird das auch so schnell keine. Eher eine Art Dauerverlobung. Du kannst sie also locker noch überholen. Ich wette, bei dir bimmeln die Hochzeitsglocken zuerst.«

Nun ja, das war ihre Meinung. Aber verlassen konnte ich mich darauf nicht, denn so schlaff, wie Karlos die Neuigkeit hingenommen hatte, sah es nicht danach aus, als wenn er sich in der Sache wirklich bewegen wollte. Dabei war doch eigentlich alles perfekt. Er hatte das richtige Alter, ich hatte das richtige Alter, er hatte ein gutes Gehalt, ich hatte ebenfalls mein Auskommen im Job. Wir – und das war nicht zu unterschätzen bei einer Heirat – liebten uns, und wir hatten ähnliche Träume und Wünsche im Leben. Selbst ein kleiner Karlos wäre doch drin.

Warum also machte er mir keinen Heiratsantrag? Thomas, mein Exfreund, den ich vor Karlos hatte, der war nicht so. Der hatte auf den Knien vor mir gelegen und mich geradezu angefleht, ihn zu ehelichen.

Ich ging zu Karlos rüber, der sich grade von Justin, unserem einzigen männlichen WG-Mitbewohner, einen seiner merkwürdig kreativen Cocktails mixen ließ. Ich setzte mein bezauberndstes Lächeln auf, trat neben ihn und fragte: »Ist das nicht fabelhaft, Karlos, dass Melli sich verlobt hat? Was hältst du davon, wenn wir eine Doppelhochzeit feiern würden?«

»Wieso? Will Alix auch heiraten?«

Der wollte mich doch veräppeln, oder? So blöd konnte er doch wohl nicht sein.

Also nächster Versuch.

Ich kicherte albern, so als hätte er einen tollen Scherz gemacht, und sagte mit etwas aufgesetzter Fröhlichkeit: »Sehr spaßig! Ich dachte eher an uns, dich und mich.«

Er goss sich seinen Cocktail in einem Zug die Kehle runter, was wohl nicht so wirklich bekömmlich war, denn er sah ein wenig verätzt aus, versuchte aber, sich nichts anmerken zu lassen, und sagte gequält locker: »Geht hier ein Virus um? Scheint ja das reinste Hochzeitsfieber zu herrschen.«

Und damit war die Sache für ihn scheinbar gegessen, und er wandte sich wieder Justin zu, den er erstmal fragte, was er denn für ein Teufelszeug in den Cocktail getan hätte. Unverschämtheit. So ließ ich mich nicht abspeisen. Ich tippte ihm auf die Schulter, und als er sich umdrehte, sagte ich: »Hast du Angst vor Ansteckung? Ich nicht. Ich dachte, wir wären uns in der Hinsicht einig.«

Er grinste, was aber ebenfalls gequält wirkte. »Paula, Süße, das sind wir doch auch.«

»Und worauf warten wir dann noch?«

»Auf die Zustimmung meiner Mutter.«

Es war Melli, die mich auffing, als der Schock mich beinahe zu Boden geworfen hätte.

Er hatte doch eben nicht wirklich gesagt, dass er für einen Heiratsantrag die Genehmigung seiner Mama einholen müsse?

»Doch, hat er, Paula, hat er.«

Melli schleppte mich ins Bad und legte mir einen nassen Waschlappen auf die Stirn.

»Aber das ist doch totaler Blödsinn! Was habe ich mit seiner Mutter zu schaffen?«

Sie war doch nichts anderes als eine aufgeblasene,

neureiche Schnepfe mit völlig überzogenem Standesdünkel!

»Noch hast du nichts mit ihr zu tun, aber über eins musst du dir im Klaren sein: Wenn du Karlos heiratest, wird sie deine Schwiegermutter!«

»Stimmt«, sagte ich zu Melli. »Und weil sie das auf keinen Fall werden will, wird Karlos mir nie einen Heiratsantrag machen.«

Ich schluckte und konnte die Tränen nicht mehr zurückhalten. Ich lief in die Diele, zog meinen Mantel über und warf noch einen letzten Blick auf das muntere Partytreiben in unserer WG.

»Wo willst du hin, Paula?«, fragte Melli verwirrt.

»Ich ... ich gehe ins Wasser! Grüß Karlos von mir!«

Als ich die Wohnungstür öffnete, rannte ich genau in Frau Waschkowski hinein, die wohl wieder mal gelauscht hatte. Jedenfalls sagte sie: »Dat is keine gute Idee, Fräulein Paula, kommen Se lieber erst mal auf einen Weinbrand mit zu mir.«

Sie zerrte mich trotz Widerrede in ihre Wohnküche, brachte eine Flasche Maria Cron und zwei Wassergläser und goss mir großzügig ein.

»Auf das Leben, Fräulein Paula«, sagte sie. »Und nu erzählen Se mal. Worum geht et denn? Weswegen wollen Se ins Wasser gehen?«

Ich schaute sie eine Weile schweigend an und trank zwei Gläser Maria Cron. Dann kam mir die ganze Situation so absurd vor, dass ich einen regelrechten Lachkrampf bekam.

»Es geht um meine Schwiegermutter«, sagte ich schließlich kichernd. »Meine zukünftige Schwiegermutter. Sie hasst mich, weil ich eine Friseurin bin und nicht aus einer Akademikerfamilie stamme. Ich bin nicht gut genug für ihren feinen Herrn Sohn!«

Frau Waschkowski nickte und sagte: »Dann gehen Se wohl doch besser ins Wasser.«

Der nächste Schluck Weinbrand ätzte meine Kehle runter, und was das Wasser betraf, so schoss es mir erst mal in die Augen. Dann zuckte meine linke Augenbraue fragend nach oben. Das war doch nicht ihr Ernst? Verstand sie das etwa unter Aufmunterung? Anstiftung zum Selbstmord?! Das Untergründige in Frau Waschkowski ließ mich schaudern.

»Aber ... äh ... muss das wirklich sein ... ins Wasser gehen?« Ich dachte an die seltsame Totenmaske aus Gips im Schlafzimmer meiner Großmutter, die von einer unbekannten Schönen stammte, die sich in der Seine ersäuft und auf die Art eine traurige Berühmtheit erlangt hatte. Das wollte ich alles doch gar nicht! Paula ... einsam als Gipsabdruck in kleinbürgerlichen Schlafzimmern an der Wand! Gott bewahre! Wenn schon Schlafzimmer, dann bitte ein großbürgerliches mit riesigem Doppelbett, in dem ich zusammen mit Karlos lag. Und zwar nicht kalt und bleich, sondern erhitzt, atemlos und glücklich, wie es zwei Liebende nach lustvollem Sex eben waren.

Ich seufzte tief bei diesem Gedanken. Was Frau Waschkowski wohl falsch verstand und zum Anlass nahm, mir den nächsten Weinbrand ins Glas und ihre pessimistische Weltsicht ins Gehör zu gießen.

»Ach, wissen Se, Fräulein Paula, gegen solche Standesdünkel kommt man einfach nicht an. Ich weiß, wovon ich spreche, glauben Se mir ruhig. Da lassen Se mal besser die Finger von.«

Ich starrte sie ungläubig an. Was wusste denn Frau

Waschkowski von Männern aus reichem Haus und Schwiegermüttern mit Standesdünkel? Das waren ja ganz und gar unerwartete Töne von unserem Hausdrachen, der uns seit unserem Einzug in dieses Haus nachbarschaftlich terrorisierte. Hm, irgendwie hatte ich sie immer nur als verbitterte ältliche Jungfer wahrgenommen, deren Hauptlebenszweck darin bestand, ihre Mitmenschen zu kontrollieren und mit übertriebenem Ordnungsdenken und Sauberkeitswahn zu nerven. Warum sie so geworden war, wie sie war, und ob möglicherweise eine tragische Liebe dahintersteckte, das hatte mich eigentlich bisher nicht die Bohne interessiert. Tat es jetzt angesichts meiner eigenen Tragik auch nicht wirklich, und so ergriff ich die Flucht, bevor sie mir das Drama ihres Lebens enthüllen konnte.

Mellis Verlobung und Frau Waschkowskis Lebensgeschichte – das war zu viel für mich. Ich sprang also etwas abrupt auf, sofern das nach drei Wassergläsern Maria Cron noch möglich war, und sagte mit schwerer Zunge: »Äh … ja … äh … das Leben ist schon ungerecht … also nicht wirklich … äh … gerecht … also geht mit einem ganz schön mies um, das Karma … manchmal … tut es … wirklich!«

Ich raffte meinen Mantel an mich und wankte in den Flur.

»Vie… vielen Dank … äh … auch für … äh … Ihren … Seelentröster«, stammelte ich dabei. »Hat mir sehr geholfen. Ich … äh … muss dann mal wieder.«

Ich verließ Frau Waschkowskis Wohnung und ging noch eine Runde um den Block. Die Luft war kühl und tat mir gut, nachdem der Alkohol einen ziemlichen Verbrennungsprozess in mir in Gang gesetzt hatte und alle meine Poren reichlich Schweiß absonderten.

Außerdem war mein Kopf komplett zugedröhnt, und die leichte Brise, die mir um die Nase wehte, machte ihn deutlich klarer. Nüchtern war ich dadurch allerdings noch lange nicht. So drehten sich meine Gedanken entsprechend wirr in meinem Gehirn im Kreis, und ich fragte mich immer und immer wieder, warum ausgerechnet ich ständig an Typen geraten musste, die irgendeine Macke hatten? Thomas, meine Jugendliebe, hatte mir zwar einen Heiratsantrag gemacht, war aber im Laufe unserer fünfjährigen Beziehung zu einem wandelnden Karteikasten und zu einer Schlaftablette im Bett mutiert. Bei Karlos hatte endlich mal alles gestimmt: Er hatte gutes Benehmen und regelrecht um mich geworben. Außerdem war er klasse im Bett und hatte einen Superjob als Vorstandsassistent bei einer Bank. Sein Vater war Juraprofessor an der Uni und seine Mutter Hausfrau … eine typische gutbürgerliche Akademikerfamilie. Und genau da begann das Problem. Mit ihm lief alles prima, aber seine Familie weckte immer wieder unglaubliche Minderwertigkeitskomplexe in mir. Und weil das von Anfang an so war, hatte ich mich nicht entblödet, bei meinem ersten Besuch in dem schlossähnlichen Fertighausanwesen, Karlos und seiner Familie vorzuschwindeln, dass ich eine Jurastudentin wäre. Das hatte seinen Vater natürlich total gefreut. Dank eines gründlichen Briefings durch Elke, eine Jurastudentin in fortgeschrittenem Semester, zu der mir Alix den Kontakt vermittelt hatte, kam ich auch ziemlich glaubwürdig rüber. Leider ertappte mich dann Karlos' neugierige Mutter bei der Arbeit im Frisiersalon meiner Mama.

Und weil meine Mutter nicht weniger Standesdünkel hat als die Mutter von Karlos, meinte sie mal wieder die Mutter Courage der Arbeiterklasse spielen zu müssen und ließ meinen Schwindel mit wenigen Sätzen auffliegen.

»Da müssen Sie etwas verwechselt haben«, sagte sie kühl. »Paula studiert nicht. Sie hat sich ganz bewusst gegen ein Studium entschieden und gerade ihre Lehre als Friseurin erfolgreich abgeschlossen. Sie arbeitet auf einer vollen Stelle bei mir im Salon.«

Dass ich nicht heimlich noch ein Jurastudium nebenher absolviert hatte, war dann offensichtlich. So stand ich vor Karlos' Mutter als intrigante Heiratsschwindlerin da, die nicht mal vor so einer haarsträubenden Lüge zurückschreckte, um sich an ihren gut betuchten Sohnemann heranzumachen.

Verabscheuungswürdig!

Ich zog schniefend die Nase hoch, weil mir angesichts dieser deprimierenden Gedanken das Wasser in die Augen geschossen war und nun Tränen und Rotz haltlos flossen.

Es grenzte wirklich an ein Wunder, dass Karlos nach diesem Desaster zu mir gehalten hatte und wir immer noch zusammen waren. Aber ich konnte nicht leugnen, dass seine Mutter unsere Beziehung absolut missbilligte und darum eine ständige, nicht zu unterschätzende Bedrohung darstellte. Es war so sicher wie das Amen in der Kirche, dass sie einen Plan austüftelte, wie sie Karlos und mich auseinanderbringen konnte. Und da Karlos eine ziemlich enge Mutterbindung zu haben schien, war meine Furcht vor ihrem unheilvollen Einfluss auf ihn wohl nicht ganz unbegründet. Da war es doch nur logisch, dass ich Fakten schaffen wollte. Und obwohl ich auch an meine eigene Karriere dachte und das Leben in einer WG nicht zu verachten war, gab ich es unumwunden zu: Ja, ich wollte von Karlos geheiratet werden, und zwar je eher, umso besser!

Nicht, weil ich etwas dagegen hätte, dass Melli mir mit Lars zuvorkam – nein, so albern war ich ja nun auch nicht! –, sondern weil das Singleleben einfach nichts für mich war. Ich war der totale Beziehungstyp. So weit ich zurückdenken konnte, hatte ich seit dem Einsetzen meiner Periode eigentlich immer einen Freund gehabt – okay, manchmal auch mehrere gleichzeitig, was meinen nicht ganz einwandfreien Ruf an der Schule begründet haben mochte.

Aber egal! Darum ging es ja jetzt nicht, sondern darum, dass ich für das Leben in einer Partnerschaft wie geschaffen war. Und Karlos, da war ich mir sicher, war genau der richtige Typ für eine dauerhafte Beziehung. Nicht wegen seines Geldes und seines Sportwagens. Nein, wirklich nicht! Dass er so was besaß, war zwar nicht wirklich diskriminierend, aber doch nicht ausschlaggebend. Auf die inneren Werte kam es an, und davon hatte er ja jede Menge! Er hatte all das, was nach der Statistik heutzutage für eine Frau bei einem Partner zählte: Er war einfühlsam, nicht übermäßig geschwätzig, tolerant und höflich, und was das Wichtigste war: Er war gut und kreativ beim Sex.

Mochten Alix und Melli es auch unemanzipiert finden, gleich heiraten zu wollen, aber Karlos war in jeder Hinsicht ein Griff in den Honigtopf. Und es hatte gar nichts mit dem Eva-Herman-Prinzip zu tun, einen solchen Mann festzuhalten. Nur weil ich gerne heiraten wollte, mutierte ich doch nicht gleich zum

Hausmütterchen mitsamt einem kreischenden Windelpaket. Nein, wenn Karlos mich fragen würde, würde ich sofort Ja sagen. Aber er fragt mich ja nicht! Shit!

Ich war auf meinem planlosen Spaziergang um den Block inzwischen wieder vor unserem grünen Jugendstilhaus in der Jägerstraße angekommen. Die Autos und Roller vor dem Haus waren weg, und auch die meisten Fahrräder waren aus dem Hausflur verschwunden. Wie es schien, war die Party inzwischen zu Ende. Na, denn! Dann ging ich wohl am besten mal wieder nach oben und legte mich schlafen.

Mir war inzwischen ein wenig kalt geworden, und eine bleierne Müdigkeit hatte meine Glieder befallen. Ich hätte mich auf eine Treppenstufe fallen lassen können und wäre garantiert sofort eingepennt. Aber das ging ja nicht, denn Frau Waschkowski hätte bei meinem Anblick am nächsten Morgen sicherlich der Schlag getroffen, und ich hätte es mir völlig mit ihr verdorben.

Also schleppte ich mich ins Dachgeschoss rauf, und als ich mit zitternden Oberschenkeln dort ankam, hatte ich kaum noch die Kraft, meinen Schlüssel ins Schloss zu stecken. Sehr zielgenau waren meine bebenden Finger auch nicht grade. Schließlich schaffte ich es aber doch, die Flurtür zu öffnen. Als ich die Diele betrat, umfing mich dunkle Stille. Die Party war tatsächlich vorbei. Ein wenig kränkte es mich schon, dass sich offensichtlich niemand Sorgen um mich gemacht hatte. Jedenfalls war mir niemand nachgelaufen, um mich vom Gang ins tödliche Nass abzuhalten.

Na gut, eigentlich hatte ja auch nur Melli meinen

Abgang mitgekriegt, und die hatte meinen Spruch garantiert nicht ernst genommen. Sie gab ja selbst ständig so ein krauses Zeug von sich, ohne es wirklich zu meinen. Aber Karlos … dem hätte doch meine Abwesenheit auffallen müssen, und er hätte über mein Verschwinden besorgt sein können. Also, ich wäre ja schier wahnsinnig geworden an seiner Stelle, wenn mir so etwas passiert wäre. Mitten in der Nacht, die Freundin weggelaufen! Hatte der denn gar nichts kapiert? Begriff er nicht, dass meine Flucht von der Party ein Hilfeschrei war – ausschließlich an ihn gerichtet?!

Kein Mensch in meinem Freundeskreis schien mir offenbar einen spontanen Gang ins Wasser zuzutrauen. *Das täte doch jemand wie Paula nicht, die ist doch viel zu bodenständig und vernünftig. Das könnte sie außerdem ihren Freunden nicht antun. Dazu kennen wir die treue Seele zu gut! Die hat ja so gar keinen Hang zu Exzessen!*

Und wenn doch? Wenn ich nun doch einen versteckten Hang dazu hätte, der ganz plötzlich durchbrach, wenn ich mich verarscht fühlte? Das war doch wirklich Verarsche, wenn Melli, die ihr Leben lang frei und ungebunden sein wollte, sich auf eine Verlobung mit Lars einließ, und mein Karlos, mit dem ich den Ehehafen ansteuerte, mir erklärte, dass er erst mal die Genehmigung seiner Mutter dafür einholen müsste.

Die Galle stieg mir erneut hoch, und ich hätte die WG am liebsten sofort wieder verlassen, um meinen unvollendeten Selbstmord doch noch durchzuziehen und mich vor die Schwebebahn zu werfen. Leider lagen mir die lang ausgestreckten Beine eines Kerls im Weg, der in der Wohndiele in Alix' Lieblingssessel von der AWO hing und leise vor sich hin schnarchte. Ich stolperte, fing mich wieder und hatte vergessen, was ich eigentlich tun wollte.

War hier ein Asyl? Wer war das überhaupt? Einer von Mellis Künstlerkumpels von der Kunsthochschule, vermutlich bis zur Halskrause zugekifft? Er reagierte gar nicht auf den Zusammenstoß und wachte auch nicht auf, als ich einige Bierflaschen umstieß, die mitten im Flur standen. Alle Gäste waren verschwunden, und auch von meinen Freundinnen gab es keine Spur. Alix lag sicherlich von Justins Cocktails hingemäht in ihrem Zimmer, und die frisch Verlobten, Melli und Lars, waren wohl inzwischen zur privaten Verlobungsfeier übergegangen und hatten sich entweder in Mellis Atelier verbarrikadiert oder waren mit dem Taxi in Lars' schickes Apartment gedüst.

Wieder versetzte mir der Gedanke an Mellis Spontanverlobung einen schmerzhaften Stich in die Brust. Und obwohl ich einer Freundin ja nur das Beste gönnte, war das irgendwie nicht gerecht. Wo sie doch ganz gut ohne feste Bindung ihr freigeistiges Leben leben konnte, ich hingegen nun mal für Ehe und Kinder gemacht war. War ich doch! Und was ist daran nicht in Ordnung und konservativ? Irgendwer musste schließlich für die Rentenzahler der Zukunft sorgen.

Nein, aber das war es ja gar nicht, was mich zu Karlos trieb. Ich war eben ein Mensch, der gerne klare Verhältnisse hatte. Außerdem fand ich, dass im Moment einfach wirklich alles passte, um die Ehe zu wagen.

Ich seufzte tief. Aber leider gehörten ja zwei dazu, und so wie ich Karlos einschätzte, hatte er nach meinen unüberlegten Worten garantiert Muffe bekommen und war Hals über Kopf davongestürzt. In seine eigene Wohnung oder vielleicht sogar direkt heim zu Mama. So ein Mist! Und dabei liebte ich ihn doch!

Ich warf noch routinemäßig einen Blick in die Küche. Seit Melli dort mal sämtliche Herdplatten und den Wasserhahn angelassen hatte, war das auch ratsam. Es herrschte zwar ein heilloses Durcheinander, aber wasser- und energietechnisch schien alles okay zu sein. Ich schloss leise wieder die Tür, stieg über ein paar komatöse Gestalten am Boden zum Badezimmer hinüber und ließ dort erst mal ordentlich Maria Cron ab. Dann tastete ich mich im Dämmerlicht zu meinem Zimmer vor und schlüpfte erleichtert hinein.

Ach, es ging doch nichts über ein privates Refugium, wo man seinen Liebesschmerz in ein weiches Kuschelkissen weinen konnte. Ganz tief verborgen in meinem Inneren hatte ich zwar noch die Hoffnung, dass Karlos sich vielleicht, angeduselt von Justins Cocktails, auf mein Bett geschmissen haben könnte, um dort auf meine Rückkehr zu warten, aber ich hoffte vergebens. Denn als ich im Dunkeln vorsichtig über das Bett tastete, um ihn im Falle des Falles nicht zu wecken, war da nichts. Kein Karlos. Meine Hoffnung zerplatzte wie eine Kaugummiblase.

Frustriert ging ich um mein Diwanbett herum und semmelte mich fast auf die Nase. Verdammt, wer hatte denn da seine Klamotten vor mein Bett geschmissen! Oder lag da etwa der Köter von Alix' Bruder? Putzi, dieses Monstrum von einem Hund!?

Ich starrte ins Dunkel. Von den Umrissen her könnte es gut sein. Auch das noch! Ich schaltete die Nachttischlampe ein und glaubte meinen Augen nicht zu trauen. Was zum Henker war das? Ach, du liebes Lieschen! Beim zweiten Hinsehen war die Überraschung perfekt. Vor mir auf dem Boden, am Fußende meines Bettes lag niemand anders als – Karlos.

Zusammengerollt wie ein Baby schlummerte er auf meinem indischen Teppich, umklammerte mein Nachthemd und nuckelte selig an einem seiner Ärmel.

Ich schluckte. Diesen Anblick musste ich erst mal verdauen. Ein glucksendes Kichern kollerte leise meine Kehle rauf und runter. Was für eine witzige Situation! Und so eine liebe Überraschung. Ich war ihm also doch nicht gleichgültig. Er hatte tatsächlich hier auf mich gewartet. Und, Himmel – was sah er süß aus! Unglaublich süß und kuschelig.

Ich musste grinsen. Nach Justins Mördercocktails hatte es Karlos garantiert die Birne weggefegt, und er war bestimmt total hinüber gewesen, als er in mein Zimmer taperte. Sonst hätte er es doch wenigstens noch bis zum Bett geschafft. Nichts gegen meinen schönen Teppich, aber mein Bett war doch wirklich gemütlicher. Ich stupste ihn vorsichtig an.

»Hey, Karlos, wach auf, komm ins Bett.«

Keine Bewegung. Der war im absoluten Tiefschlaf, um nicht zu sagen im Koma. Kurz entschlossen zog ich meine Bettdecke vom Bett und deckte Karlos damit fürsorglich zu. Der sollte sich ja schließlich keinen Schnupfen holen bei mir.

Dann zog ich meine Schuhe aus, pellte mich aus der Jeans, löschte das Licht und schlüpfte zu ihm unter die Decke. Seufzend kuschelte ich mich an ihn. Er war warm, seine starken Muskeln weich und völlig relaxt, und er roch reichlich nach Alk. Nicht wirklich unangenehm, irgendwie süßlich betörend wie ein exotischer Cocktail. Da lief mir ja direkt das Wasser im Mund zusammen.

Halt an dich, Paula!, ermahnte ich mich und drückte ihm nur einen ganz züchtigen kleinen Schmatzer auf die Wange. Mehr wäre auch verschwendet gewesen, denn er nahm offensichtlich überhaupt nichts mehr wahr. Ich bettete meinen Kopf in seine Armbeuge, fand die Mischung aus Achselschweiß und Tropencocktail sehr erotisierend und legte seinen Arm um mich. Ganz mechanisch schob er seine Hand unter mein Top und ließ sie auf meiner Brust liegen. Ich schloss die Augen, atmete seine Nähe ein und dachte, dass wir das alles schon hinkriegen würden. Paula und Karlos, das war ganz klar eine Zukunftsoption! Glücklich schlief ich ein.

»Wie, in aller Herrgottsnamen, hast du es angestellt?«

Ich saß mit Melli und einer reichlich lädierten Alix am Küchentisch bei einem sehr späten Frühstück. Nachdem Alix von ihrem nächtlichen Abenteuer mit Neville, Jean-Pauls überraschender Rückkehr und ihrer Versöhnung berichtet hatte und wir sie ausführlich bedauert hatten, wollte ich von Melli wissen, wie es ihr gelungen war, dass Lars sich mit ihr verloben wollte. Ausgerechnet er, der notorischste Junggeselle der Stadt und King des One-Night-Stand. Obwohl er ja in letzter Zeit in der Beziehung mit Melli richtig zahm geworden war und man – abgesehen von einem Anfangsverdacht in Sachen Jacqueline Niederstrasser – nicht mal behaupten konnte, dass er heimlich irgendwo wilderte. Aber, na ja, das Herz ist ein einsamer Jäger …

Ups, hatte ich das laut gesagt? Offenbar ja, denn

Melli wirkte total empört, als sie sagte: »Lars ist kein einsamer Jäger, und sein Herz gehört mir, sonst hätte er ja wohl kaum um meine Hand angehalten!«

»Äh … ja … äh … nein! Du verstehst das völlig falsch! Ich wollte ja nicht damit sagen, dass er doch noch irgendwo …«

Alix fiel mir ins Wort, ehe ich noch mehr Porzellan zerschlagen konnte. Gott, war ich heute mal wieder ein psychologisches Trampeltier. Ich wollte Melli doch nicht verletzen. Sie sollte mir doch nur sagen, wie sie Lars zu diesem Heiratsantrag gebracht hatte. Mein eigener Versuch in der frühen Morgenstunde war wieder einmal kläglich gescheitert beziehungsweise hatte gar nicht erst stattgefunden.

Als Karlos nämlich auf dem Teppich vor meinem Bett aufwachte, lag ich offenbar noch tief im Maria-Cron-Koma und bemerkte nichts von dem, was um mich herum geschah. Erst der Kaffeeduft aus der Küche, der meine Nase umschmeichelte, weckte meine Lebensgeister. Aber da war Karlos längst über alle Berge.

Nur einen schnöden Zettel hatte er auf meinem Schreibtisch hinterlassen, auf dem schlicht und ergreifend stand: *Hab total Kopfschmerzen! Justin hat mich garantiert vergiftet. Hau ihm von mir eins aufs Maul. Muss ins Büro. Rufe später an. Kuss Karlos!*

Also mal wieder eine Chance auf einen Heiratsantrag verpasst.

»Ich glaube, du solltest das etwas lockerer angehen«, meinte Melli grade und unterbrach damit meine Gedanken. »Ich habe gar nichts gemacht und bin jetzt trotzdem verlobt. Vermutlich verschreckt es Männer, wenn man zu oft vom Heiraten spricht.«

»Ich spreche nicht *zu oft* vom Heiraten!«, schnappte ich. Sie tat ja grade so, als wenn ich Karlos hinterherlaufen würde. Hm, na ja ... aber nein, das tat ich ja nun doch nicht. Nur weil er mir nicht egal war und ich wirklich gerne mit ihm verheiratet sein würde, hieß das ja noch nicht, dass ich ihm nachlief. Und manchen Männern konnte man eben nicht oft genug sagen, dass man geheiratet werden wollte, sonst kapierten die das doch nie!

»Aber so einer ist Karlos doch gar nicht«, meinte nun auch Alix. »Und du bist doch auch erst vierundzwanzig und hast noch jede Menge Zeit, um zu heiraten. Warum diese Eile?« Das konnte sie offenbar wirklich nicht verstehen. »Ich finde eine Beziehung okay, aber eine Ehe? Nee, das muss man sich doch heutzutage nicht mehr antun!«

»Ich will es mir aber antun!«, jaulte ich gequält auf. Warum begriffen meine Freundinnen nicht, dass eine Hochzeit das ultimativ Romantischste auf der Welt war?

»Sag bloß nicht, dass du nur wegen der Hochzeitsfeier heiraten willst!«, meinte Alix und sah mich misstrauisch an.

Sie kannte mich seit meiner Grundschulzeit und wusste darum auch, wie schrecklich romantisch ich veranlagt war. »Völlig verkorkst«, sagte sie zwar immer, und: »Hast wohl zu viele Schundromane gelesen!«, aber letztlich hatte sie es wohl akzeptiert, dass mein Kopf und mein Herz etwas anders gepolt waren. Eben auf Romantik geeicht.

Und Karlos war genau der Typ, der in mein Beuteschema passte. Wie der tagelang unauffällig im Irish Pub gesessen und meine Karaokeauftritte beobachtet hatte und dann mit mir schließlich dieses Duett von Nicole Kidman und Robbie Williams gesungen hatte … Ich seufzte bei dem Gedanken daran. Das war Romantik pur gewesen.

And than I go and spoil it all by saying something stupid like I love you.

Oh, mein Gott, Karlos, wie habe ich dich dafür geliebt, dass du dich für mich so blamiert hast! Danach lag der blamable Part eher bei mir. Schwamm drüber!

»Ich finde eine Hochzeit schön«, sagte ich lahm auf Alix' Einwurf. »Wenn zwei Menschen sich lieben und heiraten wollen, dann ist so eine Hochzeit doch ein wunderbares Erlebnis und eine Gelegenheit, die ganze Welt an ihrem Glück teilhaben zu lassen.«

Alix sah mich skeptisch an. »Und das willst du also auch … die ganze Welt an deinem Glück teilhaben lassen?« Sie tippte sich gegen die Stirn. »Sag mal, drehst du eigentlich am Rad? Eine Hochzeit ist etwas ganz Persönliches zwischen zwei Menschen, da muss nicht die ganze Welt dran teilnehmen!«

»Dann eben die halbe oder ein Viertel, auf jeden Fall alle Verwandten und Freunde. So eine Freude muss man doch teilen!« Sie verstand mich ebenso wenig wie Melli.

»Hoffentlich kommt Lars nicht auch auf so eine Idee.«

»Doch! Soll er!«, jauchzte ich hektisch auf. »Dann können wir ja vielleicht sogar eine Doppelhochzeit feiern!« Was für eine geniale Idee! Von der Melli aber gar nichts hielt.

»Paula, ich habe dir schon mal gesagt, Lars will mich heiraten, aber ich habe nicht gesagt, dass ich *ihn* heiraten will. Ich habe dazu, ehrlich gesagt, noch gar keine richtige Meinung. Eine Verlobungszeit ist ja auch dazu da, um sich noch einmal eine Frist zum Nachdenken zu geben, und Lars wird sich auf eine lange Verlobungszeit einstellen müssen. Ich brauche nämlich noch jede Menge Bedenkzeit. Schließlich arbeite ich an meiner Karriere als Malerin, und das hat erst mal absolute Priorität.«

»Schön und gut«, sagte ich, »das kann ich in deinem Fall ja auch nachvollziehen. Aber sagt mir doch, wo ich noch Karriere machen soll? Meine Endstation ist entweder die Maskenbildnerei des Staatstheaters oder der Frisiersalon meiner Mutter. Insbesondere der Frisiersalon läuft mir nicht weg. Da kann ich immer wieder anfangen, auch nach einer Familienphase.«

»*Familienphase?!*«, riefen Melli und Alix gleichzeitig, und es klang alarmiert.

»Bist du schwanger?!«

Die nun wieder!

»Quatsch! Aber was nicht ist, kann ja noch werden.«

»Du willst dich von Karlos schwängern lassen, damit er dich heiratet?«, fragte Alix empört.

»Nein, natürlich nicht! Wofür hältst du mich? Ich bin doch keine Erpresserin!«

Vielleicht hatte ich mal ein bisschen in Bezug auf meinen Beruf geschwindelt, aber einen Mann auf die Art in die Ehe zu zerren, hatte ich ja nun auch nicht nötig. Im Übrigen widersprach es natürlich auch Anstand und Sitte.

»Aber ich stelle es mir sehr schön vor, Kinder von Karlos zu haben und sie großzuziehen. Das macht sicherlich mehr Spaß, als in Mamas Frisiersalon pekige

Haarschöpfe zu waschen und zu föhnen. Ihr habt ja nicht so eine beschissene Berufsperspektive wie ich. Wusstet ihr, dass Friseurinnen mit an unterster Stelle der deutschen Gehaltsskala rangieren?«

»Mensch, Paula, Geld ist nicht alles. Was soll ich denn dazu sagen? Freie Malerei ernährt eine Frau auch nicht wirklich. Aber was zählt, ist die Befriedigung, die du aus deiner Arbeit ziehst. Ich dachte, du hast jetzt deinen Traumjob beim Theater.«

»Hatte, Melli! Ich *hatte* diesen Traumjob. Diese Spielzeit ist bald vorbei, und das Musical *Hair* wird nicht in die nächste übernommen. Das heißt, die brauchen auch keine zusätzliche Friseurin mehr am Theater.«

»Sie haben dir gekündigt?«, fragte Alix mitleidig.

Ich schüttelte den Kopf. »Nee, nicht direkt, das brauchen sie auch gar nicht, weil ich eh nur einen Vertrag für diese Spielzeit habe.«

»Und es gibt keine Chance auf Verlängerung?«

»Muss Justin dann auch gehen?«, fragte Melli, und ich war mir nicht sicher, ob da nicht eine unterschwellige Freude darüber in ihren Augen aufblitzte. Wenn ja, dann freute sie sich jedenfalls zu früh.

»Der hat seine Vertragsverlängerung schon in der Tasche. Sie haben ihn für zwei Jahre ins feste Ensemble übernommen. Er ist ja auch wirklich gut gewesen.«

»Aber du bist auch gut. Die Frisuren waren gigantisch! Wieso übernehmen die dich nicht auch?«, fragte Melli empört.

Das wusste ich auch nicht. »Es gibt offenbar keine freie Stelle. Da kann man nichts machen. Theater sind Staatsbetriebe, die haben einen festen Stellenplan, und da passe ich wohl nicht rein. Schade, aber nicht zu ändern.«

»Und dann willst du wirklich wieder bei deiner Mutter im Salon anfangen?« Das schien Melli gar nicht zu gefallen.

Mir gefiel es ja auch nicht, und deswegen fand ich eine Heirat mit Karlos und den Job als Hausfrau und Mutter sehr viel verlockender.

»Das ist nicht konservativ, sondern attraktiv«, meinte ich erklärend. »Sehr viel attraktiver als Hartz IV oder fettige Haare zu waschen.«

Das sahen Melli und Alix nun offenbar auch ein.

»Also, wenn du Karlos wirklich und unbedingt und für immer und ewig heiraten willst, dann muss das wohl so sein«, meinte Alix abschließend. »Ich glaube, ich leg mich jetzt erst mal wieder hin. Der Arzt hat mir ja Bettruhe verordnet, und ich will mich noch etwas erholen, solange Jean-Paul seinen Jetlag ausschläft. So ein Flug von der Westküste der USA hierher ist schon ziemlich anstrengend. Aber wenn wir irgendwas in der Sache für dich tun können, sag es. Kleinigkeiten dauern etwas länger, aber Wunder erledigen wir sofort.«

Ich musste nun grinsen, weil sie beide total hilfsbereit wirkten, so als wollten sie gleich persönlich losziehen, Karlos mit dem Lasso einfangen und vor meine Füße schleifen, damit er mir sofort und ohne Fluchtmöglichkeit einen Heiratsantrag machte. Aber so wollte ich es nun auch nicht. Das musste schon auf freiwilliger Basis passieren. Daher winkte ich lächelnd ab und sagte: »Wirklich sehr lieb, aber ich kriege das schon hin.«

»Aber wenn du doch Hilfe brauchst, dann melde dich unbedingt. Du weißt doch, Freundinnen müssen zusammenhalten: eine für alle, alle für eine!«

Lachend schlugen wir die Pfoten ab.

In dem Moment kam Justin in die Küche. »Aha, mal wieder eine Weiberverschwörung«, sagte er ironisch.

»Genau«, stimmte Melli ihm zu. »Deswegen wirst du auch nichts darüber erfahren.«

Da Justin notorisch neugierig war, wurmte ihn Mellis Statement natürlich, und so sagte er muffig: »Dann kriegt ihr auch keine Spiegeleier.«

Melli musterte ihn abschätzig von Kopf bis Fuß. »Was hast du gesagt? Du willst uns deine Eier vorenthalten? Wie schade! Äh … Hast du überhaupt welche? Ich sehe nichts. Wo hast du sie denn versteckt?«

Ich musste nun auch kichern, denn Justin stand jetzt doch reichlich verlegen in seinen labbrigen Boxershorts in der Küchentür.

»Ach, leckt mich!«, sagte er schließlich und verschwand beleidigt.

Hm, wenn der genauso viele von seinen Cocktails getrunken hatte wie Karlos, dann platzte ihm heute Morgen bestimmt auch der Kopf. Anders konnte ich mir nicht erklären, dass er so wenig schlagfertig auf Melli reagiert hatte. Von ihr ließ er sich doch sonst nicht die Butter vom Brot nehmen, und die Wortgefechte, die die beiden sich so lieferten, hatten geradezu Kultstatus in unserem WG-Leben. Er war heute bestimmt nicht gut drauf. Nicht mal, als Melli ihm hinterherrief: »Ich bin verlobt, du musst es dir schon selber machen!«, reagierte er.

»Lass ihn, Melli«, nahm ich ihn daher ein bisschen in Schutz. »Der leidet noch unter den Nachwirkungen der Party.«

Melli stand auf und stellte ihren Kaffeepot in die

Spüle, damit ich ihn nachher wieder abwaschen konnte.

»Und ich leide immer noch unter den Nachwirkungen seines Einzugs in diese WG. Hattest du nicht gesagt, er bleibt nur diese Spielzeit?«

Hatte ich, aber was sprach dagegen, dass er länger blieb? Ich fand, dass er ein sehr angenehmer Mitbewohner war, der auch noch hervorragend kochte.

Aber das zählte für Melli nicht. »Wenn du heiratest und ausziehst, fliegt er«, sagte sie reichlich aggro, was Alix sofort zu der Bemerkung veranlasste, dass sie dabei ja wohl auch noch ein Wörtchen mitzureden hätte.

»Sag nur, dich hat der Typ auch schon um den kleinen Finger gewickelt?«, pampte Melli sie an.

»Leute, hört auf!« Ich musste nun eingreifen, ehe noch ein Zickenkrieg ausbrach. »Das Thema steht überhaupt noch nicht zur Debatte. Und wir sind auch heute Morgen angesichts des Restalkohols in unserem Blut nicht wirklich in der Lage, das auszudiskutieren.«

»Ich schon!«, zickte Melli weiter.

»Nein, du auch nicht!«, sagte ich unnachgiebig. »Ihr könntet mir auch sehr viel mehr helfen, wenn ihr euch mal überlegen würdet, wie ich Karlos möglichst unauffällig klarmachen kann, was ich von ihm will.«

»Machen wir«, sagte Alix und stand auf, und auch Melli schickte sich an, in ihr Atelier zu gehen. Ich spürte plötzlich wieder diese bleierne Müdigkeit in mir.

»Ich leg mich auch noch mal hin«, sagte ich gähnend und machte nun selber den Abflug. Sollte doch Geschirr abwaschen, wer wollte! War ich die Putze vom Dienst?

Meine Herren, heute sehen Sie mich Gläser abwaschen, und ich mache das Bett für jeden …

Mitnichten! Wenn Bett, dann machte ich mir mein eigenes, und zwar ganz kuschelig. Es wurde Zeit, dass meine Freundinnen endlich lernten, selbst etwas Ordnung zu halten. Wenn ich Karlos heiratete und auszog, mussten sie ja auch ohne mich zurechtkommen.

Als ich mich auf mein schönes großes Bett legte und versonnen die Tarotkarte betrachtete, die Melli mir über das Kopfende gemalt hatte, da wurde mir ganz plötzlich klar, dass eine Heirat ja bedeutete, dass ich das alles hier aufgeben musste: das WG-Leben mit meinen Freundinnen, Justins Kocherei, die gemeinsamen Abende in der Wohndiele, die Gespräche über Frauenthemen und Gott und die Welt, die Fernsehabende mit unseren Lieblingsserien, Mellis Farbgerüche, Alix' Abenteuerlust, Yogi-Tee und Wasserpfeife, die Seancen mit meinen Tarotkarten, das gemeinsame Lachen und Weinen, Glücklichsein und Unglücklichsein, unsere Freundschaft mit allen Facetten, Höhen und Tiefen …

War ein Mann das wirklich wert?

Als ich die Augen noch einmal schloss, da wünschte ich mir, dass Karlos sich mit seinem Heiratsantrag doch noch etwas Zeit lassen würde. Man musste so etwas ja nicht überstürzen.

♡ ♡ ♡

So wirklich wusste eine Frau ja nie, was im Kopf eines Mannes vorging. Also jedenfalls fiel ich an diesem Abend mehrmals aus allen Wolken auf den Boden irgendwelcher Tatsachen, die mich entweder verstörten oder doch zumindest irritierten.

Eine Einladung von Karlos zu einem Abendessen war zunächst ja noch nicht ungewöhnlich, an einem Freitagabend sogar relativ normal, um nicht zu sagen, ein gern gepflegtes Ritual. Dass es ein, wie er es ausdrückte, »Fischlokal« sein würde, störte mich auch nicht direkt, denn ich mochte gerne Fisch, und am Freitag Fisch zu essen, sollte ja schon deswegen gut sein, weil er am Donnerstag frisch von der Küste mit dem Nordseeexpress geliefert wurde. Meine grundkatholische Seele fand es ebenfalls okay, da man ja bekanntlich am Freitag zum Lobe des Herrn kein Fleisch essen sollte. Also alles bestens.

Ich kleidete mich fischrestaurantmäßig in einen engen Rock, dazu ein mit Paillettenschuppen besetztes, silbrig schimmerndes Top und wand mir algengleiche grüne Bänder ins Haar. Voll die kleine Meerjungfrau! Natürlich nur dezent, war ja nicht Weiberfastnacht. Sandaletten mit hohen Absätzen waren natürlich Pflicht zum engen Rock, und so wühlte ich so lange in meinem Schrank herum, bis ich die Edelteile vom letzten Sommer-Outlet-Shopping endlich wiedergefunden hatte.

»Na, Leute? Wie sehe ich aus?«

Ich posierte topmodelreif vor Alix und Melli, die in der Wohndiele vor der Glotze hockten und unsere Lieblingssoap ansahen.

»Cool«, entschlüpfte es Alix, der es sichtlich besser zu gehen schien, geradezu begeistert. »Wirklich ganz toll. Wo geht es denn hin?«

»Unser übliches Freitagabendessen. Karlos wollte heute mal in Fisch machen.«

»Fisch essen?«, fragte Melli. »Wo denn?«

Sie ging mit Lars, der ein echter Genießer war, ebenfalls häufig essen, und da er mindestens in der gleichen Gehaltsliga spielte wie Karlos, verkehrte er auch immer in ganz angesagten und ausgefallenen Lokalen. So kannte Melli sich mittlerweile in der Restaurantszene sehr gut aus.

»Keine Ahnung. Er hat nur Fisch gesagt, mehr nicht.«

»Wie geheimnisvoll«, meinte Alix und zwinkerte mir auf eine Art zu, die wohl viel sagend sein sollte, aber anzüglich rüberkam. So als hätte sie gesagt: Wenn der mal nicht was Spezielles plant.

»Wenn der mal nicht was Spezielles plant«, schob sie tatsächlich noch nach. Dabei hatte ich sie auch so schon verstanden. Also stellte ich mich dumm.

»Was Spezielles? Meinst du, er hat das Essen schon vorbestellt? Gegrillten Hai am Spieß oder Rochen sautiert mit aufgerollten Flügeln an Kaviarmousse?«

Melli kicherte. »Na, da könnt ihr ja eigentlich nur ins *Finesse* gehen. Das ist das beste Fischrestaurant im Ort und hat sogar eine Kochmütze.«

»Ich meine doch nicht das Essen«, versuchte Alix sich klarer auszudrücken. »Ich dachte mehr an etwas Persönliches …«

Sie ließ den Satz offen, und es war mir klar, dass sie genau wie ich daran dachte, dass so ein romantisches Essen ja eine gute Gelegenheit wäre, endlich die Gretchenfrage zu stellen.

»Vielleicht will er dich heute fragen, ob du ihn heiraten willst«, platzte es auch schon aus Alix raus. Die konnte sich nach wie vor nicht zurückhalten, wenn es um mein Liebesleben ging. Sie war nicht nur total neugierig, sondern mischte sich auch ständig ein, weil sie irgendwie dem wahnsinnigen Irrtum unterlag, dass mein Beziehungsleben ohne ihre Hilfe brachlag, nicht funktionierte oder überhaupt nicht existierte.

»Du musst Karlos schließlich auch die Gelegenheit geben, stilvoll um deine Hand anzuhalten. So wie du dir das vorstellst, dass er dir mal eben im Vorbeigehen den Verlobungsring an deinen Finger steckt, das ist doch nicht seine Art. Er ist schon ein Mann mit Stil und einem weltmännischen Background. Der überlegt sich was, der will dich total überraschen. Also, denke ich mal …«

Ich blickte Alix nachdenklich an. Nun ja, sie konnte irgendwie recht haben. Karlos' erste Liebeserklärung beim Karaoke war schon sehr speziell gewesen, um nicht zu sagen mutig, und auf jeden Fall außergewöhnlich. Ein Fischessen war das in meinen Augen eher nicht, und so erwartete ich, im Gegensatz zu Alix, an diesem Abend eigentlich nichts Besonderes. Jedenfalls keine Verlobung.

»Macht euch keine Hoffnungen! Das wird ein ganz stinknormales Dinner. Fisch, Weißwein und Erdbeeren zum Nachtisch. Selbst wenn er mich tatsächlich ins *Finesse* schleppen sollte, gibt es keinen Grund, anzunehmen, dass er mir gerade heute einen Heiratsantrag machen wird.«

»Und warum zäumst du dich dann so auf?«, fragte Melli und traf damit genau ins Schwarze.

Ich merkte, wie ich rot wurde, und stammelte ertappt: »Na ja, wissen kann frau das ja nie genau. Ich möchte halt nicht … unvorbereitet sein, falls … Also besser ist es …«

Die beiden prusteten los, und genau in dem Augenblick betrat Justin die Diele, musterte mich von Kopf bis Fuß mit abschätzigem Blick und meinte dann: »Geil! Wohin, sagst du, gehen wir heute Abend?«

Ich musste lachen und wollte ihm gerade dezent erklären, dass ich schon eine Verabredung mit Karlos hatte, als Melli mir grob zuvorkam: »Paula fliegt mit Karlos zu Wolke sieben. Wo du landen wirst, weiß ich nicht, aber bestimmt nicht in ihrer Nähe. Schleich dich, hier ist eine geschlossene Gesellschaft.«

»Was dagegen, wenn ich die Miete reduziere?«

»Häh?« Melli glotzte ihn verwirrt an.

»Nicht wegen der Beleidigungen, die ich von dir ständig zu hören kriege«, Justin grinste sein attraktives Johnny-Depp-Grinsen, »obwohl das sicherlich auch berechtigt wäre.«

»Weswegen dann?« Melli klang giftig.

»Nun ja, wenn ich bestimmte Räume nicht nutzen darf, dann ist es doch nur logisch, dass ich dafür auch keine Miete zahlen muss.«

»Dann zieh doch gleich aus, wenn es dir nicht passt!«

Oh, nein, nicht schon wieder dieses Thema. Wieso konnte Melli nicht endlich Frieden halten. Justin war ein so netter Kerl und selbst ihr hatte er geholfen, als sie in einer manisch-depressiven Anwandlung fast ihr größtes und erfolgreichstes Gemälde zerstört hätte.

Ich fand sie richtig undankbar, und Justin jetzt so anzufahren, war völlig überzogen.

»Komm rein«, sagte ich also. »Melli hat nur einen Scherz gemacht. Findest du, dass ich für ein Abendessen in einem Fischrestaurant richtig angezogen bin?«

Er grinste. »Ich bin zwar kein Modedesigner, Paula, aber dein Outfit ist göttlich. In diesem engen Rock machst du selbst JLo Konkurrenz. Hammer!«

Na, wenigstens sagte er nichts über meine dicken Möpse, und die Speckröllchen am Bauch hatte er auch einfach dezent übersehen. Komisch eigentlich, dass ein Typ mit so viel Charme und Feingefühl keine Freundin hatte.

Ups, das sollte mir jetzt eigentlich nicht rausrutschen.

Justin lachte. »Paula, du weißt doch, ich liebe nur dich! Und wenn Karlos dir heute wieder keinen Heiratsantrag macht, dann tue ich es!« Er sank theatralisch vor mir auf die Knie und deklamierte: »Angebetete, erhöre mein Flehen! Heirate mich!«

Schauspieler! Aber so witzig er es auch vortrug, es erinnerte mich fatal an die Situation während unserer Einweihungsparty, als sich Thomas volltrunken vor mir auf den Boden schmiss und mich anbettelte, ihn zu ehelichen. Nee, das musste ich nicht noch mal haben.

Ich zog Justin mit den Worten »Lass es gut sein« hoch und flüsterte ihm ins Ohr: »Ich weiß doch, dass du eigentlich Melli liebst.«

Offenbar flüsterte ich nicht leise genug, denn Melli kreischte auf: »Was tut er? Mich lieben? Und du sagst, es gibt keinen Grund, ihn aus der WG zu schmeißen!«

Alix versuchte, sie zu beruhigen. »Melli, das war ein Scherz von Paula!«

War es zwar nicht, aber angesichts von Mellis Reaktion war es wohl besser, mein Statement als Witz zu verkaufen. Meine Güte, reagierte die heute allergisch. Dabei sollte man doch meinen, ihre Verlobung und die Aussicht auf eine eigene Galerie hätten ihre grundsätzliche Stimmungslage tief greifend verbessert. Ich schob Justin aus der Diele und wandte mich wieder Melli zu.

»Ja, war natürlich ein Scherz. Ich gebe ja zu, auch noch ein saublöder. Justin würde sich nie in dich verlieben.«

»Ach, würde er nicht?«, sagte sie schnippisch, weil ihr das nun auch wieder nicht zu passen schien. »Und warum nicht, wenn ich mal fragen darf?«

Meine Herren, jetzt drehte sie aber voll am Rad, und mir wurde das ganze Gezicke langsam zu viel.

»Weil du ständig nur gemein zu ihm bist! Deswegen! Glaubst du, er ist ein Masochist?«

Sie zuckte die Schultern. »Weiß man's?«

Alix stand auf und schob mich aus dem Raum. »Komm, du musst noch ein bisschen was an deinem Make-up verbessern.« Und zu Melli sagte sie: »Hör auf zu kiffen, dann hast du auch wieder den Durchblick. Justin hat es wirklich nicht verdient, dass du so unfreundlich zu ihm bist.«

»Justin hat es nicht verdient ... püh! Er soll es einfach sein lassen, sich ständig in unsere Frauengespräche einzumischen.« Sie stand ebenfalls auf und ging hinüber zu ihrem Atelier im Jugendstilwintergarten unserer Wohnung. »Schönen Abend, Paula, und sieh zu, dass du mit einem Ring am Finger heimkommst!«

Ring am Finger! Die machte mir ja Spaß. So weit kannte ich Karlos immerhin: Wenn er mir jemals einen Heiratsantrag machen wird, dann bestimmt nicht bei einem Fischessen. War ja auch viel zu gefährlich. Schließlich konnte niemand garantieren, dass mir dann nicht vor lauter Überraschung eine Gräte im Hals stecken blieb und der Pastor zu meiner Beerdigung statt zu meiner Trauung kommen musste.

Aber um Melli endlich loszuwerden, nickte ich und sagte mit verbindlichem Lächeln: »Es wird sicher ein schöner Abend. Auch ohne das …«

♡ ♡ ♡

Verliebt, verlobt ...?

Es wurde ein ganz und gar unschöner Abend, obwohl ...

Alles begann völlig harmlos und harmonisch. Karlos rauschte mit seinem Sportwagen in der Jägerstraße vor und malträtierte die Hupe, bis es Frau Waschkowski nicht mehr im Fernsehsessel hielt und sie mir natürlich prompt vor die Füße lief, als ich die Treppe hinuntereilte. Ich bretterte in sie hinein und hätte mich fast schon mit ihr zusammen im Treppenhaus zu Tode gestürzt, als sie in letzter Sekunde unseren Sturz bremste, indem sie sich fest ans Treppengeländer klammerte.

»Fräulein Paula«, keuchte sie Sekunden später und kehrte schon wieder den Hausdrachen heraus, »sagen Se diesem jungen Mann, wenn er noch einmal so ein Hupkonzert anstimmt, wenn ich meine Lieblingsserie gucke, dann landet ein Eimer Wasser in seiner Luxuskarre.« Sie schlurfte in ihre Wohnung zurück und drehte sich in der Tür noch einmal zu mir um.

»Und sagen Se ihm, dat er Se überhaupt nicht verdient hat. Reicher Schnösel!«

Ich konnte wetten, dass sie gleich wieder vor dem Fernseher sitzen und die Flasche Maria Cron ihr garantiert Gesellschaft leisten würde. Schnell sortierte ich mich ein wenig und eilte dann aus dem Haus.

Karlos saß lässig bei lauter Mucke im offenen Cabrio und sah mir erwartungsvoll entgegen. Ich setzte behutsam einen Fuß vor den anderen und stolzierte modelmäßig auf ihn zu. Ich warf die Haare in den Nacken, öffnete leicht und lüstern die Lippen und sah ihn mit einem verschleierten Blick megasinnlich an ...

Na ja, dachte ich jedenfalls. Paula von Teese – sinnlich, sexy, Superweib.

Bei Karlos schien das aber nicht so anzukommen, jedenfalls entschlüsselte er den Code völlig falsch.

»Bist du müde, Paula? Dir fallen ja fast die Augen zu. Sollen wir erst mal irgendwo einen Espresso trinken?«

Ich riss die Lider hoch! Verdammt, wie konnte der mich für eine Schlaftablette halten, wo ich ihn grade nach allen Regeln der Kunst angemacht hatte? Wahrscheinlich war er überarbeitet und müde von seinem Bürotag. Aber gut, ein Espresso vorm Essen konnte ja nicht schaden.

Er stieg aus, öffnete mir galant die Beifahrertür, und ich stieg ein.

»Wo geht es denn hin?«, fragte ich nun doch neugierig.

Er grinste. »Überraschung! Warte es ab.«

Für den Espresso fuhr er aber zuerst mal ins Aquarium. Da gab es eine schicke italienische Kaffeebar, wo wir schon öfters gehockt und fasziniert die Fische beobachtet hatten, die in einem riesigen Bassin vorbeischwammen. Ich saß gerne hier mit ihm. Entsprechend relaxt rührte ich Zucker in meinen Espresso.

»Ich liebe diesen Ort«, sagte ich. »Schau da, ein kleiner Katzenhai!«

Karlos lächelte und wirkte dabei sehr zufrieden. »Ich weiß«, sagte er. »Und darum werden wir heute hier zu Abend essen. Ich habe doch gesagt, es gibt Fisch.«

Wie bitte? »Ich … äh … dachte, auf dem Teller?!«

»Das auch, wenn du willst, aber eigentlich meinte ich mit Fisch das Drumherum.« Er legte Geld auf den Tresen und zog mich vom Hocker. »Komm!«

Durch einen schummrigen Gang schleppte er mich zu einem Fahrstuhl.

»Ist hier ein neues Restaurant eröffnet worden?«, fragte ich entzückt. »Das ist ja toll!«

»So ähnlich«, sagte er geheimnisvoll. »Warte es ab.«

Wir fuhren mit dem Fahrstuhl nach oben, und ich stellte mir ein herrliches Dachrestaurant vor, in dessen Mitte ein großes rundes Bassin mit exotischen Fischen stand. Wie traumhaft! Karlos war und blieb ein Schatz, der mit schlafwandlerischer Sicherheit immer wieder etwas Neues fand, was mir gefiel.

Wir verließen den Fahrstuhl und gingen einen Flur entlang bis zu einer unscheinbaren Tür. Hm, dahinter vermutete ich jetzt aber nicht unbedingt ein First-Class-Restaurant.

Zu Recht. Es war nämlich auch keins dahinter. Ein junger Mann in einem Overall mit dem Emblem des Aquariums öffnete uns.

»Ah, schön, dass Sie da sind, es ist alles bereit. Wir können sofort starten.«

Äh … starten? Womit? Wohin? Ich war irritiert. Wo bitte geht's hier zum Restaurant?

Eine schwere Stahltür wurde geöffnet, und feuchtwarme Luft schlug mir entgegen. Im grellen Licht von Neonröhren starrte ich auf eine Betonwand, an der ein Kranarm befestigt war. Und an diesem Kranarm hing eine Kugel mit mehreren Bullaugen.

Hm, sah aus wie eine Taucherglocke.

Es war eine Taucherglocke und zugleich auch nicht. Oder jedenfalls war es nicht nur eine Taucherglocke, sondern auch ein Restaurant, wie Karlos mir just in diesem Augenblick mit einem triumphierenden Lächeln erklärte. *Unser* Restaurant. Ein Fischrestaurant, wie es fischiger nicht sein konnte.

Ich schluckte. »Äh, du meinst, wir ... äh ... essen in dieser Knutschkugel, äh ... Taucherglocke?«

»Knutschkugel ist gut«, sagte Karlos und nickte. »Gefällt es dir? Dinner for two! Überraschung gelungen?«

Weiß Gott! Die Überraschung war wirklich gelungen. Unter Fischessen hatte ich mir das wirklich nicht vorgestellt.

»Ist es nicht toll, wenn einem die Fische sozusagen beim Essen auf den Teller gucken?!«

Ich schluckte noch mal. »Du ... du willst jetzt aber nicht sagen, dass wir in dieses Ding steigen sollen und dass die uns dann damit ins Wasser schmeißen?«

Karlos lachte, und weil ich mich vor Schreck wohl mal wieder etwas niveaulos ausgedrückt hatte, korrigierte er. »Nicht schmeißen, Paula. Sie werden uns ganz sanft in das große Bassin hinablassen, und dann können wir mitten unter all den schönen Fischen gemütlich dinieren.«

Äh ja, dinieren! Wie dinierte es sich denn wohl, wenn einem der Verwandte von dem, den man grade auf der Gabel hatte, durchs Bullauge vorwurfsvoll anglotzte? Irgendwie war mir schlagartig der Appetit vergangen, aber Karlos, von keinem Zweifel angekränkelt, war derart enthusiastisch bei der Sache, dass ich es nicht übers Herz brachte, ihn zu enttäuschen. So stieg ich also mit ihm in die Taucherglocke, bekam fast einen Kotzanfall, als ich den gedeckten Tisch im schwankenden Inneren sah und ließ mich auf eine der fest installierten Sitzgelegenheiten sinken.

Lieber Gott, dachte ich, wenn das noch eine von dir auferlegte Prüfung vor der Ehe mit Karlos ist, so will ich sie gerne annehmen. Aber danach muss er mir auch endlich einen Heiratsantrag machen. Ich hoffe, das ist okay für dich!

Ich schielte auf die silbernen Hauben, die das Essen abdeckten. Hach, wäre das erhaben, wenn da ein Verlobungsring drunterliegen würde.

Die Einstiegsluke wurde geschlossen, und ich fühlte, wie kalter Schweiß in einer heißen Welle über mich schwappte. Ich weiß auch, dass das eigentlich absurd ist und nicht geht, war aber so. Absurd! Alles!

Karlos hatte sich nun auch gesetzt, und die Taucherglocke begann sich schwankend der Wasseroberfläche des Bassins zu nähern. Als sie diese durchbrach, brach bei mir auch fast was durch. Ich kniff die Pobacken zusammen. Jetzt nur keine Panik!

Hatte ich schon mal erwähnt, dass ich kleine, enge Räume nicht wirklich schätzte? Dass ich lieber Treppen steige als Fahrstuhl fahre und Tunnel und U-Bahnen meide? Ganz sicher habe ich auch schon von meinem Besuch in den Pyramiden von Gizeh berichtet, wo ich nach einigen hundert Metern doch lieber nicht weiter ins Innere vordringen wollte und gegen den hereinschwappenden Menschenstrom anrudern musste, um mich wieder zur Einstiegsluke der Cheopspyramide zurückzukämpfen?

Ich würde gerne wissen, ob das vielleicht schon erste Hinweise auf ein klaustrophobisches Syndrom gewesen waren, auch wenn ich, außer in der Pyramide, noch nie das Gefühl hatte, dass mir jemand die Luft abdrückte und gleichzeitig dabei in den Magen boxte.

Also, jetzt hatte ich dieses Gefühl jedenfalls, und das Essen, das nett auf dem Tisch arrangiert war, verschärfte die Symptomatik eher noch. Wenn ich mich jetzt übergeben musste, wo spie ich denn dann mal hin? Das war ja ganz und gar unpassend, in einer Taucherglocke kotzen zu müssen.

Wir schienen nun unsere Endposition erreicht zu haben, denn die Taucherglocke hörte auf zu sinken.

Für Karlos Anlass genug, eine Medium-Size-Flasche Champagner zu öffnen und in Plastiksektgläser zu entleeren.

»Cheers! Willkommen in Neptuns Reich, meine Nixe!«

Mag sein, dass ich es unter anderen Umständen witzig gefunden hätte, so aber kam sein Statement ziemlich platt rüber. Wer hatte schon Sinn für Humor, wenn ihm ein Teil der Nahrung oben und der andere unten raus wollte, weil er an psychotischem Brechdurchfall litt. *Ich bin kein Star, aber ich will hier raus!*

Ich musste mich zwingen, nicht aufzuspringen und gegen die Wände der Stahlkapsel zu trommeln oder eins der Bullaugen einzuschlagen. Ein natürlich völlig sinnfreier Akt, aber für jemanden in meinem Zustand vermutlich eine ganz normale Reaktion. Wahrscheinlich trug ich diese Furcht vor engen geschlossenen Räumen schon seit frühester Kindheit in mir, weil ich vielleicht mit der Nabelschnur um den Hals im Geburtskanal stecken geblieben war. Saugglockengeburt! Nun kam alles aus meinem Unterbewusstsein wieder hoch. Oh, nein!

Ich starrte panisch an Karlos vorbei auf das Bullauge hinter seinem Rücken, als ein riesiger Hai plötzlich davor auftauchte und sein Maul aufriss. Igitt, ich konnte seinen fauligen Atem förmlich riechen. War natürlich Quatsch, aber dieses aufgerissene Haifischmaul sah wirklich so aus, als würde es nach Verwesung stinken. Karlos schien das anders wahrzunehmen, denn er klopfte sogar noch gegen das Glas des Bullauges, um mit der Bestie zu spielen.

»Reiz ihn nicht noch«, stammelte ich und starrte auf meinen Teller, auf dem ein gegrilltes Haifischsteak lag.

Hallo? Das war doch jetzt aber ein Albtraum, oder? Wer war denn auf so einen makabren Einfall gekommen, Haifisch im Haifischbecken zu servieren? Ich sah Karlos Hilfe suchend an.

»Das ist doch kein Haifisch, oder? Das sieht nur so aus ... Sag, dass es ein aus Tofu gebasteltes Haifischersatzsteak ist!«

Karlos kicherte. »Bei mir kriegst du immer nur das Original, keine Fälschung. Natürlich ist es Hai.«

»Und die Verwandtschaft da draußen? Riechen die das nicht? Die sind doch bestimmt sauer, wenn die das merken, dass wir hier ein Familienmitglied verspeisen.«

Karlos fasste meine Bemerkung als Scherz auf, und weil er ihn offenbar gelungen fand, lachte er wieder. Überhaupt war er außerordentlich heiter, ja, geradezu aufgekratzt ... Was sollte mir das sagen?

Erst mal nichts, denn ich wurde von einem Rochen

abgelenkt, der sich am Bullauge direkt neben mir an der Taucherglocke festklebte. Was sollte das denn werden? Hatte der kein Zuhause? Ich hatte ihn bestimmt nicht eingeladen, mit uns zu speisen.

Apropos speisen: Ich bekam natürlich keinen Bissen runter, was Karlos gar nicht gefiel.

»Schmeckt es dir nicht, Paula?«, fragte er, und es klang ziemlich enttäuscht.

»Äh, doch, ganz großartig … nur … äh … ich glaube, ich esse erst mal den exotischen Früchtetraum.«

Das war zwar eigentlich der Nachtisch, aber die Vorspeise aus mit Saugnäpfen bestückten Tintenfischarmen und das Haifischsteak als Hauptgang waren beide in gleicher Weise inakzeptabel.

Der Rochen löste sich wieder von der Scheibe, und ein Schwarm bunt schillernder Fische einer mir unbekannten Gattung flirrte wie ein Schwarm Schmetterlinge vorbei. Einen kurzen Moment versank ich fasziniert in diesem unglaublich schönen und harmonischen Anblick. Dabei hatte ich das Gefühl, mich in einem wunderschönen Traum zu befinden und schwerelos in den Weiten des Ozeans dahinzutreiben.

Karlos' Stimme riss mich wieder zurück in die Enge der Kapsel. Er hielt eine silbrig glänzende Schachtel in der Hand. »Paula, es gibt etwas, was ich dir schon lange sagen wollte. Ich habe nur nie den richtigen Augenblick dafür erwischt …«

Er erwischte ihn auch diesmal nicht.

In dem Moment, wo er die Schachtel öffnete, kamen mir Erdbeeren, Mangos, Kiwis und Champagner hoch und schossen in einer Fontäne als exotische Früchtebowle aus meinem Mund.

Karlos fiel vor Schreck die Schachtel aus der Hand,

als die ganze Schweinerei auf den Tisch klatschte und das Menü unter sich begrub. Zur Salzsäule erstarrt guckte ich stumm auf dem ganzen Tisch herum, während Karlos sich auf die Knie fallen ließ und hektisch am Boden herumsuchte, weil ihm offenbar das Schächtelchen aus der Hand gerutscht war. Was immer es auch enthielt, im Augenblick interessierte es mich überhaupt nicht. Es sei denn, es wäre ein blitzartig wirkendes Mittel gegen Klaustrophobie oder ihre Begleiterscheinungen in Form von Brechdurchfall gewesen.

Ich hielt mir eine der edlen Stoffservietten vor den Mund und sagte dadurch mit gedämpfter Stimme: »Äh, Karlos, lass doch liegen. Sorg mal lieber dafür, dass die uns hier wieder rausholen.«

Karlos' Kopf tauchte vor einem der Bullaugen auf, durch das grade ein fetter Oktopus zu uns hereinglotzte.

»Da hinter dir ist 'ne Klingel«, sagte er, um dann gleich wieder abzutauchen.

Ich drückte den Knopf, und obwohl ich mich am liebsten einfach mit geschlossenen Augen zurückgelehnt hätte, hielt ich meinen Blick weiter krampfhaft auf den Kraken gerichtet. Das Mistvieh hatte doch nicht etwa gezwinkert? War ich schon im Delirium?

Guck woanders hin!, befahl ich mir, denn wenn ich jetzt die Augen einfach schloss, würde mir garantiert noch übler werden.

Ein Ruck ging durch die Taucherglocke, dann begann sie langsam nach oben zu schweben. Ich hörte Karlos am Boden fluchen.

»Was … was suchst du denn da unten eigentlich?«, fragte ich nun doch etwas irritiert.

»Ach, äh … nichts Besonderes«, hörte ich ihn keuchen.

»Na, dann lass es doch jetzt und hilf mir lieber, heile hier rauszukommen.«

Als wir das Aquarium verließen, sah er irgendwie nicht wirklich fröhlich aus, und so sagte ich: »Danke für diesen außergewöhnlichen Abend. Er wird mir unvergessen bleiben, wie ein kostbares Geschenk.«

»Mir auch«, sagte Karlos. »Genau so.«

♡ ♡ ♡

Wenn eine Sache erst einmal schiefgegangen war, dann war die Wahrscheinlichkeit groß, dass es im Wiederholungsfall auch wieder danebenging, und so weiter und so weiter.

Karlos hatte offenbar beschlossen, mir endlich einen Heiratsantrag zu machen, aber er kriegte ihn einfach nicht rübergeschoben. Vermutlich waren seine Ansprüche an dieses Ereignis einfach derart überzogen, hochgestochen und kitschomantisch, dass es in der Realität schlichtweg nicht funktionieren konnte. Anders konnte ich es mir jedenfalls nicht erklären, wie es zu dem nun beginnenden Chaos kommen konnte.

»Alix, er braucht doch nur zu mir kommen, einen Blumenstrauß und eine Flasche Champagner mitbringen und fragen, ob ich ihn heiraten will. Wo ist das Problem dabei?«

»Nicht romantisch genug!«

»Wieso? Was ist romantischer als ein Heiratsantrag? Man muss dazu doch nicht in die Gondel eines Heißluftballons steigen!«

Das musste man offenbar doch! Karlos jedenfalls war der Ansicht, dass dies ein adäquater Ort dafür war.

Leider kam ich irgendwie an einen Hebel, mit dem man die Brennstoffzufuhr drosselte, und unser Ballon verlor gefährlich an Höhe. Wir konnten froh sein, dass wir mit unserer Gondel nicht auf der Autobahn landeten, sondern nur knapp daneben an einer Kirchturmspitze hängen blieben, von der uns die Männer der freiwilligen Feuerwehr schließlich mit einer Drehleiter herunterholten.

Karlos schenkte ihnen den Champagner und kam auf den eigentlichen Grund unseres Höhenflugs gar nicht mehr zu sprechen. Wie gesagt: einmal daneben, immer daneben. Ich konnte mich wohl auf ein dauerhaftes Dasein als Junggesellin einrichten.

»Einen Mann, der nicht mal einen Heiratsantrag zustande bringt, den kannst du doch in der Wasserpfeife rauchen«, sagte Melli.

Sie klang dabei höchst amüsiert und nahm einen kräftigen Zug. Wir hockten in meinem Zimmer um die Shisha, und ich erzählte von meiner Vermutung, dass die außergewöhnlichen Events, die Karlos in letzter Zeit für uns organisierte, vielleicht vor dem Hintergrund passierten, dass er mir eigentlich einen Heiratsantrag dabei machen wollte.

»Aber dann muss er das auch mal zu Ende bringen«, meinte Alix. »Was ist das denn für ein Loser!«

»Er ist kein Loser!«, protestierte ich, weil ich das ja nun wirklich nicht auf meinem Karlos sitzen lassen konnte. »Er ist halt genauso romantisch wie ich und möchte einfach das ultimative Erlebnis für uns daraus machen.«

Das jedenfalls schien mir die einzige Erklärung für diesen geballten Aufwand zu sein.

»Ja, und dabei bringt er euch dann aus Versehen um, oder was? Außer Spesen nix gewesen!« Alix schüttelte den Kopf und warf ihre blonden langen Haare in den Nacken, was bei ihr immer etwas trotzig wirkte. So auch jetzt, als wollte sie sagen: »Mensch, Mädchen, nun mach dem Typ aber mal Feuer unterm Hintern!« Und genau das sagte sie dann auch.

Es war schon erschreckend, wie gut wir beide uns kannten. Ein ganzes Schülerleben lang hatte unsere Freundschaft gehalten und nun auch schon drei weitere Jahre nach dem Abi. Es war klar, dass Alix nur mein Bestes wollte, und obwohl sie selbst nicht unbedingt fürs Heiraten war, konnte ich mir ihrer Unterstützung sicher sein. Jetzt aber schien sie total angenervt von Karlos' Verhalten zu sein, und auch ich fragte mich, warum er so einen Wirbel machte.

Ich seufzte. Mir war es wirklich egal, wann und wo er um meine Hand anhielt, Hauptsache, er tat es endlich!

»Kennst du das Märchen von diesem Araber, der seine Geliebte erst heiraten wollte, nachdem er für sie das schönste Haus der Welt gebaut hatte?«

Ich schüttelte den Kopf und sah Melli fragend an.

»Er hat so lange daran gebaut, bis er steinalt war, und als es fertig war, starb seine Geliebte, bevor er sie heiraten konnte.«

Ich schluckte. Was wollte sie mir denn damit sagen? Klang ja reichlich makaber.

»Dein Karlos sollte vielleicht ein bisschen weniger nach dem perfekten Heiratsantrag streben, sondern mehr nach dir! Nicht, dass ihr am Ende auch nicht mehr zum Heiraten kommt.«

Alix nahm einen weiteren Zug aus der Wasserpfeife. »Ach, der macht das schon. Im Grunde genommen ist es doch süß, wie er sich geradezu ein Bein ausreißt und das Gehirn verrenkt, nur um Paula glücklich zu machen.«

»Er macht mich damit aber nicht glücklich, sondern verrückt. Und manchmal denke ich, dass es ihm gar nicht wirklich ernst ist und er all diese komischen Events nur deswegen inszeniert, damit es jedes Mal schiefgeht.« Ich fing an zu heulen. »So blöd kann man doch gar nicht sein!«

Karlos zumindest konnte es wohl doch.

♡ ♡ ♡

»Ich kann nicht mehr! Ich will diesen Blödmann nie wiedersehen! Soll er doch heiraten, wen er will, oder Single bleiben. Ist mir scheißegal! Ich gehe sowieso ins Kloster!«

Ich hockte in der Küche, vergrub meinen Kopf in den Armen und heulte hemmungslos.

Justin stand am Herd und kochte ein maoistisches Reisgericht nach einem Rezept aus dem »Kochbuch für Kommunen«, das er von seinem Achtundsechziger-Vater geerbt hatte. Jedenfalls hieß es »Hühnerleber mit Bratreis nach Art des Großen Vorsitzenden«.

Aber von mir aus könnte er auch »Runkelrüben nach Art der Gartenzwerge« zubereiten, ich würde weder das eine noch das andere anrühren. Ich wollte überhaupt nichts mehr essen. Ich wollte bei Wasser und Brot in strenger Askese innere Einkehr halten im Kloster unserer ganz und gar lieben Frau und mein Leben höheren Zielen weihen. Eine Ehe mit Karlos konnte ich doch sowieso in den Wind schießen. Vermutlich hatte er immer noch nicht die Erlaubnis seiner Mutter und veranstaltete den ganzen Zauber wirklich nur, um mich hinzuhalten und von seiner Schlaffheit abzulenken.

Muttersöhnchen! So was wollte ich doch sowieso nicht heiraten.

»Natürlich willst du«, sagte eine warme Stimme ganz nahe an meinem Ohr, und jemand strich sanft über meinen im Seelenschmerz gekrümmten Rücken. »Natürlich willst du Karlos heiraten«, wiederholte Justin. »Alles andere wäre eine absolute Verhöhnung des Schicksals. Ihr passt zusammen wie Topf und Deckel. Besser geht es nicht.«

Na, das war ja ein total romantischer Vergleich. Hing aber vielleicht mit seiner Kochleidenschaft zusammen. Topf und Deckel?! Tzz.

»Aber ... aber wenn der Topf nun mal ein Loch hat und der Deckel zu klein ist, und alles irgendwie nicht zusammenpasst?!«, jaulte ich auf und schmiss mich flennend an seine schmale Brust. Mit tränenfeuchten Augen blickte ich in sein verschmitztes Gesicht mit dem Captain-Jack-Sparrow-Grinsen.

»Guck mich nicht so an, Paula«, sagte er und schob mich ein wenig von sich. »Wenn du mich so ansiehst, könnte ich mich glatt vergessen und über dich herfallen.«

Mach doch!, dachte ich, hielt aber wenigstens diesmal den Mund. Ein Seitensprung mit Justin würde alles nur noch komplizierter machen.

Justin schob mir einen Kaffee hin und rückte seinen Stuhl etwas weiter von mir ab.

Gott, jetzt schob der auch noch Paras. Als ob ich

was von ihm wollte! Drehten die Männer denn zurzeit alle am Rad?

Ich zog den Rotz hoch, trank einen großen Schluck Kaffee und sagte dann mit einigermaßen fester Stimme: »Natürlich ist Karlos der ultimativ beste Typ für mich, das weiß ich selber. Wir werden selbstverständlich auch heiraten … irgendwann jedenfalls …« Und ich werde es hoffentlich noch erleben, dachte ich weiter.

»Na, dann ist doch alles okay«, meinte Justin und ging wieder an den Herd, um sein exotisches Essen umzurühren.

»Wenn ihr euch also im Grunde einig seid, dann muss doch nur einer mal zur Tat schreiten.«

Jahaaa, musste einer! Aber dieser eine verbockte es leider immer wieder.

Ups, das hatte ich gar nicht lauten sagen wollen – mal wieder. Doch es war raus, und Justin brach in lautes Gelächter aus.

Als er sich endlich ausgelacht hatte, sagte er doch tatsächlich: »Hör mal, Paula, ich dachte immer, du bist eine einigermaßen emanzipierte Frau. Warum meinst du eigentlich, dass Karlos *dir* einen Heiratsantrag machen müsste? Warum fragst du ihn nicht selber, ob er dich heiraten will?«

»*Was*?«

»Na ja, eine Frau wie du könnte doch auch selbst mal die Initiative ergreifen. Schließlich leben wir nicht mehr im Mittelalter.«

Er meinte wirklich, was er da eben gesagt hatte.

»Du … du meinst, *ich* soll …?«

Ich konnte es gar nicht aussprechen, obwohl in meinem Kopf bereits sämtliche Leitungen heiß liefen.

Wieso war ich eigentlich noch nicht selber darauf gekommen?

»Weil du im Grunde genommen ein stockkonservativer Mensch bist«, sagte Melli beim Essen gnadenlos analytisch. »Deine Emanzipation spielt sich nur an der Oberfläche ab. Im Kern deines Wesens bist du total traditionellen Wertmustern verhaftet.«

Wenn sie es sagte!

Beleidigt stocherte ich mit meinen Stäbchen im Bratreis herum und betrachtete mit leicht gerümpfter Nase die Hähnchenleberstücke.

Alix stand mir bei, indem sie sagte: »Du bist ungerecht! Paula ist die Erste aus ihrer Familie, die Abitur gemacht hat. Sie hat den Streit mit ihrer Mutter auf sich genommen, um ihren Traumberuf als Theaterfriseurin und Maskenbildnerin zu realisieren. Sie hat sich von Thomas getrennt und ist von zu Hause ausgezogen. Das sind alles gewaltige Leistungen für jemanden wie sie, der nicht grade über ein derart extremes Selbstwertgefühl verfügt wie du, Melli! Das muss man anerkennen!«

Melli futterte ungerührt weiter und nuschelte mit vollem Mund: »Mache ich ja! Erkenne ich vollkommen an. Ändert aber nichts an der Tatsache, dass Paula viel zu konventionell denkt, und Karlos ist genauso. Konservativ verklemmt.«

Nun wurde es mir aber doch zu bunt. »Karlos ist nicht verklemmt! Nur weil er aus einem gutbürgerlichen Elternhaus stammt, musst du ihn ja nicht gleich diffamieren. Dein kiffender Kumpel Boris ist garantiert tausendmal verklemmter, und Lars hat mit Sicherheit auch irgendeinen Psychoknacks, sonst hätte er sich doch nicht ausgerechnet mit dir verlobt!«

Ups, das war jetzt vielleicht ein bisschen hart gewesen. Das wirkte ja so, als ob ich Melli ihre Verlobung mit Lars nicht gönnen würde. Natürlich fasste sie es auch genauso auf.

»Bist du neidisch?«, fragte sie grinsend und aß ungerührt weiter.

Nun schaltete sich zu allem Unglück auch noch Justin mit einem untauglichen Versuch, unseren Zickenkrieg zu beenden, ein.

»Warum sollte Paula neidisch sein, Melli? Jeder hier weiß doch, dass du dich nur deshalb mit Lars verlobt hast, damit er dir deine Galerie sponsert. Dass ihr beide nicht heiratet, das ist doch so sicher wie das Amen in der Kirche.«

Melli ging hoch wie eine Rakete. Obwohl oder gerade weil alles, was Justin gesagt hatte, stimmte, stritt sie es natürlich vehement ab. Als Justin dann nur genauso impertinent grinste, wie sie selbst es eben bei mir getan hatte, sprang sie schließlich vom Tisch auf, schmiss den noch halb vollen Teller in die Spüle und rauschte in ihr Atelier davon.

»Entweder zieht dieser Penner zum Quartalsende aus, oder ich tu es«, keifte sie, dann flog die Tür derart heftig ins Schloss, dass das Geschirr im Schrank schepperte. Meine Güte, das war ja mal wieder echt unsere Drama-Queen!

So wenig ich Zoff in der WG eigentlich leiden konnte, diesmal war ich froh, dass sie weg war. Denn nun konnte ich diesen wirklich genialen Gedanken von Justin noch einmal in aller Ruhe mit ihm und Alix besprechen.

»Und es würde dich als Mann nicht stören, wenn ich als Frau dir einen Heiratsantrag machen würde?«

Justin grinste wieder dieses verführerische Lächeln, das ihn wie Johnny Depp aussehen ließ.

»Versuch es doch mal.«

»Spinner!«

»Nein, Paula, im Ernst, ich fände es einfach nur cool«, und unernst fügte er hinzu: »Frag mich und ich sage ja!«

Ich sah Alix flehend an. »Der nimmt mich eh nur auf den Arm. Sag du doch auch mal was!«

Aber sie grinste ebenfalls und meinte: »Justin hat recht. Es gibt keinen Grund, warum wir Frauen nicht selber die Initiative ergreifen sollten. Vielleicht scheint es auf den ersten Blick ein wenig gewöhnungsbedürftig zu sein, aber im Grunde ist es das einzig Sinnvolle in deiner Situation, wenn du nicht bis zum Sankt Nimmerleinstag warten willst. Du kannst ja mit Justin vorher ein bisschen üben. Wozu haben wir schließlich einen Schauspieler in der WG?«

Natürlich bot sich Justin sofort an.

»Äh ... ja, vielen Dank, ich, äh ... werde gegebenenfalls darauf zurückkommen«, stammelte ich und fühlte mich ein wenig überrumpelt. »Also ihr meint wirklich, ich soll Karlos einen Heiratsantrag machen?« So plausibel das auch klang, es würde garantiert in einer Katastrophe enden. »Und ihr findet nicht, dass es ein ganz schreckliches Risiko ist?«

Beide schüttelten den Kopf.

»Ich finde es witzig«, sagte Alix.

»Eine Heirat ist nicht witzig!«, schnappte ich. Die Ehe war ein Sakrament und kein Scherz!

»Pardon, ich wollte sagen, es ist originell und entspricht absolut dem Zeitgeist.«

Justin nickte.

Ich stand auf. Das musste ich jetzt erst mal ein wenig in meinem stillen Kämmerlein ventilieren. Vielleicht sollte ich auch mal mithilfe meiner Tarotkarten die Meinung übersinnlicher Mächte dazu erfragen … Übers Knie brechen durfte man so etwas auf keinen Fall. Dazu war diese Sache viel zu schicksalhaft.

Ich hockte in meinem Zimmer auf dem weichen indischen Teppich, hatte Räucherstäbchen angezündet, ein Seidentuch auf meinem kleinen Tisch ausgebreitet und legte mir das Tarot. Meine einzige Frage an die Karten und das Schicksal war, ob ich Karlos wirklich selber einen Heiratsantrag machen sollte. Ich legte mit den großen Arkana das Keltische Kreuz. Hm, das Kartenbild war gar nicht mal so schlecht: die Liebenden in der Zukunft, das Rad des Schicksals, allerdings auch eine missgünstige Frau …

Das konnte ja nur meine zukünftige Schwiegermutter sein! Aber alles andere war eigentlich total positiv. Die Liebenden in der Zukunft verhießen eindeutig eine glückliche Ehe mit Karlos, da würde auch seine Mutter letztlich nichts gegen machen können. Ich schlürfte ein paar Schlucke Yogi-Tee, atmete tief durch, schob die Karten zusammen und legte mich einen Moment mit verschränkten Armen hinterm Kopf auf mein Diwanbett.

Ich schloss die Augen und sah sofort Karlos vor mir. Seine grauen Augen, sein immer leicht unrasiert wirkendes Gesicht mit dem vollen dunklen Haarschopf, die markante Nase und seinen schönen ausdrucksvollen Mund. Dazu die für einen Mann viel zu langen Wimpern, mit denen ihn die Natur verschwenderisch bedacht hatte und um die ihn jede Frau beneidete. Die ersten Lachfältchen in den Augenwinkeln verliehen seinem Gesicht einen warmherzigen Zug. Mein Gott, wie liebte ich ihn!

Und als meine Gedanken langsam über sein Kinn, den Hals entlang an seinem Körper herunterwanderten, da wurde mir ganz mächtig warm zwischen den Schenkeln, und ich wusste, dass ich diesen Mann nie wieder loslassen durfte.

Ich stöhnte zweimal kurz und lustvoll auf und schwor mir, endlich Nägel mit Köpfen zu machen. Wenn er nicht in die Hufe kam, dann musste ich eben den entscheidenden Schritt machen, der zu unserem vollkommenen Glück noch fehlte.

Okay, sagte ich leise, aber wild entschlossen, dann wird Karlos eben von *mir* geheiratet!

♡ ♡ ♡

»Ist es lächerlich, wenn ich ihn mit einem Ring überrasche?«, fragte ich Alix am nächsten Morgen beim Frühstück, bevor ich ins Theater fuhr.

»Nö, passt doch. Wenn schon, denn schon. Allenfalls der Kostenfaktor ... Hast du dir überlegt, dass so was eine teure Angelegenheit ist?«

»Das ist mir egal. Ein bisschen was habe ich ja gespart. Ist doch eigentlich eine gute Investition, oder?«

»Hundertpro. Wenn's klappt.«

Wenn's klappt? Hegte sie jetzt etwa doch Zweifel?

»Du ... äh ... meinst, es könnte auch schiefgehen?«, fragte ich und war plötzlich doch wieder verunsichert.

Alix schüttelte den Kopf. »Nein, natürlich nicht, war nur so dahingesagt. Es klappt auf jeden Fall. Karlos liebt dich schließlich.«

Ich seufzte. »Gehst du mit?«

Alix fiel ihr Löffel ins Müsli, und die Milch spritzte über den Tisch. »Äh, das machst du doch besser alleine«, meinte sie. »So ein Heiratsantrag ist eine Sache zwischen zwei Menschen, da wäre ich etwas fehl am Platz.«

»Quatsch! Ich meine, den Ring aussuchen.«

Sie grinste erleichtert. »Aber klar doch!«

Zunächst einmal musste ich jedoch herausfinden, welche Ringgröße Karlos brauchte, ohne dass er Lunte roch. Das war nicht einfach. Ich stierte zwar ständig auf seine Pfoten, aber ich konnte nicht beschwören, dass ich die Proportionen seiner Finger auch in passende Ringgrößen übersetzen konnte. Also suchte ich Rat beim Profi und besorgte mir in einem Juwelierladen ein paar Ringschablonen.

Als Karlos nach einem lustvollen Match erschöpft in Tiefschlaf gesunken war, schob ich die über den Ringfinger seiner linken Hand. Uff, geschafft! Das war's, dann konnte es ja losgehen.

Die Sache war dennoch nicht leicht und in der Tat nicht ganz billig.

Sollte ich nicht doch warten, bis Karlos es endlich selber packte und mir einen funkelnden Brilli an den Finger steckte?

»Nein, du ziehst das jetzt durch! Sei einmal in deinem Leben konsequent und mach, was *du* willst.«

Meine Güte, Alix tat grade so, als wäre ich noch die naive Schülerin, die sich hemmungslos als Hausaufgabenlieferantin ausbeuten ließ. Hatte sie vergessen, was ich inzwischen alles selbstständig erreicht hatte?

»Ja, habe ich einen Moment. Aber nur, weil du in diese albernen unemanzipierten Verhaltensweisen zurückzufallen drohst. Los, hier nimm den!«

Sie hielt mir einen Ring hin, den ich so was von scheußlich fand, dass ich an ihrem guten Geschmack zweifelte.

»Dann nimm einen anderen, aber nimm endlich einen. Er kann ihn ja umtauschen, wenn er ihm absolut nicht gefällt.«

Da hatte sie auch wieder recht. Dennoch, ein wenig Sorgfalt musste ich auf die Auswahl schon verwenden. Schließlich sollte er zu Karlos passen, und er sollte ihm natürlich auch gefallen.

Hm? Ich grübelte und suchte weiter.

»Hier ist unser Katalog«, sagte die Verkäuferin beim siebten Juwelier, den wir heimsuchten. »Vielleicht blättern Sie den erst mal durch. Wenn Ihnen etwas zusagt, suche ich es Ihnen dann gerne heraus.«

Wir setzten uns an einen kleinen Glastisch und blätterten.

»Sie hat so komisch geguckt«, flüsterte ich Alix zu. »Glaubst du, sie denkt, wir sind lesbisch?«

Alix kicherte. »Und wenn schon, ist doch lustig.«

»Meinst du, sie findet es peinlich, wenn ich ihr sage, dass ich den Ring für meinen Freund kaufen will?«

»Das kann ihr doch egal sein. Hauptsache, sie macht das Geschäft.«

Hm. Ich blätterte weiter.

Wow! Gelbgold, Rotgold, Platin, mit und ohne Brillis. Breit, mittel, schmal. Schlicht und ergreifend oder bombastisch verziert. Alles da und vermutlich reichlich teuer.

»Ich kann doch nicht so ein billiges Teil nehmen«, sagte ich zu Melli, »dann denkt er noch, er wäre mir nichts wert.«

»Quatsch. Er kennt doch deine Einkommensverhältnisse. Jeder nach seinen Möglichkeiten. Schließlich hat schon der große französische Dichter Molière gesagt, dass bei der Ehe Zufriedenheit über Reichtum geht. Karlos kann, weiß Gott, zufrieden sein, dass er dich kriegt.«

Ich entschied mich schließlich aber doch für ein sündhaft teures Stück. Schließlich heiratete ich ja nur einmal im Leben ... zumindest würde ich nur einmal einen Heiratsantrag machen. Denn so viel war klar: Wenn der schiefging, würde mir ohnehin nur der direkte Weg ins Kloster bleiben.

Begeben Sie sich direkt dorthin, gehen Sie nicht über Los und vergessen Sie die schlossähnliche Fertighausvilla in der Parkstraße.

Es war ein relativ breiter, matter Ring mit unregelmäßiger Oberfläche, der Weiß- und Gelbgold kombinierte. Der Ring für den Mann hatte eine Außenseite aus Weißgold und eine Innenseite aus Gelbgold, beim Ring für die Frau war es umgekehrt. Die Ringe wirkten sehr schlicht, sehr modern und sehr edel. Ich probierte den Damenring an, und Alix war begeistert.

»Traumhaft! Und der andere sieht bei Karlos garantiert genauso toll aus.«

Also teilte ich der Verkäuferin mit, dass ich den Herrenring kaufen wollte.

Sie sah mich etwas verwirrt an. »Nur den einen?«

Tja, falsch geraten, wir sind nicht lesbisch, dachte ich und nickte. »Ja, nur den für den Herrn.«

Alix trötete: »Ist ein Verlobungsring, sie braucht ihn für den Antrag.«

Ging es der noch gut? Ich fühlte mich wie ein gekochter Hummer und sah sicherlich auch so aus.

»Kleiner Scherz«, sagte ich in dem Versuch, ihren Patzer wieder auszubügeln.

Aber der Blick der Verkäuferin war plötzlich sehr misstrauisch. »Sie zahlen mit Kreditkarte?«

»Äh, EC? Das ... äh ... geht doch, oder?«

»Nun, ich fürchte, da müssen wir wegen der Deckung nachfragen, es ist immerhin ein größerer Betrag.«

Ich schluckte und kam mir vor wie einer dieser Schuldner aus dem Fernsehen.

»Ruft die jetzt die Schufa an?«, wisperte ich zu Alix rüber.

Die schüttelte den Kopf. »Nee, sicher nur bei deiner Bank. Lass auf jeden Fall den zweiten Ring zurücklegen. Den kann dir Karlos ja dann für die Hochzeit kaufen.«

Als die Verkäuferin zurückkam, lächelte sie. Also hatte die Bank wohl eine zufrieden stellende Auskunft gegeben.

Und als ich sagte, sie möge doch den Damenring bitte zurücklegen, da war für sie die Welt dann doch wieder einigermaßen in Ordnung. Auch wenn sie es wohl etwas seltsam fand, dass die Braut den Ring für den Bräutigam aussuchte, so zählte für sie im Endeffekt nur, dass beide Ringe verkauft wurden.

»Falls Sie doch noch über einen Verlobungsring nachdenken möchten«, meinte sie aber noch, »in dieser Kollektion gäbe es da auch einen sehr schönen Solitärring mit einem Brillanten, wenn Sie mal schauen möchten …« Sie klappte ein Döschen auf und hielt es mir so dicht unter die Nase, dass ich gar nicht dran vorbeigucken konnte. Holla, der sah ja wirklich traumhaft aus.

Dennoch schob ich ihre Hand zurück und sagte: »Sehr schön, wirklich, zauberhaft, aber ich habe jetzt erst mal alles, was ich brauche …«

Sie machte das Döschen wieder zu und legte es in die Schublade. »Ich dachte ja nur. Er würde Ihnen gut stehen …«

Leider kenne ich niemanden, der so verrückt wäre, so viel Geld dafür auszugeben, dachte ich und sah zu, wie sie den Ring für Karlos auf einem Satinkissen in einer eleganten schwarzen Schachtel feststeckte.

»Als Geschenk verpacken?«, fragte sie.

Ich schüttelte den Kopf. »Nein, ist nicht nötig. Er … äh … wird ihn ja gleich tragen.«

Hm. Hoffentlich.

Sie steckte die Schachtel in eine kleine, feine Papiertüte, die sie oben mit einer Schleife aus Satin zuband. Wie ein rohes Ei trug ich meinen Schatz aus dem Laden.

Oh, mein Gott, dachte ich, das war der teuerste Einkauf, den ich je in meinem Leben gemacht hatte.

»Eine supergute Investition«, sagte Alix in diesem Augenblick, so als hätte sie mal wieder meine Gedanken gelesen.

»Meinst du echt?«

»Klar. Jetzt wird alles gut.«

♡ ♡ ♡

Ja, alles hätte gut werden können, wenn ich mich endlich zu dem letzten entscheidenden Schritt hätte durchringen können. Konnte ich aber irgendwie nicht.

»Es ist Schwachsinn, Melli! So was kann ich nicht tun. Karlos wird total beleidigt sein. Er ist nicht der Typ, der sich von einer Frau heiraten lässt. Der will selber aktiv werden.«

»Na, das fällt dir ja früh ein. Andererseits, warum wird er dann nicht aktiv?«

Wusste ich doch auch nicht.

Alix stürmte in die Wohndiele, ergriff meine Hand und zerrte mich vom Sofa.

»Komm mit!«, sagte sie. »Du hast doch gesagt, du kannst Karlos den Ring nicht geben, weil du ihm dabei nicht in die Augen sehen kannst. Richtig?«

Ich nickte. »Ja, richtig. Ich versinke bestimmt im Erdboden vor Peinlichkeit oder falle in Ohnmacht.«

»Okay, dann habe ich was für dich.«

Sie schob mich in ihr Zimmer, wo auf dem Schreibtisch der Laptop stand und eine Internetseite anzeigte.

»Da, lies!«

Sie drückte mich auf ihren Schreibtischstuhl und deutete auf den Rechner.

Dinner im Dunkeln, las ich. Häh?

»Dinner im Dunkeln? Da sieht man ja gar nichts.«

»Eben! Das ist doch genau das, was du brauchst. Verabrede dich mit Karlos zu einem Dinner im Dunkeln und schieb ihm den Ring unter. Da brauchst du ihm nicht in die Augen sehen und musst also auch nicht in Ohnmacht fallen. Wenn er den Ring nicht gut findet, leugne einfach, dass er von dir ist. Sag, es war der Kellner oder die Heinzelmännchen, eine gute Fee oder ein Gespenst aus dem Jenseits, das ihn verwechselt hat. Besser geht es doch gar nicht.«

Ich musste lachen. Alix mal wieder! Aber so übel war die Idee gar nicht. Ich las mir die Seite weiter durch.

Neunundfünfzig Euro pro Person im Separee. Das hieß, wir würden sogar einen Raum für uns haben. Ein bisschen unheimlich fand ich es aber schon, so im Stockdunkeln zu essen. Wer weiß, was die einem da auf den Teller taten? Aber andererseits war es wirklich eine optimale Situation für mein Vorhaben.

Ich konnte Karlos bitten, mir seine Hand zu geben, und dann würde ich den Ring einfach auf seinen Finger stecken und dabei ganz lieb hauchen: »Willst du mich heiraten, Karlos?«

Und er würde völlig perplex zurückmurmeln: »Paula, dass du mich das fragst. Ich dachte, dieser Moment würde nie kommen.« Und dann würde er begreifen, was passiert war, in begeisterten Jubel ausbrechen und ausrufen: »Ich bin so glücklich, Paula! Ja, ich möchte dich heiraten!«

Und dann würden sich im Dunkeln unsere Münder finden und ein Stehgeiger würde einen Bolero spielen, während von der Decke Hunderte von roten Rosen regnen würden.

Für mich soll's rote Rosen regnen, mir sollen ganz neue Wunder begegnen …

Ich rief also Karlos an und fragte ihn, ob er mit mir zu einem ganz speziellen Dinner gehen wollte. Er zögerte einen Moment, aber als ich ihm erklärte, dass es ein Dinner im Dunkeln sein würde, war er sofort begeistert. Wir stimmten einen Termin ab, und ich buchte das Separee für uns über das Internet.

Am nächsten Mittwoch war der 7. Das war ein ausgesprochen gutes Datum, fand ich. Nun wollte ich meinem Glück endlich etwas auf die Sprünge helfen.

♡ ♡ ♡

Ich war schon den ganzen Tag über total nervös. Frau von Raven, der Chefin der Kostümbildnerei, blieb es natürlich nicht verborgen. Ich fummelte derart inkompetent an einer Perücke herum, dass sie es schließlich nicht mehr ertragen konnte und mich fragte: »Paula, geht es dir nicht gut? Du sollst die Perücke für eine Operette frisieren. Im Rokokostil. Was du da fabrizierst, sieht aus, als wolltest du ein Monster-Movie damit ausstatten. Wo hast du deine Gedanken? Sag es bitte, wenn du krank bist.«

Ich schüttelte den Kopf und sah deprimiert und schuldbewusst auf die verunstaltete Perücke.

»Tut mir leid, aber ich ... ich bin wirklich nicht ganz bei der Sache heute.«

»Und darf ich wissen, was der Grund dafür ist? Du wirst doch einen triftigen Grund haben, denn so kenne ich dich sonst gar nicht.«

Frau von Raven sah mich geradezu mütterlich besorgt an. Und weil das so eine echte, warmherzige Anteilnahme war, rutschte es mir einfach heraus: »Ich, äh ... will meinem Freund heute einen Heiratsantrag machen!« Ups!

Sie hob ihre Augenbrauen und sah mich über den Rand ihrer Brille höchst erstaunt an.

»Du bist nervös, weil du meinst, dass dein Freund dir heute einen Heiratsantrag machen will?«

Äh, nein, meinte ich eigentlich nicht, aber wenn sie

meinte, dass ich meinte, dann meinte ich das wohl besser.

Ich nickte stumm.

»Aber, Paula, das ist ja wunderbar. Dann geh doch gleich nach Hause. Sicher willst du dich noch ein wenig auf dieses schöne Ereignis vorbereiten. Ich gebe dir natürlich frei für heute.« Sie nahm mich in die Arme und drückte mich an ihr Herz. »Werde glücklich, meine liebe Paula.«

Das hatte ich fest vor.

In der WG war natürlich kein Mensch. Herrlich, da konnte ich mich mal völlig relaxt in die Badewanne legen: Vanilleschaumbad, romantische Musik aus dem Gettoblaster und natürlich ein paar Aromakerzen. Ich bereitete alles vor und holte mir dann noch im Bademantel einen Piccolo aus dem Kühlschrank. Wer lief mir da natürlich prompt wieder über den Weg: Justin!

Manchmal konnte ich Mellis Genervtheit direkt verstehen.

»Was Besonderes los?«, fragte er auch gleich neugierig. »Ich denke, du bist im Theater?«

»Dann denkst du falsch. Ich bin im Bad und will da auch nicht gestört werden. Klaro?«

»Klaro. Brauchst ja nicht gleich angepisst sein. Ich glaube, ich suche mir doch ’ne andere Bleibe, wenn mich jeder hier disst.«

»Mimose! Manchmal braucht der Mensch einfach auch mal seine Ruhe. Also lass mir die jetzt.« Ich drückte ihm einen flüchtigen Kuss auf seine unrasierte Wange, hauchte: »Hab dich lieb«, und zeigte ihm dabei den Stinkefinger.

Er tat es mir, was den Stinkefinger anging, nach und sagte grinsend: »Ich dich auch!«

Ich schloss die Badezimmertür zweimal ab und gab mich dann ganz der Entspannung hin. Wunderbar, dachte ich, aber noch schöner wäre es, wenn Karlos jetzt zu mir in die Wanne steigen würde ...

Sein Körper an meinem, nur warmes Wasser und duftender Schaum um uns. Meine Fantasie war so übermächtig, dass ich seinen Kuss förmlich auf meinen Lippen schmecken konnte. Oh, oh, oh ...

Das wäre eine perfekte Situation für einen Heiratsantrag. Warum musste es wieder so ein bescheuerter Aufwand sein? Dinner im Dunkeln! Da sah er zwar meine Verlegenheit nicht, aber ich auch nichts von ihm. Sollte man sich bei so einem Antrag nicht ganz fest in die Augen schauen? Wie sollte man denn sonst die Liebe und das Glück erkennen? Wie sollte man sehen, ob auch wirklich alles ernst gemeint war?

Hm. Ich schloss die Augen und lauschte der Musik. Nicht jetzt noch einknicken, Paula, ermahnte ich mich. Zieh es durch! Es wird auf jeden Fall etwas sein, was keiner von euch je vergessen wird.

Wenigstens mit dieser Einschätzung lag ich richtig.

Ich hatte mich den Nachmittag über mit diversen Stylings beschäftigt, und als Alix aus der Uni kam, hatte ich es geschafft, mich selbst so zu verwirren, dass ich mal wieder total unsicher war und gar keinen Plan mehr hatte, was nun wirklich für diesen Anlass angemessen war.

Dinner im Dunkeln – da sah man ja vom Styling eh nichts. Dann war es doch eigentlich egal.

Falsch gedacht. Gerade, weil man nichts sah, musste es besonders gut überlegt sein.

»Du musst gut riechen«, sagte Alix. »Das ist das Wichtigste, denn im Dunkeln sind alle Sinne besonders geschärft.«

Hm, ob da wohl ein bisschen sexueller Duftstoff à la Charlotte Roche angebracht wäre?

»Quark!«

»Wie Quark?«

»Blödsinn, nicht Charlotte Roche, der soll ja nicht gleich rollig werden.«

»Nein? Soll er nicht? Damit könnte ich aber am besten klarkommen und auch sicherlich am meisten punkten.«

»Liebes Lieschen, dann mach es! Aber warum fragst du mich eigentlich um Rat, wenn du ihn doch nicht annimmst und alles besser weißt?«

»Weiß ich ja gar nicht! Du hast gesagt, ich soll duften.« Ich grinste nervös. »Und was noch? Was ziehe ich an?«

»Etwas Bequemes und etwas, was sich gut und erotisch anfühlt.«

»Und das wäre?«

»Chinchilla, Nerz, Polarfuchs ...«

Melli war unbemerkt nach Hause gekommen und hatte offenbar schon eine Weile unser Gespräch belauscht.

»Ich trage keine toten Tiere!«, lehnte ich ihre provokante Empfehlung ab.

»Dann vielleicht etwas Glattes, das den Händen schmeichelt ... Seide, Satin, Schlange ...«

»Melli!« Die hatte ja heute wohl einen Sockenschuss!

Alix ging auf Mellis Gelaber gar nicht ein, sondern fragte: »Hast du nicht so ein geniales Top von Wunderkind im Fashion-Secondhand erstanden?«

Doch, das hatte ich, und daran hatte ich selber auch schon gedacht.

»Ich habe aber nichts, was dazu passt, oder soll ich wieder den engen Rock anziehen? Karlos liebt ihn ja, weil er meinen Po so schön modelliert. Ja, ähm … ist aber etwas eng und nicht wirklich bequem.«

Wir verschwanden schließlich in meinem Zimmer und hechelten noch mal die Möglichkeiten durch.

Same procedure as every year.

Schließlich fiel die Entscheidung nach einem Testfühlen im Dunkeln zugunsten einer leichten Samthose aus. Zusammen mit dem Seidentop war das eine Superkombination, die außerdem auch tageslichttauglich war.

Ich stopfte die Schachtel mit dem Ring in meine silbrige Clutch und sprang in die silbernen High Heels. Perfekt!

An der WG-Tür kam mir Alix hinterher und drückte mir mein Handy in die Hand. Das hätte ich in der Aufregung doch fast vergessen.

»Denk dran, dass du es im Notfall als Taschenlampe benutzen kannst.«

Nach diesem letzten guten Tipp war ich dann jedoch auf mich alleine gestellt. Als ich die Treppe runterging, lief mir Frau Waschkowski über den Weg. Die stürzte ja immer sofort ins Treppenhaus, wenn irgendeine Wohnungstür klapperte.

»Wo wollen Se denn so schick noch am Abend hin, Fräulein Paula, und das unter der Woche?«

»Eine Verabredung, äh … dienstlich.«

»Mit dem Herrn Karlos? Wegen dem Se ins Wasser gehen wollten?«

Grundgütiger, war diese Frau neugierig! Wenn die wüsste, dass ich inzwischen schon mit ihm *im* Wasser war, also in einem Haifischbecken.

»Ja, genau mit dem! Und im Wasser war ich übrigens auch schon, mit ihm zusammen, zwischen ganz vielen Haien.«

Ich rannte die Treppe runter, so schnell es meine Hochhackigen zuließen, und so hörte ich ihren Ausruf der Verwunderung nur noch relativ leise.

Er klang wie: »Jetzt wollen Se mich aber veräppeln, Fräulein Paula!«, und ich schloss daraus, dass Frau Waschkowski mir kein Wort geglaubt hatte.

Tja, ihr Problem, das Leben ist manchmal eben unglaublich!

♡ ♡ ♡

Das war das Dinner im Dunkeln dann auch. Einfach unglaublich! Denn es war wirklich stockfinster in dem Separee, in das uns ein wirklich vornehm gekleideter Kellner führte. Richtig schnieke. Wenn es da drin auch so aussah ... Aber das konnten wir ja leider nicht sehen.

Normalerweise gewöhnen sich die Augen ja schnell an Dunkelheit, und man kann dann wenigstens die Umrisse von Möbeln und Menschen erkennen. Hier aber funktionierte das nicht. Es war wirklich stockfinster wie in einer Blackbox, und in dem Moment, wo der Keller den Wein in die Gläser plätschern ließ, wurde mir bewusst, dass ich dabei war, mich mit Karlos in einem nachtschwarzen Raum einsperren zu lassen, der tausendmal unheimlicher war als eine Taucherglocke. Und als Karlos mir zuprostete, fühlte ich, wie meine Klaustrophobie mir langsam und genussvoll die Kehle zudrückte. Wieso manche Menschen meinen, so etwas würde zu einem Megaorgasmus führen, konnte ich echt nicht nachvollziehen. Bei mir führte es nur zu einer Megapanik, herzbeklemmender Todesangst, totaler Unzurechnungsfähigkeit und schließlich zu völliger Apathie als Folge von Angstlähmung.

Mach dich bereit, es ist so weit, ich bin der Fürst der Dunkelheit ... Oh, mein Gott!

Paula, nicht schreien!, sagte ich zu mir. Nicht schreien! Reiß dich zusammen und versau es jetzt nicht! Relax!

Karlos plauderte munter vor sich hin, begann dem Geräusch nach, die Suppe zu löffeln, und forderte mich immer wieder auf, mit ihm anzustoßen, was ich schließlich mit zitternder Hand auch irgendwie hinkriegte. Was ich nicht hinbekam, war, etwas zu essen. Nein, auf keinen Fall durfte ich mir noch mal so eine peinliche Kotzorgie leisten. Heute nicht! Klaustrophobie hin oder her. Denk dran, Paula, du hast Großes vor!

Ja, hatte ich ... Aber sollte ich wirklich?

»Eine fabelhafte Idee, Paula«, sagte Karlos beim Hauptgang, der von einem Schatten serviert wurde und nach etwas Gebratenem roch. Übelkeit lass nach! Straußensteak oder Kängurulendchen, was weiß ich. Irgend so was hatten die im Internet als Bestandteil des *Menu surprise* angepriesen. Ich würde es jedenfalls nicht anrühren.

»Schmeckt es dir, Liebling?«, fragte Karlos. »Es

ist das zarteste Straußensteak, das ich je gegessen habe.«

»Ja, sehr zart«, hauchte ich. »Man, äh … spürt es kaum auf der Zunge.« Also ich jedenfalls nicht. Offenbar entging mir dadurch eine sensationelle Erfahrung.

»Es schmeckt wirklich alles sehr viel intensiver«, sagte Karlos. »Eine ziemlich geniale Veranstaltung. Das muss ich mal mit ein paar Geschäftsfreunden machen.«

Die Nachspeise roch kalt und nach Zitrone. Ich versuchte sie nun doch zu kosten und schaffte es erst beim dritten Anlauf, meinen Löffel in etwas zu versenken, das dann wie Zitronensorbet schmeckte. Ich hätte nie gedacht, dass man so etwas tatsächlich riechen konnte.

Auch den Espresso danach servierte der Kellner in totaler Dunkelheit. Langsam begann ich manisch zu werden. Jedenfalls konnte ich nicht aufhören, mit dem Fuß zu wippen und mir ständig den Schweiß von der Stirn zu wischen. In meinen Schläfen pochte das Blut, und ich stand kurz davor, von meiner inneren Panik überwältigt aus diesem finsteren Gefängnis herauszustürzen.

Nur der eigentliche Grund, warum ich mich dieser Tortur unterzog, hielt mich noch auf dem Stuhl. Also beschloss ich, zur Tat zu schreiten. Wurde ja auch allmählich Zeit. Wenn die Rechnung kam, war es zu spät.

Ich tastete mit meiner rechten Hand über den Tisch nach Karlos' Hand. Gleichzeitig schob ich mit der Linken auf der anderen Seite die kleine Schachtel mit dem Ring zu ihm hinüber. Aber irgendwie kam ich nicht weit, denn unsere Hände begegneten sich ungefähr in der Tischmitte, und in dem Moment, wo Karlos meine Schachtel berührte, sagte ich: »Äh, Karlos, ich, äh … wollte dir etwas schenken.«

Und als wäre es speziell für uns inszeniert worden, ging unter den Klängen eines romantischen Walzers plötzlich über dem Tisch ein Kristalllüster an und warf, durch Hunderte von Kristallen gebrochen, sein glamouröses Licht auf uns, den Tisch, unsere Hände und – Halt mich wer fest, sonst falle ich vom Stuhl! – *zwei* kleine luxuriös aussehende Schachteln. Die eine lag vor Karlos' Hand, die andere dicht vor meiner eigenen.

»Ich, äh … wollte dich etwas fragen«, sagten wir wie aus einem Mund. Und dann noch einmal gleichzeitig: »Willst du mich heiraten?«

Sekunden später lagen wir uns in den Armen, und als wir uns küssten, ging das Licht wieder aus, nur die Walzerklänge plätscherten leise weiter durch die Dunkelheit, um den Rausch unserer geschärften Sinne zu begleiten.

Wir versanken in einem endlosen Kuss, vergaßen völlig, wo wir waren, und liebten uns mit einer Intensität, die mich hoffen ließ, dass das Separee nicht nur dunkel, sondern auch schalldicht war.

»Und? Willst du mich heiraten?«, fragte Karlos schließlich, als ich mich erschöpft im Stuhl zurücklehnte und er auf den Knien vor mir lag und seinen Kopf in meinen Schoß bettete.

Eine Nanosekunde lang flashte ein Bild von Thomas in einer ähnlichen Stellung durch meine Gedanken, wie eine Art Rekognition. Direkt unheimlich. Aber dann war es auch schon vorbei und ich sagte: »Nichts lieber als das.«

»Sag Ja, einfach nur Ja.«

»Ja.«

Mir schossen die Tränen in die Augen, und sie liefen mir immer noch über die Wangen, als Karlos aufstand, die Kerzen, die in einem dreiarmigen Silberleuchter auf dem Tisch standen, anzündete und wir die Schachteln mit unseren Ringen öffneten.

»Nein, Karlos!«, schrie ich auf beim Anblick des Rings, den er für mich ausgesucht hatte, und fiel dann doch noch in Ohnmacht.

»Doch«, sagte ich am nächsten Tag zu Melli und Alix und streckte ihnen den Finger mit meinem Verlobungsring entgegen.

»Er hat wirklich und wahrhaftig das gleiche Modell unter all den Tausenden von Trauringen ausgesucht wie ich.«

»Wahnsinn«, sagte Melli und begutachtete den schmalen matten Verlobungsring aus Weiß- und Gelbgold, in den noch zusätzlich ein wunderschöner herzförmig geschliffener Brillant eingelassen war. Exakt wie bei dem Ring, den mir die Verkäuferin im Juweliergeschäft gezeigt hatte.

»Ein Traum!«, meinte auch Alix. »Und ein wirkliches Wunder! Ihr gehört eben einfach zusammen!«

Ich schaute sie misstrauisch an. War da nicht ein ganz kleiner falscher Zungenschlag zu hören gewesen? Es würde mich nicht wundern, wenn sie Karlos einen Wink gegeben hatte. Sie wusste schließlich genau, welches Modell ich wo gekauft hatte. Sie grinste mich breit und wie die personifizierte Unschuld an, was ich außerordentlich verdächtig fand.

Aber egal! Manchmal musste man dem Glück wohl

ein wenig auf die Sprünge helfen, und wenn man so liebe Unterstützung erfuhr, sollte man nicht meckern. War ja schließlich doch noch alles optimal gelaufen, besonders, wenn ich bedachte, wie viele Anläufe Karlos unternommen hatte, ohne es hinzukriegen. Von dem im Aquarium verbaselten Ring gar nicht zu reden. Es war schon ganz gut gewesen, dass wir Frauen das in die Hand genommen hatten.

Zufrieden, stolz und sehr glücklich lachte ich ebenfalls. Nun konnte die Hochzeit steigen.

♡ ♡ ♡

Der Countdown läuft … Aber wohin?

Okay, ich hatte den Verlobungsring am Finger, und nun konnte es also losgehen: die Hochzeitsvorbereitungen!

Alix und Melli waren schier aus dem Häuschen.

»Du hast es ja ganz schön eilig«, meinte Melli zwar, aber ich müsste ja mit dem Klammerbeutel gepudert sein, wenn ich jetzt noch was anbrennen ließe.

Nee, was du heute kannst besorgen, das verschiebe nicht auf morgen. Je schneller die Hochzeit stattfand, umso besser. Bevor ich es nicht schwarz auf weiß und mit Brief und Siegel hatte, glaubte ich nämlich noch nicht an mein Glück. Karlos war entschieden zu attraktiv und eine viel zu gute Partie, als dass man die Sache ohne Not auf die lange Bank schieben sollte. Und insgeheim fand ich es auch richtig, dass wir Melli und Lars zuvorkamen. Schließlich waren wir schon länger zusammen und als Erste dran! Wäre es nach mir gegangen, hätten wir schon am nächsten Tag einen Flieger nach Las Vegas besteigen können, um dort am übernächsten in einer der kleinen weißen Wedding Chapels den Bund fürs Leben zu schließen.

Aber das kam für Karlos überhaupt nicht infrage.

»Paula, das ist eine Schnapsidee«, sagte er nur auf meinen ernst gemeinten Vorschlag. »Du willst doch am schönsten Tag deines Leben sicher auch deine Familie und deine Freunde um dich haben?!«

Ach, wollte ich? Ich wollte eigentlich nur Karlos um mich haben, alles andere konnte, musste aber nicht sein, und war mir im Grunde genommen schnurzegal.

Gut, gegen Freunde und Familie wäre im Prinzip nichts einzuwenden, wenn das nicht zugleich heißen würde, auch *seine* Freunde und *seine* Familie und besonders *seine* Mutter dabeihaben zu müssen. Horror!

»Nicht doch nur wir beide? Du und ich, in Las Vegas? Oder auf den Bahamas oder den Antillen, den Seychellen, auf dem Fudschijama, am Titicacasee, auf dem Eiffelturm oder auf dem Leuchtturm von Wangerooge ... Nein? Nicht?«

Er schüttelte den Kopf. »Nein, nicht! Man hat gewisse Verpflichtungen. Nach der Hochzeit gerne. Für die Flitterwochen stehen dir all diese Ziele offen.« Er grinste. »Wirklich, ist ernst gemeint, ich bin dabei ... Auch dann, wenn's unbedingt der Titicacasee sein muss.«

Nun musste ich auch lächeln. »Muss es nicht.«

»Wovor hast du Angst?«

Wie kam er denn auf die Idee? Ich hatte doch keine Angst. Das heißt ...

»Vor deiner Mutter. Sie hasst mich seit damals ... Sie hält mich für eine Hochstaplerin und Heiratsschwindlerin. Wenn sie erfährt, dass wir uns verlobt haben, wird sie dich enterben.«

Karlos fuhr sich nachdenklich durch seine dichten dunklen Haare. »Tja, das kann schon sein«, sagte er todernst. »Wir sollten sie besuchen, um das zu klären. Am besten bald.«

»Aber das ist nicht nötig«, bremste ich. »Ich heirate dich auch ohne dein Vermögen.« Insgeheim dachte ich, dass ich mich in einem schlossähnlichen Fertighausanwesen ohnehin fehl am Platz fühlen würde und dass sein Pflichtteil ja sicherlich auch zum Überleben reichen dürfte. Der Sportwagen gehörte ihm ja sowieso schon und seine Wohnung wahrscheinlich auch, das reichte doch für den Anfang. Andere junge Paare konnten sich auch erst nach und nach einrichten. Apropos einrichten.

»Äh, Karlos, wollen wir eigentlich nach der Hochzeit zusammenziehen?«

Er sah mich an, als hätte ich ihn verklappst. »Das fragst du mich jetzt aber nicht im Ernst?«

»Doch, ja, ganz im Ernst. Wir ... wir haben da noch nie drüber gesprochen ...«

»Und du meinst, ich heirate dich und schlafe weiterhin jede zweite Nacht einsam und verlassen in meinem leeren Bett, während du mit deinen Freundinnen in der WG bis in den frühen Morgen Wasserpfeife rauchst? Ist das dein Plan?«

Hm, nahm er mich jetzt auf den Arm, oder war er echt angepisst?

»Nee, nein, meine ich nicht ... Also ... ich frage dich ja deswegen ... weil wir uns dann vielleicht nach einer bezahlbaren Wohnung umsehen sollten ... also nicht so teuer ... falls du wirklich enterbt wirst.«

Er nahm mich spontan in die Arme und küsste mich. »Paula, es ist nett, dass du mit mir gemeinsam am Hungertuch nagen willst, aber ich halte es nach wie vor für besser, wenn du dich mit meiner Mutter wieder versöhnst. Erklär ihr, was dir damals in den Kopf gekommen ist, als du dich als Jurastudentin ausgegeben hast, und entschuldige dich bei ihr. Du wirst sehen, dann hast du sie sofort auf deiner Seite. Ein bisschen diplomatisches Geschick wirst du doch wohl aufbringen können.«

Meine Güte, ein bisschen diplomatisches Geschick! Hatte ich mich bisher vielleicht wie ein Elefant im Sahnequark aufgeführt?

Ups, mal wieder laut gedacht.

»Ja«, sagte Karlos nämlich lachend, »das ist eine wirklich gute und selbstkritische Beschreibung des Eindrucks, den du bisher bei meinen Eltern hinterlassen hast.«

Hm, was glaubte er denn, welchen Eindruck seine Eltern bei mir hinterlassen hatten? Ob ich es ihm verraten sollte, wie notgeil sein Vater in mein Dekolleté gestiert hatte und wie affig, unecht und antiquiert seine neureiche Mutter mit ihrer Contenance rübergekommen war? So eine hohle Zicke!

Ich verschluckte mich an diesen boshaften Gedanken und schaute schnell zu Karlos hinüber. Erleichtert seufzte ich, denn wenigstens das hatte ich mal für mich behalten. Ich glaube, wenn er wüsste, wie schlecht ich tatsächlich über seine Mutter dachte, dann würde er mir das wohl doch übel nehmen. Der hing eben an ihr, um nicht noch mal den Begriff des Muttersöhnchens zu strapazieren. Aber das ist im Grunde genommen ja jeder Mann irgendwie: ein Muttersöhnchen.

Also biss ich in den sauren Apfel, denn bekanntermaßen führte der Weg zu einem Mann immer über seine Mutter. Es sei denn, sie hatte bereits das Zeitliche gesegnet. Aber das war bei meiner Schwiegermutter in spe ja nicht der Fall und wohl auch in naher Zukunft nicht zu erwarten. Auf ihr Ableben zu warten, würde also entschieden zu lange dauern. Also führte kein Weg an ihr vorbei. Und so schwer es mir auch fiel, die beste und eigentlich auch einzig Erfolg versprechende Taktik, um ihr Wohlwollen für unsere Verbindung doch noch zu gewinnen, hieß schleimen, schleimen und nochmals schleimen.

Ich musste mit allen Mitteln versuchen, mich bei meinen zukünftigen Schwiegereltern einzuschmeicheln, und meine peinliche Juralüge damit aus der Welt schaffen. Karlos' Vater war da weniger das Problem, den hatte ich auf meiner Seite, sobald der seinen Blick in meinem Dekolleté vertäut hatte. Die eigentliche Schwierigkeit war und blieb seine Mutter.

Aber wie schon der Dichter sagte: Wirklich besitzen konnte man nur etwas, um das man auch gekämpft hatte. Und um Karlos würde ich kämpfen, wenn es nötig war mit sämtlichen Einschmeichelungstechniken der psychologischen Kriegsführung.

Ich wollte Karlos, und ich wollte ihn jetzt sofort, oder doch zumindest ziemlich bald! Nun gut, dann musste ich mich wohl noch mal in die Höhle der Löwin wagen.

»Wann, dachtest du, sagen wir es deinen Eltern?«

»Am besten gleich an diesem Wochenende, oder spricht etwas dagegen?«

Nö, nur meine Abneigung, aber die war ja ohnehin kein wirklich stichhaltiges Argument für ihn. Also je eher, desto besser.

Ich schüttelte den Kopf. »Ist okay«, sagte ich und fügte ironisch hinzu: »Ich freu mich.«

♡ ♡ ♡

Karlos' Mutter war aber bei Weitem nicht mein einziges Problem. Ich selbst hatte ja schließlich auch eine Mutter, der ich die frohe Botschaft verklickern musste und von der ich nicht wusste, wie sie die aufnehmen würde. Ich beschloss, es ihr ganz beiläufig im Frisiersalon zu sagen. Meinem Vater würde sie es dann schon irgendwie schonend beibringen. War ja schließlich auch nichts Besonderes. Die normalste Sache der Welt. Heiraten war doch zurzeit sowieso wieder in. Dann musste sie eben auch mir mal eine Hochzeitsfrisur machen. Das würde sie schon verkraften.

Ich pilgerte also gegen Abend zum Laden. Meine Mutter hatte grade eine Dauerwelle gewickelt, und während die Kundin unter der Haube schmorte, saß sie nun vorne an der Kasse und trank einen Kaffee.

»Hi«, sagte ich.

Sie sah von einer Zeitschrift aus der Lesemappe auf. »Paula?«

Mein unangekündigtes Auftauchen schien sie zu irritieren. Sie fuhr sich ordnend durch die Haare und zog den Rock glatt. »Hast du ein Problem?«

Komisch, dass Mütter immer dachten, man hätte ein Problem, wenn man mal ungeplant bei ihnen vorbeischaute.

»Brauchst du Geld?«

Jetzt reichte es mir aber. Wofür hielt sie mich eigentlich? Ich war doch keine Schnorrerin oder Heulboje, die Mama auf der Tasche und der Seele lag! Das konnte sie von mir wirklich nicht behaupten.

Also stellte ich klar: »Nichts davon. Mir geht es blendend, und das hängt mit der Neuigkeit zusammen, die ich dir erzählen will.«

Sie sah mich misstrauisch an. Grundgütiger, sie tat

ja so, als ob ich stets das Chaos in einer Einkaufstüte mit mir herumschleppte oder einen Bauchladen voller Sorgen, um sie bei ihr abzuladen.

»Nun guck nicht so verschreckt. Ist eine gute Neuigkeit. Kein Grund Paras zu schieben.«

»Ich schiebe keine Paras«, maulte sie. »Aber du wirst mir wohl gestatten, dass ich nach den Hiobsbotschaften der letzten Zeit etwas skeptisch bin.«

Hiobsbotschaften! Tzz! Wenn sie meinen Auszug von zu Hause und meinen Job beim Staatstheater so sah, dann machte ich am besten gleich den Abflug. Sie war ja kein bisschen besser als Karlos' Mutter. Vielleicht fasste sie ja die Hochzeit auch als Hiobsbotschaft auf. So wie sie Karlos' Mutter gefressen hatte, war sie sicherlich nicht scharf darauf, mit ihr verschwägert zu werden.

Hm? Der Gedanke an Karlos' Mutter gab mir dann aber einen guten Einstieg.

»Mama, ich weiß, dass du Karlos' Mutter genauso wenig leiden kannst wie ich, aber Karlos findest du doch im Prinzip okay, oder?«

Ihr Blick suchte forschend den meinen. »Was ich aus deinen sparsamen Erzählungen schließen kann, schon, persönlich hast du ihn mir ja noch nicht vorgestellt. Aber worauf willst du eigentlich hinaus?«

»Also, wenn du Karlos nicht okay finden würdest, dann wäre das, äh ... echt schade ... weil ...«

»Was weil?«

»Äh, ja, weil ... also ich ... ich finde ihn nämlich sehr okay, also eigentlich total okay ... und er, also, er findet mich auch ...«

»Himmel, kannst du dich vielleicht mal etwas klarer ausdrücken? Du stammelst mir die Ohren voll wie eine Schwachsinnige! Gehörst du jetzt auch zur Generation Doof?«

Ich gab auf. »Hier! Ist das klar genug?« Ich streckte ihr meine Hand mit dem Verlobungsring hin. Das würde sie ja jetzt wohl verstehen.

Tat sie, und sie reagierte total anders, als ich gedacht hatte. Keine Bedenken, keine Vorbehalte – nein! Sie sprang so plötzlich auf, dass sie dabei das Leseheft vom Tresen fegte, war mit zwei Schritten bei mir, nahm mich in die Arme und küsste mich ab. Dabei rief sie leicht hysterisch: »Nein, Paula, wie wunderbar, wie großartig, wie schön! Hört mal alle her, Leute, meine Paula hat sich verlobt!«

Und bei diesen Worten zerrte sie mich am Arm durch den Salon und hielt jeder anwesenden Friseurin und jeder Kundin meine Hand mit dem Brillantring unter die Nase.

»Wann soll denn die Hochzeit sein?«, brüllte die Frau des Oberbürgermeisters, die grade unter der Haube saß.

»Wann die Hochzeit ist, habe ich gefragt!«

Ich zuckte die Schultern. »Bald!«

Meine Mutter war total aufgekratzt, und weil sie wohl selber merkte, dass sie so nicht mehr arbeiten konnte, reichte sie ihre beiden Kundinnen an die anderen Friseurinnen weiter und fuhr mit mir zum Italiener. Bei dem hatte sie mich vor noch nicht allzu langer Zeit ohne Geld sitzen lassen, sodass ich wie eine Zechprellerin behandelt wurde und meinen Vater bitten musste, mich abzuholen und die Rechnung zu bezahlen. Meine Mutter und ihre manischen Anwandlungen. Na ja, Schwamm drüber.

Sie schien es auch vergessen oder zumindest verdrängt zu haben. Sie bestellte Wein und ein paar Antipasti und stieß mit mir auf die freudige Botschaft an.

»Dass du dir diesen dicken Fisch tatsächlich an Land gezogen hast«, sagte sie ein wenig prollig. »Respekt, meine Kleine. Ganz schön clever, und wann stellst du ihn mir jetzt endlich vor? Ich möchte den Goldfisch an deiner Angel ja nun auch mal persönlich kennenlernen.«

Ich trank Wein, um nichts sagen zu müssen, obwohl ich mich bei dem Gedanken, Karlos meiner Mutter vorstellen zu müssen, glatt hätte verschlucken können. Nicht umsonst hatte ich diesen Clash of Cultures bisher vermieden.

Aber jetzt gab es ja wohl kein Entrinnen mehr. Schließlich war ich schon zweimal bei Karlos zu Gast gewesen, und es wirkte sicherlich seltsam, wenn ich ihn nicht auch mal in mein Elternhaus einlud. Hm, gut, dass er nicht so konservativ war, dass er auch noch bei meinem Vater um meine Hand anhalten wollte.

Er zwar nicht, aber meine Mutter brachte es doch tatsächlich fertig, zu sagen: »Eigentlich müsste Karlos ja bei deinem Vater um deine Hand anhalten. Also, wenn er wirklich so eine gute Kinderstube hat, wie du sagst, dann sollte er das tun …«

Ich fiel meiner Mutter ins Wort: »Mama! Das ist doch wohl total out! Nun mach mich aber bitte nicht peinlich!«

Sie wirkte verschnupft. »Ich möchte mal wissen, was daran peinlich ist. Peinlich ist es, dass du einen fetten Verlobungsklunker an der Hand trägst und ich den Typen noch nie zu Gesicht bekommen habe, der ihn dir an den Finger gesteckt hat. Das ist peinlich, mein Kind!«

Also war sie doch beleidigt, dass ich sie nicht vorher eingeweiht hatte. Aber wie konnte ich, und außerdem waren wir ja, seit ich ihren Salon verlassen hatte, wirklich nicht mehr so dick. So von wegen: Meine Mutter ist meine beste Freundin! So war es bei uns ja nie. Aber sie hatte schon recht damit, dass ich Karlos natürlich auch unbedingt meinem Vater vorstellen musste, egal, welchen Eindruck Karlos haben würde.

Ich kam nun mal aus einer ganz normalen kleinbürgerlichen Handwerkerfamilie. Wir waren alle keine Akademiker, aber darum ja wirklich keine schlechteren Menschen als seine Mutter und sein Vater. Kleine Macken hatte doch jeder irgendwo ... Kein Grund also, schon wieder Minderwertigkeitskomplexe in Petrischalen zu züchten.

»Und, wann lerne ich ihn nun kennen, deinen Karlos?« Mama winkte den Ober herbei und verlangte die Rechnung. »Oder schämst du dich immer noch für deine Familie? Willst du vielleicht für ihn tatsächlich noch ein Jurastudium anfangen?« Das war jetzt gemein von ihr.

»Nein, will ich nicht, und er will das auch nicht. Du hast gar keine Ahnung. Er ist ein total feiner Mensch, dem es völlig egal ist, ob ich studiert habe oder nicht.«

»Schön, schön, aber seiner Mutter schien das überhaupt nicht egal zu sein!«

Jetzt reichte es mir aber. »Ich heirate ihn! Nicht seine Mutter!«, blaffte ich wütend.

Was war ich froh, dass ich nicht mehr in Mamas Salon arbeitete, sondern bei Frau von Raven in der Kostümbildnerei des Staatstheaters. Die war eine wirkliche Dame, von der ich mir einiges abgucken konnte. Mama war da irgendwie nicht so ganz das richtige Vorbild, wenn man in bessere Kreise hineinheiraten wollte.

»Und wann?«

»Wie? Wann?«

»Na, wann wollt ihr heiraten?«

Ich starrte meine Mutter gedankenverloren an. Auch wenn ich manchmal total sauer auf sie war, so war sie doch meine Mutter, und im Grunde liebte ich sie trotz aller Missverständnisse der letzten Zeit. Eigentlich war sie nämlich wirklich absolut okay und hatte sich den Salon schließlich ganz alleine aufgebaut. Doch, ehrlich, ich war stolz auf Mama, und ich wollte genau wie sie etwas Eigenes schaffen. Erst mal jedenfalls. Schade, dass sie das nicht verstehen konnte. Später könnte ich ja vielleicht immer noch den Salon übernehmen, als Geschäftsführerin vielleicht, nicht mehr selber frisieren, sondern nur noch am Empfang stehen, die Kunden begrüßen und abkassieren.

»Woran denkst du, Kind?«, fragte meine Mutter in meine Gedanken hinein. »Du hast so einen zufriedenen Ausdruck im Gesicht. Denkst du an die Hochzeit?«

Tat ich zwar nicht, aber weil ich ihr das, was ich dachte, besser nicht erzählte, nickte ich. »Ja, wir wollen so schnell wie möglich heiraten.«

Wieder ein misstrauischer Blick. »Gibt es dafür, äh … einen Grund? Du bist doch nicht …«

Nun musste ich aber lachen. »Nein, Mama«, sagte ich etwas zu laut, »ich bin nicht schwanger. Karlos heiratet mich wirklich nur, weil er mich liebt, und ich liebe ihn natürlich auch.«

Ein weiches Leuchten überzog Mamas Gesicht. »Wie schön. Ich freue mich ja so für dich.«

Sie hob ihr Glas, und wir stießen zum soundsovielten Mal an. »Auf die Hochzeitsfeier! Ich werde gleich morgen zur Bank gehen und einen Kredit aufnehmen.«

Ich verschluckte mich am Wein und hustete mir mal kurz die Seele aus dem Leib. Anschließend fragte ich keuchend: »Ei... ei... einen Kredit? Wofür das denn?« Ich konnte es mir fast denken und erhielt auch prompt die schreckliche Gewissheit.

»Na, für deine Hochzeitsfeier. Du weißt doch wohl, dass es Sache der Brauteltern ist, die Hochzeit auszurichten. Können wir ja dann alles besprechen, wenn du mir Karlos vorstellst.«

Ich stellte mich doof. »Ach, ja, ist das heute immer noch so, dass die Brauteltern die Hochzeit ausrichten?«

Wieder ein misstrauischer Blick. »Natürlich ist das so. Sag jetzt nicht, dass ihr so egoistisch seid und in Las Vegas oder Timbuktu heiraten wollt, ohne uns und deine Freunde!«

Ich hatte es doch geahnt. »Nein, natürlich nicht. Das, äh ... könnte ich dir und Papa und meinen Freundinnen ja auch gar nicht antun ... Nein, das könnte ich nicht.«

Und wie ich das könnte, dachte ich dabei. Denn so scharf, wie sie darauf war, die Hochzeit auszurichten, war mir klar, dass es Probleme geben würde.

»Äh, wollen wir es nicht vielleicht gemeinsam mit Karlos' Eltern ...«

Besprechen, wollte ich nur sagen, als meine Mutter schon hochging wie eine Feuerwerksrakete. »Nein, wollen wir nicht. Du bist unsere Tochter, und wir sind durchaus in der Lage, eine standesgemäße Hochzeit für unser einziges Kind auszurichten. Deine zukünftigen Schwiegereltern mögen mehr Geld haben als wir, aber das gibt ihnen nicht das Recht, uns in die Hochzeitsfeier reinzureden. Sag das dieser Schnepfe!«

»Schnepfe? Du meinst damit nicht meine zukünftige Schwiegermutter?«

»Doch, meine ich. So wie die sich in meinem Salon aufgeführt hat! Das tut keine wirkliche Dame.«

Also dieses Thema vertieften wir besser nicht, denn so wie meine Mutter grade im Lokal herumbrüllte, redete eine Dame in der Öffentlichkeit auch nicht.

Ups, schon wieder laut gedacht.

»Ich lege auch keinen Wert darauf, eine Dame zu sein«, raunzte sie mich an. »Ich bin eine schwer arbeitende Geschäftsfrau, und deswegen habe ich auch jedes Recht dieser Welt, die Hochzeitsfeier meiner Tochter auszurichten. Ist das klar?«

Ich nickte ergeben. »Ist schon klar, Mama, aber ich kann es auch nicht zulassen, dass ihr wegen meiner Hochzeit ins Obdachlosenasyl ziehen müsst, weil ihr möglicherweise Insolvenz anmeldet.«

»Das lass mal bitte unsere Sorge sein, Paula«, meinte meine Mutter unbeeindruckt. »Wir werden dir eine Traumhochzeit organisieren, die du dein ganzes Leben lang nicht vergisst. Basta!«

Dass ihr das gelingen würde, daran bestand für mich kein Zweifel. Nur ... wie sagte ich es Karlos? Und wie seiner Mutter?

♡ ♡ ♡

Wir saßen in Karlos' Sportwagen und je näher wir dem

Anwesen seiner Eltern kamen, umso unwohler fühlte ich mich. Ehrlich gesagt, war mir regelrecht schlecht vor Aufregung. Denn mich erwartete garantiert alles andere als die herzliche Umarmung meiner zukünftigen Schwiegermutter. Sobald Karlos ihr von unserer Verlobung erzählte, würde sie mir garantiert die Augen auskratzen. Ich war für sie doch absolut indiskutabel als Schwiegertochter.

Mir lief es jetzt noch kalt den Rücken runter, wenn ich daran dachte, wie verachtend sie mich damals im Frisiersalon meiner Mutter angesehen hatte. Unmissverständlich hatte sie mir gezeigt, dass sie jemanden wie mich, eine hochstapelnde Friseurin, nie, aber auch niemals, als Freundin für ihren Karlos akzeptieren würde. Als seine Frau also erst recht nicht. Und ehrlich gesagt fiel mir nichts ein, was in der Zwischenzeit ihre Meinung geändert haben könnte.

Zwar betrat ich kein gänzlich unbekanntes Terrain, aber das Biotop »Schwiegereltern« erschien mir doch ziemlich unwegsam. Es steckte garantiert voller Sümpfe und Fallen, und sehr schnell konnte ich in irgendeinem dunklen Tümpel versacken oder an einer unerwarteten Klippe abstürzen. Jede Familie hat so ihre eigene Familienkultur, ihre Rituale und Rangordnungen, deren Unkenntnis einen Außenstehenden leicht in die peinlichsten Situationen bringen konnte. Zwar hatte ich mich durch einige Ratgeber geblättert und zum Beispiel, wie empfohlen, ein weitgehend sexfreies Outfit gewählt, aber das war ja nur ein kleines Entgegenkommen an der Oberfläche. Ob es mir den erwünschten Anstrich von Seriosität gab, blieb abzuwarten. Vermutlich durchschaute meine Schwiegermutter meine Taktik sofort und würde auch meine Charme- und Einschmeicheloffensive mit einer ihrer miesen Bemerkungen sofort im Keim ersticken. Mich verließ der Mut.

»Lass uns umdrehen!«, flehte ich Karlos an. »Bitte, ich pack das nicht.« Ich krallte meine Fingernägel in seinen rechten Oberschenkel und rüttelte an seinem Bein.

»Paula!«, entgegnete Karlos ruppig. »Hör auf, oder soll ich noch einen Unfall bauen? Das macht die Sache bestimmt nicht einfacher.«

»Aber ich kann das nicht!« In meiner Stimme schwang Panik mit.

Warum musste so was ausgerechnet mir passieren? Da traf ich endlich den Mann meiner Träume, mit dem ich bis ans Ende der Welt segeln wollte, und dann hatte er eine Mutter, die mich lieber auf dem Grund des Meeres sah als mit ihrem Sohn gemeinsam in einem Boot. Und schon gar nicht, um damit in den Hafen der Ehe zu segeln.

»Niemals«, jammerte ich. »Niemals wird sie das zulassen!«

»Jetzt beruhige dich doch endlich«, sagte Karlos ruhig, aber bestimmt. »Meine Mutter ist doch kein Monster. Sie wird meine Entscheidung tolerieren und ganz schnell merken, was für ein tolles Mädchen du bist. Schließlich bin ich ihr einziger Sohn, und sie will, dass ich glücklich bin.« Er warf mir einen kurzen Blick zu und grinste verschmitzt. »Und glücklich bin ich nun mal nur mit dir. Das wird sie sehen und verstehen.«

Das glaubte er doch selber nicht. Ich schüttelte den Kopf. Ein Monster war seine Mutter vielleicht nicht, aber sie hielt mich nach meinem verkorksten Start nun mal für eine kleine geldgierige Heiratsschwindlerin. Die Sache mit dem angeblichen Jurastudium würde sie mir nie verzeihen. Außerdem brachte eine angeheiratete Friseurin weder statusmäßig einen Imagegewinn noch einen Vermögenszuwachs, und war somit für einen weiteren Aufstieg wertlos. Ziemlich aussichtsloser Fall also. Blieb die Frage, wer Karlos wichtiger sein würde: ich oder seine Mutter?

Ich hatte es immer für albern gehalten, wie übertrieben in diesen amerikanischen Komödien die Rivalität zwischen Braut und Schwiegermutter inszeniert wurde, aber jetzt fand ich das plötzlich gar nicht mehr so lächerlich.

»Gleich sind wir da. Check doch noch mal dein Make-up.« Karlos' Stimme klang nun auch etwas nervös. So ganz wohl schien ihm bei dem Gedanken, seiner Mutter unsere Heiratspläne erklären zu müssen, auch nicht zu sein.

Ich klappte den Spiegel runter und versuchte, mein Spiegelbild aufmunternd anzulächeln. Meine innere Anspannung ließ jedoch nur ein verzerrtes Grinsen entstehen. Erschrocken klappte ich den Spiegel wieder hoch. Hätte ich das mal lieber nicht getan! Durch die Frontscheibe hatte ich jetzt freie Sicht auf die Einfahrt zum Anwesen von Karlos' Eltern. Bedrohlich tauchte das schlossähnliche Fertighaus vor mir auf.

»Wie hast du es als Kind nur in einem solchen Haus ausgehalten?«, rutschte es mir heraus. »Das muss doch gruselig gewesen sein.«

Karlos warf mir einen raschen Blick von der Seite zu. »Was meinst du? Wovor hätte ich mich gruseln sollen?«

Ich zuckte die Schultern. Der Typ war offenbar

zäher, als ich dachte. Zumindest schien er eine widerstandsfähige Psyche zu besitzen. Wenn wir verheiratet waren, würde ich die mal ein wenig genauer ausloten. Irgendwo musste so ein Haus doch einen Knacks verursacht haben, und seine Mutter vermutlich auch ... Ich seufzte. Gott, dass man bei einem Mann um die dreißig derart viele Hypotheken mitheiraten musste.

»Wovor sollte ich mich gruseln?«, fragte Karlos noch mal, aber ich zuckte nur die Schultern und wiegelte ab: »Vor nichts, schon gut.«

Wie sehr *ich* mich plötzlich vor der Hochzeit gruselte, musste ich ihm ja nicht auf die Nase binden.

Wir fuhren die von Säulenzypressen gesäumte Kieszufahrt entlang, und das riesige Haus mit seinen Erkern und Türmchen kam immer näher auf mich zu. Nun befiel mich eine regelrechte Panikattacke, und noch einmal versuchte ich, Karlos zur Umkehr zu bewegen.

»Lass uns lieber noch warten. So eilig ist das mit der Hochzeit auch wieder nicht. Wir sind doch auch so glücklich.«

Das war ja nun ein Akt reinster Selbstverleugnung, denn schließlich war ich es doch gewesen, die Himmel und Hölle in Bewegung gesetzt hatte, um die Hochzeit endlich in trockene Tücher zu bringen. Aber im Moment erschien es mir sehr viel erträglicher, eventuell die Letzte von uns drei Freundinnen zu sein, die im Brautbett landete, als dem missbilligenden und vermutlich verachtenden Blick von Karlos Mutter ausgeliefert zu sein.

Aber Karlos war in der Hinsicht einfach nicht mehr flexibel. Nachdem es so lange bis zum Heiratsantrag gedauert hatte, war die Entscheidung für ihn nun nicht mehr umkehrbar. Daher war es in seinen Augen nur logisch, nun auch umgehend seine Eltern von unserer Verlobung in Kenntnis zu setzen. Ein Mann, ein Wort.

Einerseits sehr beruhigend, aber andererseits ... Was hatte in dem schlauen Buch übers Heiraten, und wie man sich dabei unmöglich machen konnte, gestanden? *Eine der größten Aufgaben im Rahmen der Eheschließung wird für Sie sein, seine Familie zu adoptieren und zu erreichen, dass diese Sie adoptiert.*

Hm, so weit wollte ich ja gar nicht gehen. Mir würde es genügen, wenn Karlos' Eltern mich einfach nur so akzeptieren würden, wie ich war: Paula eben. Theaterfriseurin mit Abitur, einer Mutter, die einen eigenen Frisiersalon führte und einem Vater mit selbstständigem Handwerksbetrieb. Keine Akademiker zwar, aber anständige Leute, die es zu einem (noch) schuldenfreien Siedlungshaus in Zentrumsnähe gebracht hatten. Musste ich mich für diesen Background schämen? Eigentlich doch nicht.

Das hing aber natürlich von den Ansprüchen meiner zukünftigen Schwiegereltern ab, und zumindest die Erwartungen meiner Schwiegermutter an die Braut ihres Sohnes schienen mir reichlich überzogen. Mir entfuhr ein grottentiefer Seufzer. Was war das alles schwierig!

Ich hockte wegen dieser betrüblichen Gedanken wohl etwas zusammengefaltet auf dem Beifahrersitz, denn als Karlos den Wagen vor der Freitreppe anhielt, sah er mich ganz lieb an und sagte aufmunternd: »Paula, meine Zuckerschnute, wovor fürchtest du dich? Meine Eltern werden dich lieben. Mein Vater war ganz und gar bezaubert von dir. Und das ist auch kein Wunder, denn du bist eine Frau, die jedem Mann den Verstand raubt.«

Wir küssten uns, und am liebsten wäre ich sofort mit Karlos auf und davon gefahren … nach Las Vegas oder Nizza oder Rom … irgendwohin, wo uns niemand unser Glück zerreden konnte.

Karlos ließ von mir ab, und wir stiegen aus, was mir mit meinem engen Rock und den hohen Absätzen allerdings etwas schwerfiel.

Als ich ihm in die Arme stolperte, grapschte er begehrlich nach meinen Pobacken, zog mich eng an sich und flüsterte mir ins Ohr: »Weißt du, dass du die sexieste Theaterfriseurin mit dem süßesten JLo-Po der Welt bist? In den möchte ich für den Rest meines Lebens reinbeißen dürfen, wann immer es dir und mir Spaß macht. Also wird geheiratet. Basta!«

Er grinste schelmisch. Wie konnte der jetzt an so was denken? In meinen Po beißen! Typisch Mann! Aber es war auch eine total süße Liebeserklärung. Karlos liebte mich eben genau so, wie ich war. Kein Mann hatte je so liebevoll und sanft in meine kleinen Speckröllchen gekniffen und so leidenschaftlich in meinen prallen Hintern gebissen. Diesen Mann musste ich einfach festhalten. Gut, dachte ich und riss mich zusammen, dann mal auf in die Höhle des Löwen, äh … des Schwiegermonsters.

♡ ♡ ♡

Es gab Probleme. Natürlich! War ja klar.

Das Erste war schon mal, dass Karlos mich offenbar gar nicht angekündigt hatte. Gott, was hatte der für einen Schiss vor seinen Eltern. Anders konnte ich mir jedenfalls den absolut befremdeten Blick seiner Mutter nicht erklären.

»Hast du ihr denn nicht gesagt, dass ich mitkomme?«, zischte ich ihm irritiert zu, als er mir aus der Jacke half.

»Na ja, nicht direkt«, flüsterte er zurück, und es stellte sich heraus, dass er lediglich die Begleitung durch eine »liebe Freundin« angekündigt hatte. Na super!

Das zweite Problem war, dass ich zwar mit meinem Po bei Karlos' Vater hätte punkten können, aber da ich die meiste Zeit drauf saß, brachte das wenig. Zudem fand sein Blick auch im Bereich meines Dekolletés nichts, wo er andocken konnte. Diesmal hatte ich nämlich ein zurückhaltendes Outfit gewählt, das dem Anlass angemessen war, wie ich meinte, also mit Wäsche drunter und ohne Eselsdeckenbolero drüber.

Daher blickte er mir ins Gesicht. Das war aber offenbar viel weniger faszinierend für ihn und für mich ziemlich peinlich. Wer wird auch schon gerne von seinem zukünftigen Schwiegervater so angestarrt. Ich hätte Alix verfluchen können, weil sie mir zu diesem langweiligen Top geraten hatte, das nicht mal den Ansatz meines wohl geformten und beachtlichen Busens zeigte, geschweige denn, ihn überhaupt zur Geltung brachte. Auf die Art gewann frau keinen Schwiegervater für sich.

Also sprang ich nach der Suppe auf und eilte, meinen Po absichtlich auffällig an seinem Platz vorbeischwingend, zur Toilette. Ich riss mir das Top vom Leib und betrachtete mich in meiner Unterwäsche im Spiegel. Hm, mein Untendrunter ging heutzutage zwar locker als Obendrüber durch, ließ aber trotzdem reichlich Haut sehen. Außerdem würde Karlos' Mutter garantiert sofort merken, dass es Unterwäsche war, und eine Krise kriegen. Nee, ging nicht. Ich wollte nicht riskieren, dass sie mir die Sauciere über den Kopf goss und das Gemüse gleich hinterherwarf, wenn ich ihrem Mann so unter die Augen trat. Zudem hatte ich gelesen, dass es eine der größten Sünden und für den Frieden mit der Schwiegerfamilie absolut tödlich wäre, wenn die Braut mit ihrem Schwiegervater flirtete.

Also, man durfte es natürlich, aber eben nicht so offensichtlich, dass es die Schwiegermutter merkte. Ein pinkfarbenes Bustier war da leider wenig diskret. Also zog ich das Top wieder an, ordnete meine Haare und ging zurück. Dann musste ich es halt mal mit den geistigen Waffen einer Frau und mit dem mir angeborenen Charme versuchen. Ein bisschen Jura hatte ich nach Elkes Intensivkurs ja noch drauf. Vielleicht freute Karlos' Vater sich, wenn ich ihn auf den damals nicht ausdiskutierten Fall ansprach.

Dazu kam es dann aber nicht, denn nach der anfänglich friedhöflichen Ruhe bei der Suppe sprach Karlos beim Fisch bereits das Thema Heiraten an, und für seine Mutter brach die Welt zusammen.

Es begann damit, dass Karlos' Vater aus dem Fischfilet eine mördermäßige Gräte zog und ihm dabei einfiel, dass sein Vater, also der Großvater von Karlos, bei seiner Hochzeit mit Karlos' Mutter an einer ebensolchen Gräte beinahe erstickt wäre. Was mich nun wiederum an Brechts »Kleinbürgerhochzeit« erinnerte, die wir im Deutschkurs vorm Abi weidlich durchgekaut hatten. Nicht die Gräte, das Theaterstück.

Grundgütiger! Er schilderte das Ereignis sehr detailreich und unerbittlich bis zum Ende, welches Karlos' Großvater aber offenbar durch irgendeinen glücklichen Umstand überlebt hatte. Dass mir dabei irgendwie der Appetit auf Fisch verging, kann man vielleicht nachvollziehen.

Ich hatte gerade Fischmesser und Gabel säuberlich auf dem Teller zusammengelegt, als Karlos weitere weitschweifige Erzählungen seines Vaters abwürgte, indem er sagte: »Wo du es schon ansprichst, Vater, also nicht den Fisch, sondern die Hochzeit ...«

Karlos' Mutter zuckte wie elektrisiert zusammen und starrte zu uns rüber.

»Also, ich möchte ja nicht unbedingt an meinem dreißigsten Geburtstag die Rathaustreppe fegen, und darum ...«, er schluckte nervös, hielt aber durch, »... habe ich mich mit Paula verlobt.«

Und um gleich den Beweis anzutreten, griff er nach meiner Hand und hielt sie zusammen mit der seinen hoch, die Ringe deutlich sichtbar, und mein Brillant funkelte wie nie zuvor. In dem Moment fand ich ihn fast schon ein bisschen aufdringlich. Hatte ich vielleicht doch den etwas prolligen Geschmack meiner Mutter geerbt?

Wenn seine Mutter das so empfand, so merkte man es ihr jedenfalls nicht an, denn sie kämpfte noch mit dem Schock, den die Nachricht bei ihr ausgelöst hatte. Die Wirkung war etwa mit der eines mittleren Tornados vergleichbar, der über das herrschaftliche Fertighausanwesen hinweggefegt war. Entsprechend groß war die Erschütterung. Karlos' Mutter war leichenblass geworden, während sein Vater einen hochroten Kopf bekommen hatte, was bei mir sofort die Frage aufwarf, wie zwei Menschen mit so unterschiedlichen biodynamischen Reaktionsmustern in ihrem Krisenverhalten überhaupt in einer Ehe zurechtkamen?

Aber ehe ich mich einer Antwort nähern konnte, hauchte Karlos' Mutter völlig fassungslos: »Das ist ja eine Überraschung ...«

Woraufhin Karlos' Vater aufsprang, Karlos heftig und mehrmals hintereinander auf den Rücken schlug und laut und begeistert ausrief: »Großartig, Junge! Ganz großartig! Wurde ja auch mal Zeit!«

Wenn ich je Zweifel gehabt hatte, nun war ich mir ganz sicher, dass er zu den Alten Herren einer schlagenden Verbindung gehörte. Jurist eben.

Da Karlos aufgestanden war, um in die Umarmung seines Vaters zu sinken, erhob auch ich mich, damit ich die Glückwünsche meines zukünftigen Schwiegervaters gefasst und aufrecht entgegennehmen konnte. Der aber dachte nicht daran, seinen Überschwang bei mir abzubremsen, und nach Busserl rechts und Busserl links landeten seine Hände dann doch noch zielgenau auf meinem Po, womit ich ihn sofort und für immer und ewig komplett auf meine Seite zog – trotz Slip unterm Rock. Denn als er mich schließlich leicht widerstrebend losließ, hatte er wieder dieses hungrige Glitzern eines Mannes in den Augen, den seine Frau nicht mehr ranlässt.

Armer Kerl! Da musste ich mir demnächst mal wegen einer Therapie Gedanken machen. Aber ehrlich gesagt, stellte ich mir Sex mit meiner Schwiegermutter in spe alles andere als genussvoll und amüsant vor, wie überhaupt jede Form des Zusammenlebens mit ihr grauenhaft sein musste. Doch das war erst mal nicht meine Baustelle, schließlich würde ich mit ihr schon noch meine eigenen Probleme kriegen.

Das erste zeichnete sich auch bereits ab. Da Karlos' Vater schon mit fliegenden Fahnen und flatterigen Händen in unser Lager gestürmt war, sah Karlos' Mutter offenbar keinen Sinn darin, zu diesem Zeitpunkt und alleine den Versuch zu unternehmen, die Heirat noch zu torpedieren. Sie entschloss sich daher für eine andere Strategie – nicht weniger perfide natürlich.

Unter dem Deckmäntelchen hilfsbereiter Kooperation versuchte sie sofort, so viel Einfluss wie möglich auf die Hochzeit zu nehmen, und das hieß mit ihren Worten: »Wir feiern natürlich bei uns. Ich werde es mir nicht nehmen lassen, für meinen einzigen Sohn eine unvergessliche Hochzeit auszurichten.«

Äh, ja, das hatte meine Mutter für ihre einzige Tochter auch vor, und so merkte ich dezent an: »Richtet nicht, äh … die Familie der Braut traditionell die Hochzeit aus?«

Der Blick von Karlos' Mutter, der mich traf, war tödlich, also beinahe …

»Jeder nach seinen Möglichkeiten«, sagte sie schließlich kalt und mit einem Tonfall, der keinen Widerspruch duldete. »Karlos wird doch Ihre Familie deswegen nicht in den Schuldturm bringen wollen. Nicht wahr, Karlos?« Und zu mir sagte sie, wobei sie eine Überdosis Barmherzigkeit auf ihre Stimmbänder legte: »Wirklich, Kindchen, es ist nicht nötig, dass Ihre Frau Mutter wegen der Hochzeit einen Kredit aufnimmt. Ihr Laden ist doch sicherlich auch noch nicht abbezahlt, oder irre ich?«

Mercy, give me mercy …

Ich fühlte, wie ich bis in die Haarwurzeln rot wurde. Woher wusste sie denn das nun schon wieder? Machte ich einen so minderbemittelten Eindruck?

Finanziell, meine ich. Mamas Frisiersalon wirkte doch eigentlich total modern und beeindruckend. Dass sie damit noch ganz schön in der Kreide stand, sah man ihm doch wirklich nicht an.

Na gut, das Publikum und die Piercings und die Tattoos ... damit erreichte Mama vielleicht nicht die Upperclass-Klientel, aber immerhin war die Frau des Bürgermeisters reumütig zu meiner Mutter zurückgekehrt, als man ihr in einem anderen Salon mit einer Kolorierung völlig die Haare versaut hatte. Es war schon ganz schön dreist von Karlos' Mutter, einfach vorauszusetzen, dass wir nicht in der Lage wären, eine Hochzeit vom Sparkonto zu bezahlen.

Aber es gab mir auch zu denken, weil es ja nichts anderes hieß, als dass ich trotz meines teuren Parfüms von Escada den Mief der unteren Mittelschicht mit Siedlungshaus und verschuldetem Dienstleistungsgewerbe ausdünstete. Wie erniedrigend!

Ich sah Karlos mit einem flehenden Blick an. Rette mich!, hätte ich am liebsten gerufen. Lass es nicht länger zu, dass deine Mutter so auf meinem Selbstbewusstsein herumtrampelt!

Mir wurde grausam bewusst, dass, wenn meine Schwiegermutter tatsächlich die Hochzeit ausrichten sollte, sie keine Gelegenheit auslassen würde, um mich in Karlos' Augen, in den Augen seiner Freunde und vor der ganzen Welt herabzusetzen und zu blamieren. Im Prinzip konnten wir die Heirat dann auch gleich ganz abblasen, denn ich war mir sicher, dass Karlos mich bereits vor der Trauung nicht mehr lieben würde, wenn seine Mutter das Regiment über unsere Hochzeitsorganisation übernehmen sollte. Mit der ihr eigenen Perfidie würde sie es schaffen, mich als dick und doof und unter seinem Niveau hinzustellen, und zwar so lange, bis es jeder und vermutlich auch ich selbst glaubte.

Leider bemerkte Karlos mein stummes Flehen nicht, spürte aber wohl doch, dass das Angebot seiner Mutter bei mir nicht wirklich gut ankam. Also versuchte er, wie es seine Art war und wie er es wohl in seinem Business als Vorstandsassistent seiner Bank gelernt hatte, erst mal auf einen Kompromisskurs hinzusteuern.

»Das Angebot ist großartig, Mutter, wir wissen es wirklich zu würdigen und werden darüber nachdenken. Es ist ja noch nicht so eilig.«

Seine Mutter sah ihn ungläubig an und meinte dann giftig: »Nicht eilig? Nachdenken? Da gibt es nichts nachzudenken. Wir feiern hier, damit das von vornherein klar ist.« Und während die Klunker an ihrem Hals nach dieser Eruption noch nachbebten, meinte sie an ihren Mann gewandt: »Nun sag doch auch mal was! Du willst doch wohl nicht die Hochzeit deines einzigen Sohnes einer Friseuse überlassen und sie womöglich noch in einem Frisiersalon feiern. Incroyable!«

So viel Französisch verstand ich dann auch, um zu kapieren, dass sie das ganz unmöglich fand. Und ihr Mann pflichtete ihr auch noch bei. Trotz meines Pos!

»Da muss ich deiner Mutter ausnahmsweise mal recht geben, Karlos«, sagte er, doch als er meinen empörten Blick auffing, fügte er rasch hinzu: »Man kann sich ja mal zusammensetzen.«

»Könnte man«, stimmte ich zu, um endlich die Debatte zu beenden, und dachte: Wird man aber nicht. Denn dass meine Mutter nicht auf ihr Recht zugunsten von Karlos' Mutter verzichten würde, war so sicher wie das Amen in der Kirche.

»Können wir nicht doch in Las Vegas heiraten?«, fragte ich Karlos auf der Heimfahrt. »Ganz gemütlich, nur wir beide, ohne allen Stress und mit ganz viel Champagner und einem gigantischen Hummer.«

»Wo genau soll das sein?«, fragte er, und es klang leicht lüstern.

»Natürlich in einem Fünfsternehotel, mein Schatzi, und dort natürlich im Bett!«

♡ ♡ ♡

»Das könnt ihr nicht machen!«, maulten aber auch Alix und Melli, als ich versuchte, sie für meinen Plan zu erwärmen. Karlos hatte ich fast schon rumgekriegt, aber bei den beiden biss ich auf Granit.

»Geht gar nicht!«, sagte Alix, »Es sei denn, ihr nehmt mich als eure Trauzeugin mit. Ohne mich gehst du nicht in die Ehe, Paula. Du weißt, dass wir uns das schon in der Schule geschworen haben. Jede von uns ist die Trauzeugin und Brautjungfer der anderen. Versprochen ist versprochen und wird auch nicht gebrochen!«

Ich erinnerte mich dunkel an einen solchen Schwur, den ich nach dem Abi in volltrunkenem Zustand abgelegt hatte, als wir uns überhaupt so allerlei geschworen hatten: immer zusammenzubleiben, uns gegenseitig zu unterstützen, uns nie für einen Mann zu vernachlässigen, bei der Geburt der Kinder wechselseitig im Kreißsaal die Hand der anderen zu halten und nach unserer Scheidung zusammen mit den Kindern in eine WG zu ziehen, um sie gemeinsam zu erziehen. Und noch vieles mehr.

Ich seufzte. »Ja, weiß ich, habe ich ja auch nicht vor. Ich frage Karlos.«

Aber Karlos war doch nicht wirklich für Vegas und mit Alix zusammen schon gar nicht.

»Wir machen es ganz stinknormal hier. Mit Familie und Freunden«, sagte er. »Unsere Mütter werden sich doch wohl einigen können.«

»Werden sie nie!«

»Werden sie doch!«

»Nie!«

»Doch!«

Okay, dann musste es wohl sein.

»Lern meine Mutter erst mal kennen«, sagte ich also, »dann sehen wir weiter.«

♡ ♡ ♡

Gut, das hatte ich mir nun selber eingebrockt. Natürlich wollte Karlos meine Mutter so schnell wie möglich kennenlernen, um sie mit seinem Charme platt zu bügeln.

Mit dem Ziel vor Augen, sie doch noch für eine gemeinsame Hochzeitsplanung zu gewinnen, kehrte er also den Gentleman raus und schlug vor, statt beim Italiener auf meine Mutter zu warten, sie doch mit dem Cabrio aus dem Salon abzuholen. Dass ich mich dafür auf die eigentlich nur als Ablage taugliche hintere Sitzbank quetschen musste, schien ihm dabei völlig am Anus vorbeizugehen.

Männer waren einfach eindimensional. Wenn sie sich vorgenommen hatten, die Schwiegermutter zu bezirzen, konnte die Braut neben ihnen einem Serienkiller zum Opfer fallen, und sie merkten es nicht mal.

Also fing der Abend für mich nicht wirklich optimal an. Außerdem brachte mir die beengte Sitzsituation in Erinnerung, dass ich dringend mit meiner geplanten Adam-und-Eva-Diät anfangen musste, wenn ich noch bis zur Hochzeit meine Traumfigur haben wollte.

»Karlos«, sagte ich daher, »denk dran, dass wir nicht zu viel essen und ab morgen wirklich mit der Diät anfangen. Du weißt doch, die Adam-und-Eva-Diät, die direkt ins Paradies führt!«

Karlos lachte. »Ist sie so tödlich?«

Ehe wir das Thema vertiefen konnten, waren wir schon beim Frisiersalon meiner Mutter angekommen. Nach dem Probesitzen hinten hatte ich wieder auf dem Beifahrersitz Platz genommen, und Karlos öffnete mir nun total gentlemanlike die Wagentür.

Echt, bei dem Typ glaubte man manchmal wirklich in eine Rosamunde-Pilcher-Verfilmung im ZDF geraten zu sein. Entsprechend krass war dann der Unterschied zu dem, was uns in Mamas Salon erwartete. Es war schon kurz nach zwanzig Uhr, und ich hätte mit etwas weniger Generation Doof eigentlich ahnen können, dass es keine gute Idee war, Karlos um diese Zeit mit in den Laden zu nehmen. Aber ich litt wohl seit der Verlobung an akuter Hirnerweichung. Also machten wir eine Art Zeitreise und landeten aus der Pilcher-Epoche genau in der krassen Gegenwart der Sonnenallee oder des Kreuzberger Kiez' oder meinetwegen auch in Frankfurt kurz hinterm Hauptbahnhof.

Der Frisiersalon war leer und aufgeräumt, aber aus einem Nebenraum drang ein Stöhnen, dessen Ursprung für jemanden, der uns zum ersten Mal hier besuchte, leicht wie etwas wirkte, was es nicht war ...

»Nein«, sagte ich also sofort, um erst gar nicht so einen Irrtum aufkommen zu lassen, »das ist nicht das, was du glaubst, auch nicht das, wonach es sich anhört ... Echt nicht!«

Karlos sah irritiert aus, denn natürlich glaubte er, dass meine Mutter nebenan mit dem Friseurlehrling poppte.

»Äh, ja, und du meinst nicht, wir sollten besser schon mal vorfahren, zum Italiener?«

Aber ehe ich antworten konnte, verstummte das Stöhnen, die Tür des Nebenraums wurde aufgestoßen, und ein Mädel mit einem auf halbmast hängenden Tanga kam in den Salon und stellte sich vor den großen Spiegel, um sein frisch tätowiertes Arschgeweih zu betrachten. Madre mia!

Die kam auch gleich hinterher und blieb wie versteinert in der Tür stehen, als sie Karlos und mich erspähte.

»Hi, Mama«, sagte ich, um Lässigkeit bemüht. »Hast du grade ein Tattoo gestochen? Das ist übrigens, äh ... Karlos. Wir, wir wollten dich zum Essen abholen. Äh, ja, sind wir zu früh?«

Karlos hatte wohl noch immer nicht so ganz gerafft, was abging, benahm sich aber – dank seiner wohl doch sehr guten Kinderstube – unauffällig. Also, er rastete nicht aus, brüllte nicht und stürzte nicht, mich hinter sich her zerrend, sofort aus dem Laden. Er schmiss mir auch nicht den Verlobungsring vor die Füße. Nein, tat er alles nicht ... Stattdessen stierte er mit Kalbsaugen das Mädel mit dem Steißbeintattoo an.

Wirklich gute Arbeit von meiner Mutter, das musste ich neidlos anerkennen. Es war ein in Flammen stehendes Herz mit verschlungenen Girlanden nach einem Motiv von Christian Audigier – voll das Luxusdesign.

Die Kleine war aber allenfalls dreizehn. Ob das die Eltern erlaubt hatten? Mama sollte da wirklich nicht so blauäugig sein. Mit ihrer Großmütigkeit den Kids gegenüber hatte sie irgendwann doch noch mal eine Strafanzeige von erbosten Eltern am Hals.

»Bist du denn jetzt fertig?«, fragte ich in die mittlerweile peinlich werdende Stille hinein. Selbst das Mädel war verstummt, als wir so plötzlich dastanden und ihr auf den Hintern stierten.

»Ja, ja«, sagte meine Mutter leichthin. »Cindy, es sieht einfach unglaublich cool aus!«

Das fand Cindy auch. Also sprühte Mama noch eine ordentliche Dosis Kodan drauf, damit es keine Entzündungen gab, und ermahnte Cindy, noch eine halbe Stunde auf dem Bauch liegen zu bleiben.

»Wir sind dann mal weg«, sagte sie. »Ich lass dir den Schlüssel da. Wirf ihn nach dem Abschließen einfach in den Postschlitz.«

So machte sie es meistens mit ihren späten Kunden, und daher konnten wir mit einem immer noch ungewöhnlich schweigsamen Karlos den Salon verlassen und zum Italiener fahren. Ich quetschte mich auf die Reservebank, und Mama ließ sich von Karlos den Beifahrersitz etwas bequemer einstellen.

Dann ging es los. Kaum hatte Karlos das Lenkrad in der Hand und den Fuß auf dem Gaspedal, war er wieder ganz Mann. Und als solcher fand er es natürlich inzwischen absolut geil, zum Auftakt des Abends ein halb nacktes Mädchen serviert zu bekommen, und dann noch mit einer derart exzellent gemachten Tätowierung.

Er hielt also mit seinem Lob nicht hinter dem Berg, und während ich noch glaubte, vor Scham vergehen zu müssen, meinte er jovial: »Wirklich, Frau Meyer, dieses Tattoo war ehrlich beeindruckend, wie vom Schöpfer persönlich gestochen.« Wobei er damit wohl weniger den Schöpfergott meinte als Meister Christian Audigier himself.

Mehr hätte er eigentlich an diesem Abend nicht mehr sagen müssen, denn nach diesen Worten fuhr meine Mutter hundertachtzig Prozent auf ihn ab.

Sie lehnte sich relaxt in den Sportsitz zurück, genoss den Fahrtwind, der ihr das Haar leicht zerzauste und mich, das lebende Windschott, fett umtoste, und sagte mit einem erfreuten Klang in der Stimme: »Ja, hat es Ihnen gefallen? Ich darf doch Karlos sagen? Es ist eines meiner Lieblingsmotive ... wird auch viel nachgefragt ... besonders von verliebten Teenies. Aber ich habe natürlich auch was für Männer von Format wie Sie ...«

Nein! Ich hätte aus dem Auto springen können, weil sie sich so plump vertraulich an Karlos ranschmiss. Das war ja absolut peinlich! Aber ihm schien es Spaß zu machen. Vermutlich hatte er sich eh schon auf einen Abend auf dem Rummelplatz eingestellt.

Meine Damen und Herren, hereinspaziert! Hier werden Sie Sensationen und Wunder erleben, die Sie in Ihren kühnsten Träumen nicht erwartet hätten, eine Show mit Absurditäten und Monstern in ihren natürlichen Lebensräumen ...

Ich musste diese Horrorvision nicht weiter ausschmücken, denn wir waren da.

Der Tisch war reserviert und hübsch eingedeckt, und Karlos ließ sich von meiner ortskundigen Mutter beraten, welche Speisen empfehlenswert waren. Wir entschieden uns für eine große Platte Antipasti, und während ich eine Pizza Siziliana orderte, bestellten Mama und Karlos Saltimbocca alla Romana.

Am Abend konnte ich das meinem Kalorienhaushalt nicht zumuten. Obwohl ... Wenn ich an den Haufen geschmolzenen Käses dachte, der meine Pizza überziehen würde ... Nur noch heute, redete ich mich raus, nur weil ich heute auf einer Friedensmission war, für die ich ganz, ganz stark sein musste.

So stark dann auch wieder nicht, und so ließ ich die halbe Pizza liegen, als Mama und Karlos nach einer Flasche Chianti Classico mit Hahn auf dem Etikett einander bereits das Du anboten. Karlos musste über magische Kräfte bei Frauen verfügen.

Nur in einem Punkt kam er nicht weiter: Meine Mutter war nicht bereit, über die Organisation der Hochzeit zu diskutieren, weder mit ihm, geschweige denn mit seiner Mutter. Und als ich mich bemüßigt fühlte, ein gemeinsames Treffen vorzuschlagen, hatte ich den Eindruck, dass sie mich am liebsten wegen Hochverrats am nächsten Laternenpfahl aufgeknüpft hätte.

Aber Karlos besänftigte sie gleich wieder, denn nachdem er beim Gang zur Toilette dezent die Rechnung beglichen hatte, bot er an, meine Mutter nach Hause zu fahren. Und während ich mich noch fragte, ob das vielleicht ein Risiko sein könnte, lud sie ihn schon ein, doch noch auf einen »Absacker« reinzukommen.

Ich erstarrte, murmelte dann etwas von »keine Umstände machen« und »nicht so unangemeldet reinplatzen«, was aber weder bei meiner Mutter noch bei Karlos wirklich ankam. So nahm also das Verhängnis seinen Lauf.

Die Katastrophe saß in ausgeleierter Jogginghose

und Feinrippunterhemd mit grauen Wollsocken an den Füßen und einer Bierflasche in der Hand im Wohnzimmer vor dem Fernseher und schnarchte.

»Hallo, Ernst! Ich bin's. Ich bringe Paula und ihren Verlobten mit!«, rief meine Mutter schon im Flur, und es klang wie ein Warn- und Weckruf! Vermutlich, weil ihr schlagartig bewusst geworden war, was uns im Wohnzimmer erwarten würde.

»Eherrrrrnst!«

Alles vergebens. Mein Vater träumte im Tiefschlaf vor sich hin und hörte null und nichts. Denn als wir ins Wohnzimmer traten, bot sich uns just der eben beschriebene Anblick. Der war für mich eigentlich so was von normal, dass ich selber nicht verstand, warum ich am liebsten schreiend aus dem Haus gelaufen wäre. Wieso schämte ich mich plötzlich dermaßen? Nur weil Karlos neben mir stand und von seinen ein Meter achtzig auf meinen im Sessel eingepennten Vater herabsah?

Ja! Genau! Weil er auf ihn herabsah! Ich wollte nicht, dass irgendwer, und schon gar nicht Karlos, auf meinen Vater herabsah.

Mein Fluchtinstinkt erwachte. Nur weg hier. Raus! Ich griff nach Karlos' Hand.

»Äh, ja, wir … wir gehen dann wohl am besten«, stammelte ich völlig durch den Wind und versuchte, ihn von der Türschwelle zu zerren. »Wir … wir wollen nicht stören.«

Karlos wollte stören. Jedenfalls bewegte er sich keinen Zentimeter nach draußen, sondern trat im Gegenteil ganz ins Wohnzimmer, wo meine Mutter grade die Glotze ausschaltete.

»Setzt euch doch, Kinder«, sagte sie in dem Bemühen, ihre Verlegenheit zu überspielen und rüttelte meinen Vater am Arm.

»Ernst, nun wach doch mal auf! Die Paula ist da.« Sie wand ihm die Bierflasche aus den Fingern und schimpfte: »Sauf doch nicht immer jeden Abend.«

Auf das Stichwort reagierte mein Vater allergisch. Er wachte auf und setzte sich mit den Worten »Ich saufe nicht!« abrupt im Sessel auf.

Karlos sah dieser Szene grinsend zu und ließ sich auf dem Sofa nieder. Ich hockte mich gezwungenermaßen neben ihn und begann sofort, meinen Vater zu verteidigen. »Äh, er arbeitet den ganzen Tag schwer, körperlich, meine ich, da macht ein Bier ganz schnell müde.«

Ich kickte zwei am Boden liegende leere Bierflaschen unauffällig unter den Sofatisch. Karlos grinste. Grundgütiger! Konnte der auch noch mal was anderes machen? Hier gab es nichts zu grinsen. Wir waren hier nicht im Zoo, wo Karlos Strahlemann die Menschenaffen in ihrem Gehege ansehen durfte. Fast hätte ich gesagt: Nicht an die Scheibe klopfen! Füttern war ja sowieso verboten.

Aber kaum war mein Vater wach, war er auch schon wieder klar im Kopf und fand die Situation wohl genauso peinlich wie ich. Was hatte meine Mutter sich bloß dabei gedacht? Er stand auf und schlich mit einer gemurmelten Entschuldigung auf seinen Wollsocken aus dem Wohnzimmer, wobei er noch leise zu meiner Mutter meinte: »Warum bringst du Besuch mit und sagst es mir nicht? Wer ist das überhaupt?«

Meine Mutter zog die Tür hinter sich zu, und so konnte ich nicht mehr hören, was sie antwortete. Was machte ich denn nun mit Karlos?

»Willst du noch was trinken?«, fragte ich also ziemlich hilflos.

Wieder grinste er. »Gerne, Zuckerschnute!«

Er konnte mich mal Zuckerschnute!

»Bier oder Wein?«

»Bier auf Wein, das lass sein!«, leierte er wenig geistreich das Standardsprüchlein des Profitrinkers runter. »Wein wäre besser.«

Ich ging zur Vitrine und holte Weingläser raus. Hm, ziemlich angestaubt. Wenigstens lag eine angebrochene Packung Papierservietten im Fach unter den Gläsern, und ich nahm eine Serviette und wischte dezent die Gläser noch mal aus.

Wo hatte Mama denn den Wein?, überlegte ich, als ich sie auf den Couchtisch stellte.

Offenbar sah man mir meine Anspannung total an, denn Karlos sagte mit warmer Stimme: »Relax, Baby. Smart bleiben!«

Ich starrte ihn an. Hatte er durch den schockierenden Anblick meines Feierabendpapas einen Schaden erlitten?

»Du … du bist aber in Ordnung, oder?«, fragte ich vorsichtig.

Er lachte. »Klar bin ich in Ordnung. Du auch?«

Äh, ja, nein, eher weniger, wenn ich ehrlich war. Ups, mein Hirn lag mal wieder auf meiner Zunge.

Karlos griff nach meiner Hand und zog mich auf seinen Schoß. Und ohne ein weiteres Wort begann er, heftig mit mir zu knutschen. Erst wollte ich ihn abwehren, aber dann brach mein ganzer Jammer durch, und ich ließ mich einfach nur in seine schützende Umarmung fallen.

Oh, mein Gott, wie konnte er mich jetzt und hier in

dieser Situation küssen? Das hieß ja, dass ihm alles – alles außer mir – vollkommen egal war. Unser spießiges Wohnzimmer, mein derangierter Vater, die abgewetzten Polstermöbel ... All das, was mir plötzlich an meinem Zuhause so peinlich war, störte ihn offenbar kein bisschen. Oh, wie ich ihn dafür liebte! Und wie ich mich schämte, dass ich ihn mit seiner überheblichen und vor Standesdünkel triefenden Mutter in einen Topf geworfen hatte.

Wir knutschten noch, als meine Eltern wieder ins Wohnzimmer traten. Mein Vater hatte sich einen Pullover übergezogen und trug jetzt Sportschuhe. Das war zwar auch nicht der ultimativ schicke Freizeitdress, aber das passte schon.

Mama hüstelte, weil wir ihr Eintreten offenbar überhört hatten. Sie entdeckte die Gläser auf dem Sofatisch und sagte: »Wie schön, du hast ja schon die Weingläser aus der Vitrine genommen. Dann könnte Papa uns ja mal einen guten Tropfen aus dem Keller holen. Machst du das, Ernst?«

Papa machte, und Karlos ließ von mir ab.

»Bring doch den Kupferberg!«, rief meine Mutter meinem Vater nach. »Es gibt ja was zu feiern.«

Sie sammelte die Weingläser wieder ein. »Da müssten wir ja dann die Sektgläser nehmen«, meinte sie.

Sie stellte ein Schälchen mit Chips und eins mit einer Nussmischung auf den Tisch, und dann war Papa auch schon mit dem Sekt da. Kupferberg Gold. Na denn, der Schampus des kleinen Mannes. Mein Vater friemelte den Draht vom Sektkorken, schüttelte die Flasche, bis der Korken explosionsartig gegen die Decke knallte und der Sekt in einer kleinen Fontäne aus der Flasche spritzte.

Mama kicherte hektisch. »Schnell, schnell ein Glas drunter!«, rief sie und hielt auch schon ihr Sektglas hin.

Das alles war effektvoll und ohne nennenswerten Sektverlust über die Bühne gegangen. Die beiden waren schon ein gut eingespieltes Team.

Als Papa auch uns eingegossen hatte, wobei er sich endlich richtig mit Karlos bekannt machte, sprach meine Mutter einen Toast aus. »Liebe Paula«, sagte sie, »wir freuen uns, dass du deinem Vater und mir heute deinen Verlobten vorstellst, und wir wünschen euch alles, alles Gute und ... auf die Hochzeit! Prost!«

Wir stießen an, und nach dem ersten Schluck, bei dem es Karlos sichtlich schüttelte, fragte er: »Herr Meyer, wir hatten ja bisher nicht das Vergnügen, aber wo ich nun schon mal hier bin, möchte ich es nicht versäumen, Sie auch formell um die Hand Ihrer Tochter zu bitten. Ich möchte Paula nämlich gerne und auch möglichst bald heiraten.«

Er legte bei diesen Worten seinen Arm um mich, so als wollte er mich auf keinen Fall wieder hergeben, egal, was mein Vater sagte. Aber der gab natürlich seine Zustimmung, prostete Karlos total überwältigt mit Tränen in den Augen zu und umarmte ihn schließlich gerührt.

»Mein Schwiegersohn!«, sagte er dabei. »Du kannst sie haben, aber nur, wenn du mir versprichst, sie wirklich zu lieben und glücklich zu machen.«

Mama blieb der Mund offen stehen, weil Papa wohl seit Jahren nicht mehr so viel am Stück gesprochen hatte, woran sie nicht ganz unschuldig war, denn sie ließ ihn ja kaum zu Wort kommen.

Karlos befreite sich aus der Umarmung meines

Vaters, griff wieder nach mir und sagte ruhig und ernst: »Das verspreche ich, Schwiegervater! Ich mache sie zur glücklichsten Frau der Welt, schon allein deswegen, weil sie mich zum glücklichsten Mann der Welt machen wird.«

Und ehe ich noch was sagen konnte, hob meine Mutter erneut das Glas und trötete voller Überschwang: »Und ich sorge dafür, dass eure Hochzeit der glücklichste Tag in eurem Leben wird. Prosit, Kinder!«

»Nett, deine Eltern«, sagte Karlos, als wir zu ihm fuhren, nachdem auch die zweite Flasche Kupferberg geleert worden war.

Er hatte mich ans Steuer gelassen, weil ich mich beim Trinken zurückgehalten hatte. Mir war das alles dermaßen unheimlich, dass ich lieber einen klaren Kopf behalten wollte. Das war auch für Karlos' Führerschein besser, denn prompt rauschten wir in eine Verkehrskontrolle. Ich brauchte nicht mal pusten, so nüchtern wirkte ich, aber bei ihm wäre es sicherlich übel ausgegangen. So bekam er sich vor Dankbarkeit kaum noch ein und wollte sich unbedingt noch im Bett erkenntlich zeigen. Leider kriegte er aber keinen mehr hoch.

»Bist du sauer?«, fragte er deprimiert.

Ich schüttelte den Kopf. »Nein, gar nicht. Kann passieren.«

»Ich liebe dich, Paula, ich liebe dich so total, und deine Eltern, Süße, die sind echt nette Freaks!«

Wie gut, dass Karlos' Mutter heute nicht Mäuschen spielte. Sie hätte die Krätze gekriegt.

♡ ♡ ♡

Du und ich = wir!

»Darf's noch ein Pint sein?«, fragte Melli mitten in die heftige Diskussion hinein, die ich grade mit Karlos führte. Selbst hier, im Irish Pub, wo Melli nebenbei bediente, ging es natürlich um das gleiche leidige Thema: Hochzeit und Mütter bzw. Schwiegermütter.

Karlos nickte und sagte zu ihr: »Warum streiten sich Mütter eigentlich darum, wer die Hochzeit ausrichten darf, statt es einfach zusammen zu machen?«

Melli zuckte die Schultern, und ihr halb volles Tablett, das sie in den Händen hielt, schwankte bedenklich. »Das ist eine Prestigefrage, würde ich in diesem Fall sagen. Eine Einigungsmöglichkeit sehe ich da eigentlich nicht. Fahrt doch besser nach Vegas. Ich komme auch mit.«

Karlos zuckte sichtlich zusammen, und als Pat, der Wirt vom Irish Pub, die nächste Karaokerunde ansagte, nahm er mich bei der Hand und zerrte mich zur Bühne.

»Sing was!«, sagte er. »Sing was für mich, damit ich höre, wie sehr du mich trotz meiner Mutter liebst.«

Einen Moment starrte ich ihn völlig überrumpelt an, aber dann fand ich das eine ganz süße Aktion von ihm.

»Mache ich«, sagte ich und stieg grinsend auf die Minibühne.

Und während Karlos zum Tisch zurückging, begann ich zu singen: »*Wir sind vom selben Stern, ich kann deinen Herzschlag hör'n, du bist vom selben Stern wie ich, wie ich…*«

Aber eigentlich stimmte das ja gar nicht, denn selten war mir Karlos' Universum so weit von meinem entfernt erschienen wie nach unseren Besuchen bei seinen und meinen Eltern.

Ob das mit uns wirklich gut gehen würde?

♡ ♡ ♡

Es ging. Irgendwie. Immer wenn wir uns liebten, war alles für uns möglich. Der Zusammenprall unserer Lebenswelten auf der rein physischen Ebene war die kreativste Verbindung, die man sich nur vorstellen konnte, und darum war nach jeder Liebesnacht die Gewissheit, dass wir zusammengehörten, größer und der Wunsch, so bald wie möglich unsere Zusammengehörigkeit mit einer Hochzeit zu besiegeln, immer stärker.

»Ich will dich jede Nacht neben mir spüren, Paula«, sagte Karlos und wickelte eine lange Strähne meines Haars um seine Hand. »Du sollst jeden Morgen in meinen Armen liegen, wenn ich aufwache, und du sollst mit mir duschen und frühstücken, den Tag und besonders die Abende planen und jede Minute glücklich sein. Genauso glücklich wie ich.«

Er wickelte die Strähne wieder ab, legte sie säuberlich neben meinen Kopf auf das Kopfkissen und küsste mich sanft.

»Wollen wir mal nach einer Wohnung suchen?«, nutzte ich die Gelegenheit.

»Klar, warum nicht, wenn du nicht bei mir einziehen willst…«

Nein, wollte ich nicht. Seine Wohnung war schön, aber es war eine Junggesellenwohnung. Es war *seine* Wohnung und nicht *unsere*, von ihm nach seinem Geschmack eingerichtet. Toll eingerichtet, aber eben nur nach seinen Vorstellungen. Wenn man heiratete, zog man ja auch schon deswegen in eine neue Wohnung, um sie gemeinsam einzurichten, um von jedem etwas einzubringen und einen neuen Geist der Gemeinsamkeit sichtbar werden zu lassen bei diesem Schritt von einem in ein anderes Leben.

Ich setzte mich im Bett auf und schüttelte lachend den Kopf. »Nein, Karlos, ich will nicht bei dir einziehen. Genauso wenig, wie du in die WG einziehen willst. Gib mal die Zeitung her.«

Er hob die dicke Samstagsausgabe auf, die neben dem Bett auf dem Boden lag. »Die ist aber noch von der letzten Woche«, sagte er, als er sie mir auf die Bettdecke warf.

»Macht nichts. Nur mal so zur ersten Orientierung.«

Ich blätterte den Immobilienteil auf, während Karlos ins Bad ging, sich kurz frisch machte und dann im Bademantel in die Küche zur Kaffeemaschine ging. Wenig später duftete es verführerisch nach frischem Kaffee. Er brachte zwei Kaffeepötte mit und kuschelte sich wieder zu mir aufs Bett, wobei er allerdings verstohlen auf seine Armbanduhr schaute.

»Musst du ins Büro?«, fragte ich.

»Nein, ich habe einen Außentermin. Ein Gespräch mit einem Großkunden. Um elf. Ist noch massig Zeit.«

Ich schlürfte etwas von dem köstlichen Kaffee. »Wie viele Zimmer wollen wir denn haben?«

»Drei?«

Ich zuckte zusammen. Wenn er jetzt auch noch »Eigentumswohnung« sagte, würde ich 'ne Krise kriegen, denn damit hatte mich schon Thomas, mein Ex, total genervt. Dreizimmer-Eigentumswohnung-Hochzeit-Kinder-Syndrom! Doch hoffentlich nicht auch bei Karlos! Ich starrte ihn in Panik an.

»Am besten nehmen wir gleich eine Eigentumswohnung.«

»Nein!«, rutschte es mir leicht hysterisch heraus.

»Nein?« Karlos sah mich verständnislos an. »Aber warum denn nicht? Es ist das Gescheiteste, was wir tun können. Ich verkaufe meine Wohnung, und wir kaufen eine größere. Fertig. Was stört dich daran?«

Alles, dachte ich, meinte aber nur: »Man, äh ... ist so festgelegt, also ich, äh ... würde lieber erst mal was mieten.«

Warum, das konnte ich eigentlich auch nicht so genau sagen. Und im Grunde hatte Karlos ja recht, und es war Schwachsinn, das Geld so zum Fenster herauszuschleudern. Nur weil ich wegen Thomas unter einer Dreizimmer-Eigentumswohnungs-Phobie litt, konnte ich doch jetzt nicht so unvernünftig sein.

»Wenn du dich gleich wieder scheiden lassen willst«, sagte Karlos mit leicht ironischem Tonfall, »sollten wir vielleicht gar nicht erst heiraten, sondern so zusammenziehen. Das erspart uns die Scheidungskosten.«

Blödmann!

»Tut mir leid«, sagte ich zerknirscht. »Es ... es war nur ein Gespenst aus der Vergangenheit, das mal kurz vorbeigeschaut hat.« Ich grinste etwas schief. »Und du findest es nicht ein bisschen spießig, in eine Eigentumswohnung mit mir zu ziehen?«

Karlos lachte laut auf. »Ich würde sagen, das kommt ganz auf die Wohnung an … und auf uns.«

Da hatte er absolut recht.

»Okay«, gab ich nach. »Dann machen wir das, aber es müssen wenigstens *vier* Zimmer sein und ein Altbau in der Innenstadt. Wenn ich eins nicht abkann, dann sind es diese Wohnschachteln in den Neubauvierteln am Stadtrand.«

Karlos grinste. »Was für ein Zufall, du sprichst mir doch glatt aus der Seele.«

Aber dann erwies sich die Wohnungssuche doch als äußerst schwierig, und nach der ersten Besichtigungseuphorie war ich ziemlich frustriert.

»Komm, Süße, lass den Kopf nicht hängen. Wir finden schon noch was. Notfalls heiraten wir erst mal ohne Wohnung, und du ziehst doch zu mir«, versuchte Karlos mich zu trösten, als ich nach einer wieder mal ergebnislosen Besichtigung eines als ultimativ angepriesenen Penthouse, das sich als absolute Zumutung entpuppte, frustriert in meinen Cappuccino starrte.

Aber das war kein wirklicher Trost, denn ich wollte auf keinen Fall in seine Junggesellenwohnung ziehen. Nicht, weil er dort vielleicht mit anderen Frauen gepoppt hatte, sondern, weil es eben keine gemeinsame Wohnung war.

»Wenn wir nicht bald eine Wohnung finden, können wir sie bis zur Hochzeit ohnehin nicht mehr einrichten«, meinte Karlos nun auch noch realistisch. »Ich würde ja nicht so gerne auf einer Luftmatratze schlafen.«

Ich schubste ihn mit der Schulter an, und er legte

seinen Arm um mich. »Das wird ja wohl nicht passieren, oder willst du deine Möbel nicht mitnehmen? Ich werde auf keinen Fall mein Diwanbett in der WG lassen.«

War ja schließlich auch eine Frage des Geldes, andererseits ...

Karlos streichelte meine Schulter und meinte lächelnd: »Wir kriegen das schon hin. Etwas bringt jeder mit, weil sein Herz schließlich daran hängt, aber wir werden sicherlich das meiste neu anschaffen und gemeinsam aussuchen. Darauf freue ich mich schon sehr.«

»Ich auch«, sagte ich erleichtert. »Es wird die gemütlichste Wohnung der Welt.«

Aber auf gemütlich stand Karlos nicht so wirklich. Als wir das erste Mal am Wochenende Möbel anschauten, merkte ich, dass er alles, was mir gefiel, als plüschigen Kitsch betrachtete, während ich seinen Geschmack als viel zu sachlich und kalt empfand. Nichts gegen italienische Designermöbel, aber nicht ausschließlich in Chrom und Leder und dann auch noch anthrazitgrau. Um in so was leben zu können, müsste ich ja schon am Morgen Antidepressiva schlucken.

»Wollen wir nicht ein bisschen mehr Farbe?«, fragte ich vorsichtig. »Macht das Leben irgendwie bunter ...«

»Und die Wände dann mit Fingerfarben bemalen, oder was? Stellst du dir unsere Wohnung als Kindergarten vor?«

Um Himmels willen, nein! Bloß nichts mit Kindern ... jedenfalls jetzt noch nicht. Aber was war an einem indischen Tisch und marokkanischen Kissen Kindergarten?

»Also in meinem Kindergarten gab es so eine Kuschel- und Vorleseecke, und deine Definition von Gemütlichkeit nähert sich dem ziemlich an«, präzisierte Karlos seine Abneigung gegen meine Wohnträume.

»Aber in meinem Zimmer in der WG hast du dich doch auch immer wohlgefühlt«, warf ich ein. »Wegen der positiven Energie. Wenn wir eine Wohnung einrichten, dann sollten wir vor allem darauf achten, dass die Energieströme frei fließen können.«

»Das sehe ich ja auch so«, meinte Karlos grinsend, »und deswegen sollten wir zuallererst ein extraordinäres Doppelbett kaufen!«

»Ordinär?« Was hatte er denn Perverses vor?

»Extraordinär, Paula, nicht ordinär, sondern außergewöhnlich, exklusiv, bombastisch, traumhaft – unsere Wolke sieben!«

War der Knabe nicht einfach süß?

♡ ♡ ♡

»Ich drücke dir die Daumen, dass ihr ein nettes Nest findet, auch wenn ich es ganz und gar entsetzlich finde, dass du ausziehen willst.« Alix war überhaupt nicht begeistert, als ich ihr von meinen und Karlos' Wohnungsträumen erzählte.

»Nimm doch Justin gleich mit«, schlug Melli vor.

Meine Güte! Konnte sie sich nicht endlich mit ihm arrangieren? Offenbar nicht. Sie ging aber nicht weiter auf das Thema ein, und Alix sagte in betrübtem Tonfall: »Dann müssen wir uns ja nach einer Nachmieterin für dich umsehen. Ohne deine Miete können wir die Wohnung nicht halten.«

Da hatte sie natürlich recht. Sie und Melli waren beide ziemlich knapp bei Kasse. Melli steckte jetzt jeden zusätzlichen Cent, den sie verdiente, in die Renovierung ihrer Galerie, und Alix hatte nur noch ihren nicht sehr üppigen elterlichen Scheck und das kleine Honorar als Fotoreporterin für das Onlinemagazin *Nightlife*. Ihren Hiwi-Job an der Uni hatte sie ja verloren, weil ihr Prof ihr an die Wäsche wollte.

Fast schämte ich mich jetzt, dass ich mir mit Karlos den Luxus einer Eigentumswohnung leisten konnte.

»Ich drucke mal ein paar Zettel für das Schwarze Brett in der Mensa«, schlug Alix vor. »Die kann ich ja nächste Woche aushängen.«

»Wann wollt ihr denn jetzt genau heiraten?«, fragte Melli.

»Haben wir noch nicht endgültig überlegt, es gibt ja auch noch allerlei zu organisieren. Keine Ahnung, wie lange das dann alles dauert.«

Alix nickte. »Also ein halbes Jahr musst du schon mindestens rechnen.«

»*Was*?! Das ist viel zu lange! Das halte ich nicht aus!«

Melli grinste. »Am besten holst du dir mal am Kiosk so einen Hochzeitsplaner, da steht alles genau drin.«

Das war ein guter Tipp, und ich lief gleich nach dem Frühstück hinunter und besorgte mir ein Heft. Das heißt, ich nahm gleich mehrere, denn es gab ein ziemlich großes Angebot.

Heiraten war ja wirklich wieder total in!

♡ ♡ ♡

Bevor ich mich aber so richtig in die Hefte vertiefen konnte, brauchte erst mal Melli meine Unterstützung. Sie hatte ja von Lars zur Verlobung den Mietvertrag für eine Galerie in der Altstadt geschenkt bekommen, und nachdem wir sie das erste Mal besichtigt hatten, mussten wir feststellen, dass die Bezeichnung Galerie doch etwas hochgegriffen war. Noch handelte es sich nämlich nur um eine Ansammlung leer stehender Räume mit einem Schaufenster zur Straße. Was vorher darin untergebracht war, wollten wir lieber gar nicht wissen, denn da war vom türkischen Supermarkt bis zum Sexshop alles möglich. Aber was immer es auch war, renoviert hatte der Vormieter jedenfalls nicht.

Mellis Begeisterung tat das allerdings keinen Abbruch. Jemanden, der mal ein unbeheiztes Loft in einem ehemaligen Schlachthof bewohnt hatte, warf halt so schnell nichts um. Und eins musste man Melli lassen: Sie hatte ein Auge für Proportionen und einen sicheren Instinkt dafür, was man aus Räumen machen konnte.

Das erläuterte sie uns natürlich auch sogleich. »Klar, dass noch renoviert werden muss«, sagte sie, »aber ihr könnt euch doch sicher vorstellen, wie toll dann alles hier aussehen wird.«

Konnte ich zwar nicht, da mir die Gabe des abstrakten räumlichen Denkens völlig abging, aber Melli schilderte ihre Pläne in den buntesten Farben, sodass alleine das schon Begeisterung bei mir auslöste. Alix schien sich zudem alles wirklich gut vorstellen zu können, denn sie begleitete Mellis Schilderungen mit ständig neuen euphorischen Ausrufen, die mir allmählich auf die Nerven gingen.

»Und wann wirst du eröffnen?«, fragte ich schließlich, um zum Ende der Besichtigung zu kommen.

»So in sechs bis acht Wochen«, hatte sie damals gesagt.

Diese Zeit war nun um, und Melli lud tatsächlich zu ihrer ersten Vernissage ein.

»Genial!«, fand Alix und betrachtete die Einladungskarte von allen Seiten. Das Foto der Galerie darauf sah sehr verheißungsvoll aus. Wenn ich daran dachte, wie wir tagelang alte Tapeten von den Wänden gekratzt und gammelige Bodenbeläge aus den Räumen gerissen hatten, so war ich nahezu überwältigt. Melli hatte versucht, alles so kostengünstig wie möglich zu machen, weil sie immer noch ungerne finanzielle Unterstützung von Lars annahm. Aber nach der Tapeten- und Fußbodenaktion waren wir nahezu tot gewesen, und sie ließ sich darum doch einen zinslosen Kredit von ihm geben.

»Ich zahle es Lars sofort zurück, wenn ich die ersten Bilder verkauft habe«, sagte sie entschuldigend, weil sie damit natürlich gegen ihr Prinzip verstoßen hatte, niemals Geld von einem Lover anzunehmen.

Aber ehrlich, in diesem Fall hätte ich es auch getan. Und wie sinnvoll es war, den Rest des Umbaus Profis zu überlassen, zeigte schon die Tatsache, dass nach sechs Wochen wirklich alles perfekt war. Das hätten wir alleine nie so schnell geschafft.

Nachdem sich unsere erste Begeisterung über die schönen Einladungskarten gelegt hatte, sagte Melli: »Ich freue mich wahnsinnig und habe hier noch weitere Einladungskarten, die ihr an Freunde und Bekannte verteilen könnt. Es ist einfach wichtig, dass ich das Haus voll habe, wenn die Presse zur Eröffnung kommt.«

Den Wunsch konnten wir ihr gerne erfüllen. Alix versprach, Leute aus ihren Seminaren zu mobilisieren, und ich wollte am Theater die Werbetrommel rühren. Aber wegen des Abendtermins erhielt ich dort nicht so wirklich viele Zusagen, und da kam ich auf die Idee, auch im Frisiersalon ein bisschen zu werben. Mit einer Zusage von meiner Mutter hatte ich allerdings nicht gerechnet.

»Wird Zeit, dass ich ein bisschen was für meine kulturelle Bildung tue«, sagte sie dabei. »Dein Karlos ist ein so gebildeter Mensch, da kann es nicht schaden, wenn ich meinen Horizont etwas erweitere. Kommt Melli vor der Eröffnung noch mal wegen ihrer Haare vorbei?«

Ich nickte. Geschäftstüchtig war meine Mutter ja. »Doch, doch, ich denke schon, ich werde sie daran erinnern.«

Aber eigentlich ließ Melli sich aus Kostengründen immer von mir die Haare schneiden. Egal. Die Hauptsache war, dass meine Mutter sich nicht total blamierte.

»Ist ja wirklich super, was für eine Meinung du von mir hast!«, knallte mir plötzlich Mamas Stimme wütend ins Ohr. Mist, da hatte ich wohl mal wieder laut gedacht. »Du tust grade so, als wäre ich in meinem Leben noch nie in einer Ausstellung gewesen. Dabei war ich mit deinem Vater im Louvre und im Till-Eulenspiegel-Museum und sogar in diesem Pina … äh …kolada-Museum in München, wo all die alten Ölschinken hängen. Wie heißt noch der mit den dicken Nackten? Rubens, ja …«

Ich schluckte. Eulenspiegel-Museum? Pinakolada? Na ja, passte schon. Mellis Bilder würden eine enorme Erweiterung ihres Horizonts bedeuten. Warum sollte ich ihr dieses Erlebnis nicht gönnen? In erster Linie musste Melli die Bude vollkriegen.

Natürlich gab ich auch Karlos eine Einladungskarte, und er versprach, auf jeden Fall zu kommen.

Am Nachmittag der Galerieeröffnung machte ich Melli und Alix die Haare und werkelte heiter und engagiert an Alix herum. Ihr schönes Haar reizte mich immer, etwas Neues auszuprobieren. Sie war ein ideales Model, und immerhin hatte ich mit ihr ja auch meine Innungsprüfung ganz exzellent bestanden.

Alix fand allerdings den Bienenkorb im Amy-Winehouse-Stil, den ich ihr auf den Kopf getürmt hatte, doch etwas zu gewagt für eine Galerieeröffnung, und so fummelte ich alles wieder auseinander und bastelte ihr eine schlichtere Version, mit der sie dann sehr zufrieden war.

Wir brezelten uns auf und fuhren etwa eine Stunde vor der offiziellen Eröffnung in die Galerie, um Melli noch ein wenig bei der Dekoration für das Büfett und die Stehtische zu helfen. Karlos würde genau wie Lars und Jean-Paul später nachkommen.

Alles sah ganz toll aus. Die Räume wirkten durch den frischen weißen Anstrich und ein paar in die Mauern eingesetzte Mattglasscheiben modern und transparent. Ein paar Sitzgelegenheiten im leichten Bauhausstil waren sparsam, aber effektvoll in den einzelnen miteinander verbundenen Galerieräumen platziert. Das Beste aber war das Zentrum der Galerie, zu dem sich alle anderen Räume öffneten und in dessen Mitte ein kubischer Brunnenstein stand, in dem sich alle Energie bündelte.

Ich freute mich total, dass Melli meine Anregung, hier einen energetischen Mittelpunkt zu schaffen, wirklich aufgegriffen und so genial realisiert hatte.

Nun hatten wir uns in diesem hellen Raum zur offiziellen Begrüßung versammelt, und weil sowohl Lars als auch Jean-Paul schon da waren, hielt ich etwas unruhig nach Karlos Ausschau.

Ich erstarrte vor Schreck, als ich statt Karlos nur ein anderes Mitglied seiner Familie entdeckte: seine Mutter! Und die bewegte sich auch noch geradewegs auf *meine* Mutter zu, die just im selben Moment von der anderen Seite den Raum betrat. Beide steuerten offenbar auf den Brunnen zu, wo sie, wenn kein Meteorit oder etwas anderes sie aus ihrer Bahn werfen würde, auch unweigerlich aufeinandertreffen würden. Die Detonation dieses Clash of Cultures würde zweifellos die Erdachse aus ihrer momentanen Lage reißen und die nächste Eiszeit verursachen – zumindest zwischen unseren Familien. Denn dass eine solche Begegnung friedvoll enden könnte, sprengte den Rahmen meiner blitzartig durchgeführten Machbarkeitsstudie.

Ich konnte weder meinen Blick von den beiden abwenden noch etwas tun, um ihre Begegnung zu verhindern. Aber ich musste etwas tun! Geht nicht, gibt`s nicht! Nicht in diesem Fall. Das ging nicht gut, wenn die beiden ohne Moderation aufeinanderprallten.

Hektisch sah ich mich nach Karlos um. Wieso war der eigentlich nicht an meiner Seite, wo er hingehörte? Ich entdeckte ihn wenige Meter hinter mir, von wo aus er sich einen Weg durch die zahlreichen Gäste bahnte. Na, Gott sei Dank!

Ich stürzte auf ihn zu und zerrte ihn am Arm hinter mir her zum Brunnen, wo sich unsere Mütter nun gegenüberstanden. Keine Chance mehr, so zu tun, als hätte man sich nicht gesehen. Bitte, lieber Gott, mach, dass sie sich nicht erkennen, flehte ich.

Aber im Himmel herrschte offenbar mal wieder Hochbetrieb, in dem mein Flehen unterging. Einen Moment lang wirkten beide wie versteinert – Lots Weib als das doppelte Lottchen –, und ehe sie aus diesem Zustand wieder erwachen konnten, waren Karlos und ich auch schon bei ihnen.

»Mama«, rief ich und hechtete meiner Mutter an den Hals, wodurch ich ihr jeglichen Sichtkontakt mit Karlos' Mutter verbaute, die Karlos mit den Worten »Mutter, da bist du ja!« grade ebenfalls umarmte. »Ich suche dich schon die ganze Zeit«, fügte er erklärend hinzu, während mir der Schreck die Sprache geraubt hatte.

»Äh, war das nicht eben Karlos' Mutter?«, wollte meine Mutter jedoch gleich wissen, und weil Karlos' Mutter wohl etwas Ähnliches gefragt hatte, ließ sich die gegenseitige Existenz kaum leugnen.

»Warum sagst du mir nicht, dass diese Schnepfe auch hier ist?«, zischte meine Mutter erbost.

»Hab ich doch nicht gewusst«, flüsterte ich zurück. »Kein Sterbenswörtchen hat Karlos gesagt. Ehrenwort!«

Karlos schien diese unerwartete Begegnung jedoch als einen glücklichen Zufall zu deuten. Statt schleunigst und unauffällig mit seiner Mutter zu verschwinden, trat er mit ihr zu uns, begrüßte artig meine Mutter und meinte dann: »Was für ein Zufall, und was für eine wunderbare Gelegenheit für unsere Mütter, sich über ihre gegenseitigen Vorstellungen zu unserer Hochzeit auszutauschen.«

Die bloße Vorstellung schnürte mir den Hals zu, und so stieg mir der Prosecco prickelnd von innen die Nase hoch, dass es mir die Tränen in die Augen trieb. Da grade ein Freund von Lars, der im Museumsverein Fördermitglied war, eine kleine Eröffnungsrede hielt, versuchte ich krampfhaft, meinen Niesanfall zu unterdrücken, was die Sache allerdings nicht besser machte. Na, hoffentlich war mein Mascara wasserfest. Jedenfalls war ich in diesem Zustand nicht in der Lage, Karlos zu sagen, dass das gar keine gute Idee war, was er da mit unseren Müttern vorhatte. Also, die Hochzeit gemeinsam besprechen und so, von wegen Friede, Freude, Eierkuchen …

Und noch bevor ich meine Tränen getrocknet und meine Sprache wiedergefunden hatte, stellte auch schon meine Mutter klar: »Das ist alles längst geregelt, da gibt es nichts mehr zu besprechen.«

Das wunderte mich zwar, weil ich mir eigentlich ziemlich sicher war, dass überhaupt noch nichts geregelt war, aber vielleicht war es ja ein ganz guter Trick, um von vornherein jede Einmischung von Karlos' Mutter abzublocken.

Die durchschaute das Manöver aber sofort und meinte darum ziemlich spitz: »Alles geregelt? In so kurzer Zeit? Das hört sich aber, wenn Sie mir den Ausdruck verzeihen, nach einer 08/15-Kataloghochzeit an. Meinen Sie nicht, Frau Meyer, dass unsere Kinder etwas mehr Engagement verdient hätten? Mir schwebte eine wirklich angemessene Feier auf unserem Anwesen vor, direkt nach der kirchlichen Trauung. So etwas erfordert natürlich eine etwas umfangreichere Vorbereitung und …«, sie machte eine effekthascherische Kunstpause, »… die entsprechende finanzielle Ausstattung.«

Meine Mutter kriegte zwei scharfe Zornesfalten zwischen den Augenbrauen. Oh je, das bedeutete nichts Gutes, und obwohl ich liebend gerne der Eröffnungsrede gelauscht hätte, musste ich stattdessen höllisch aufpassen, dass sich unsere Mütter nicht in die Haare gerieten.

»Vielen Dank«, flötete meine Mutter grade ziemlich gestelzt. »Aber es ist wirklich nicht nötig, dass Sie sich wegen der Hochzeit Gedanken machen, Frau Möllering. Wie ich schon sagte, ist alles bestens geregelt. Und natürlich werde ich es mir nicht nehmen lassen, für meine einzige Tochter die Hochzeit auszurichten. So ist es ja schließlich Tradition.«

Karlos' Mutter hob ihr Kinn und sah meine Mutter über ihre Nasenspitze hinweg an, was ihr einen unglaublich arroganten Ausdruck verlieh, der meiner Mutter garantiert noch zusätzlich sauer aufstieß – mir übrigens auch.

Wie konnte ein so netter Mensch wie Karlos so eine Mutter haben? Das ging doch rein genetisch gar nicht! Ob er adoptiert war? Oder vielleicht war er als Baby vertauscht worden und gehörte gar nicht wirklich zu dieser Familie mit ihrem schlossähnlichen Fertighausanwesen?! Den Gedanken würde ich mal weiterverfolgen müssen – später.

Jetzt musste ich erst mal versuchen, zu retten, was zu retten war. Und weil bereits einige Leute recht unwirsch zu uns herübersahen, flüsterte ich hektisch:

»Äh, wollen wir nicht, äh ... erst mal die Eröffnungsrede anhören?«

Da wir hier an einem sehr auffallenden Fleck des Raumes standen, zogen wir alle Blicke auf uns und lenkten von den ehrenwerten Bemühungen des Festredners ab. Was nicht nur unhöflich war, sondern auch gemein gegenüber Melli, die so viel Energie und Geld in dieses Event gesteckt hatte. Sie sah auch schon ziemlich verständnislos zu uns herüber und schüttelte heftig gestikulierend den Kopf, so als wollte sie sagen: »Nun lasst doch mal das Gelaber da drüben!«

Und recht hatte sie. Unsere Mütter kriegten es noch fertig und versauten Melli die ganze Eröffnung mit ihrem Streit. Um das zu verhindern, zog ich meine Mutter kurzerhand aus dem Verkehr. Das heißt, ich zerrte sie um eine Ecke in den angrenzenden Raum, wo mehrere von Mellis krass-konkreten Bildern hingen. Darunter waren auch Kleinausgaben von Boris, dem Erleuchteten, der darum aber nicht minder nackt und genauso skurril war.

Karlos hatte seine Mutter ebenfalls in diesen Raum bugsiert, und die bekam geradezu Stielaugen, weil sie offenbar zum ersten Mal eins von Mellis Werken sah.

»Äh, das sind die sieben Todsünden, äh ... aus dem Zyklus *Das Jüngste Gericht*«, versuchte ich zu erklären.

Darauf sagte Karlos' Mutter aber nur: »Die einzige Todsünde, die ich hier erkenne, besteht darin, dass Fräulein Kubinski malt und ihre Produkte auch noch ausstellt.«

Karlos war blass geworden, weil ihm dieses Urteil seiner Mutter über Mellis Kunst offenbar total peinlich war.

Aber als ich grade auf diese unqualifizierte Äußerung antworten wollte, sagte meine Mutter: »Das ist nichts verglichen damit, dass Sie meinem Kind seine Hochzeit stehlen wollen.«

»Was will ich?«, giftete Karlos' Mutter sofort los.

»Na, etwas anderes ist es doch nicht, was Sie vorhaben. Sie stehlen meiner Tochter ihre Hochzeit.«

Karlos' Mutter kriegte 'ne Krise und griff Halt suchend nach Karlos' Arm, in den sie Sekunden später ihre rosa lackierten Fingernägel schlug.

»Karlos, diese Frau redet wirr! Ich biete euch eine Traumhochzeit an und diese ... diese Vorstadtfriseuse beschimpft mich dafür. Das kannst du ja wohl nicht so hinnehmen.«

Jetzt schaltete ich mich erneut ein. »Aber meine Mutter hat völlig recht«, sagte ich wenig diplomatisch. »Es ist Tradition, dass die Familie der Braut die Hochzeit ausrichtet, und wenn Sie alles an sich reißen wollen, ist das nichts anderes als Diebstahl.«

Karlos' Mutter griff sich mit einer theatralischen Geste an die Brust. »Karlos«, keuchte sie, »mein Herz. Das ... das verkrafte ich nicht. Wie kannst du mir das antun? Solche Leute in unserer Familie? Incroyable!«

Ah ja, das kannte ich ja schon. Incroyable war wohl ihr neues Lieblingswort. Aber damit konnte sie meine Mutter nicht beeindrucken. Die sprach zwar kein Französisch, war aber nicht auf den Mund gefallen, was sie auch gleich unter Beweis stellte. »Ihr Sohn kann froh sein, wenn Paula ihn nimmt«, sagte sie mit bebender Stimme. »Bei so einer Verwandtschaft!«

Daraufhin richtete sich meine Fast-Schwiegermutter auf, sodass es wirkte, als hätte sie einen Stock verschluckt, und sagte zu Karlos: »Wir gehen, Karlos. Sollte es dir einfallen, diese ... diese, äh ... Friseuse zu ehelichen, werde ich dafür Sorge tragen, dass dein Vater dich enterbt!«

Und als sie erhobenen Hauptes an mir vorübersegelte wie eine Fregatte, da feuerte sie noch eine Breitseite auf mich ab. »Dann wird er wohl kaum noch interessant für Sie sein, nicht wahr, Sie kleine Erbschleicherin!«

Aber ehe ich ihr auf diese Beleidigung gebührend rausgeben konnte, war sie schon davongerauscht.

Mama und ich sahen uns perplex an. »Was war denn das?«, fragte meine Mutter schließlich.

Ich zuckte die Schultern. »Das war Karlos' einziger Nachteil. Leider ist nichts vollkommen auf dieser Welt.«

Als ich mit Mama wieder zu der Festgesellschaft stieß, die immer noch um den Brunnen versammelt war und dem Vortrag lauschte, fragte ich mich doch, ob ich mir so eine Schwiegermutter wirklich antun musste.

Wir waren schon beim Büfett, als Karlos wieder auftauchte und sich bei mir für das Benehmen seiner Mutter entschuldigte.

»Bei mir musst du dich nicht entschuldigen«, sagte ich. »Ich kenne deine Mutter ja, aber meine Mama ist tödlich beleidigt.«

Karlos sah mich traurig an. »Schade«, meinte er resignierend. »Dabei habe ich wirklich einen Moment lang geglaubt, dass es ein glücklicher Zufall wäre, der die beiden hier zusammengeführt hat.«

Ich zuckte die Achseln und schob ihm ein Häppchen vom Büfett in den Mund. »Mach dir keine Sorgen, Schatz«, sagte ich tröstend. »Ich nehme dich auch ohne das Geld deiner Eltern.«

Wobei ich wieder innerlich grinsend an den sicher nicht unerheblichen Pflichtteil denken musste. Für wie blöd hielt Karlos' Mutter mich eigentlich, mit so einer leeren Drohung zu kommen? Meinte sie wirklich, nur weil ich Friseurin war, könnte ich nicht eins und eins zusammenzählen? Immerhin hatte mein ganzer Jahrgang bei mir die Matheaufgaben abgeschrieben! Und um über ein paar Grundregeln des Erbrechts Bescheid zu wissen, musste man ja nun wirklich nicht Jura studiert haben!

Karlos kaute lachend und meinte dann: »Das ist lieb von dir, Paula, dass du mich auch als armen Schlucker heiraten willst. Und ich nehme dich, obwohl du Friseuse bist.«

Mir wurde direkt ein wenig schwarz vor Augen. Er hatte das doch nicht wirklich eben gesagt? Ich sah ihn wütend an und schnaubte: »Danke, nicht nötig!« Und zu meiner Mutter sagte ich: »Die Hochzeit kannst du vergessen. So 'n Arsch ist es doch nicht wert, in unser Imperium einzuheiraten!«

Sie kicherte, kippte den soundsovielten Prosecco runter und meinte dann etwas zu laut zu Karlos: »Junge, Paula erbt mal einen florierenden Frisiersalon mit einem exzellenten Kundenstamm, und da habe ich meine speziellen Kunden noch gar nicht mitgerechnet.«

Karlos wurde hellhörig, und ich schob ganz plötzlich Paras. »Spezielle Kunden? Welcher Art?«

Mama grinste selbstgefällig und merkte gar nicht, dass sie wie ein Esel, dem es zu wohl war, gefährlich dünnes Eis beschritt. »Na ja, die Kunden halt, die bei mir eine Spezialbehandlung buchen. Du hast ja bisher nur die Tattoos gesehen, aber ich mache auch Piercings und ...«

Nein!, wollte ich schreien, nicht! Aber es war zu spät. Sie vollendete den Satz, und Karlos erfuhr, wobei er leicht rötlich anlief, dass Mama auch Intimrasuren machte.

»Ich mache der Paula dann für die Hochzeitsnacht auch was ganz Hübsches ... Was hättest du denn gerne, Karlos?«

»Äh, nichts!«, sagte ich abrupt und zerrte meine Mutter zum Ausgang. »Gar nichts machst du mir, denn du hast grade dafür gesorgt, dass es keine Hochzeit geben wird.«

Auch wenn Karlos sich in puncto Arschgeweih erstaunlich offen verhalten hatte, eine Friseuse, die im Intimbereich werkelte, sprengte garantiert seine Toleranzgrenzen. So wie der sich damals aufgeführt hatte, als er dachte, ich würde für Thomas als Domina arbeiten, fehlte ihm für so was garantiert der Humor.

Ich zerrte meine Mutter von Karlos weg und wollte mit ihr zusammen die Feier verlassen, als Alix auf mich zustürzte und das verhinderte.

»Das kannst du Melli nicht antun, jetzt wird es doch erst richtig lustig!«

Also blieb ich und gab mir die Kante. Was sollte ich auch anderes tun? Mamas Eröffnung überforderte Karlos offenbar, jedenfalls war er in der Galerie nicht mehr zu entdecken.

Okay, schlussfolgerte ich, dann war es das wohl. Ich betrachtete meinen Verlobungsbrilli, zog ihn resignierend vom Finger und ließ ihn in das Proseccoglas plumpsen. Hätte mich nicht gewundert, wenn er sich jetzt unter Brodeln und Zischen aufgelöst hätte.

Tat er aber nicht, und wie ich noch auf ein übersinnliches Zeichen aus dem Jenseits wartete, da sagte plötzlich eine dunkle Stimme neben mir: »Grüß dich Gott, Paula. Das ist aber eine Überraschung! Lass uns darauf anstoßen!«

Ich drehte mich abrupt herum und schaute in die wässrig hellblauen Augen von Stefan Wollbrecht, meinem ehemaligen Kunstlehrer. Seine überlange Nase bohrte sich fast zwischen meine Brüste, als ich gegen seinen ausladend über den Gürtel schwappenden Bauch stieß.

Er streckte mir sein Glas entgegen. »Prost, Paula, auf die alten Zeiten! Du weißt ja, dass du von meinen Schülerinnen den schärfsten Sex-Appeal hattest.«

Nein, jetzt bitte nicht auf meinen zweifelhaften Ruf von damals anspielen, dachte ich panisch, stieß eilig und viel zu heftig mit ihm an, und schwupp flog der Ring aus meinem Glas in sein Glas! Und, verdammter Mist, er merkte es nicht mal! Denn er war viel zu sehr damit beschäftigt, mich die ganze Zeit mit dem erregten Blick eines Jägers anzustarren, dem unverhofft ein schönes Wildbret vor die schussbereite Flinte geraten war. Wenn ich es denn mal so metaphorisch ausdrücken durfte.

Äh, ja, Schicksal, was bitte möchtest du mir nun damit sagen?

Das Schicksal sagte erst mal weiter nichts, dafür sprach Stefan Wollbrecht wirr. Jedenfalls raspelte er ziemlich wüst herum, und zwischen all dem Süßholz hörte ich Formulierungen wie »Ich fand schon damals, dass du eine bemerkenswerte Frau warst«,

»Hast auch manchem Lehrer ganz schön den Kopf verdreht«, »Habe mich immer gefragt, was wohl aus dir geworden ist«, »Du siehst einfach toll aus!« und »Bist du irgendwie gebunden?«.

Ja, war ich. Im Moment vor allem an ihn, denn der Ring war viel zu wertvoll, um ihn an Stefan Wollbrecht zu verschwenden, sowohl materiell als auch ideell! Ein rolliger Kunstlehrer im Tausch gegen Karlos? Nee! Nicht alles, was dick und lang war, machte wirklich Spaß! Und der gierige Blick, mit dem er sabbernd an mir hing, tat sein Übriges, um meine sämtlichen Instinkte auf Flucht zu polen! Aber natürlich nicht ohne den Ring.

Doch wie kam ich wieder an das gute Stück ran? Hallo, Herr Frodo, kleinen Tipp für mich? Okay, ich trat näher an Wollbrecht heran, sah ihm tief in die Augen und hauchte: »Oh, Herr Wollbrecht – oder darf ich Stefan sagen? –, es ist wirklich eine wunderbare Fügung, dass wir uns hier wiedersehen. Das muss gefeiert werden.« Dabei drehte ich ihm das Glas aus der Hand und sagte: »Ich besorge mal eben Nachschub.«

Er sperrte sich einen Moment, aber es war zu spät. Ich hatte sein Glas bereits sicher im Griff und machte den Abflug.

»Äh, Paula, warte, ich … ich komme mit!«, rief er mir noch hinterher.

»Das ist, glaube ich, keine so gute Idee«, antwortete ich, während ich mich schon durch die Menschenmenge quetschte und schleunigst in der Damentoilette verschwand. Dort angelte ich unter den indignierten Blicken einiger älterer Damen, die offensichtlich zum Kunstverein gehörten, den Ring aus dem Glas, spülte ihn ab und steckte ihn ganz schnell wieder an den Ringfinger der linken Hand.

Da bleibst du jetzt, dachte ich dabei, bis Karlos dich zurückfordert.

Er forderte ihn nicht zurück. Zwar tauchte er am Abend der Galerieeröffnung nicht mehr auf, aber er schrieb mir spät in der Nacht noch eine süße SMS.

Was meinst du? Sollen wir das Angebot deiner Mutter annehmen? Ich finde es verlockend! Hdgdl Karlos

Hm, dachte ich und rollte mich erleichtert auf die Seite. Sauer schien er ja nicht zu sein. Fragte sich nur, welches Angebot meiner Mutter er meinte: die Hochzeitsfeier auszurichten oder mir für die Hochzeitsnacht eine schicke Frisur ins Schamhaar zu schneiden!

Ich wette, er meinte Letzteres. Männer sind und bleiben geil!

♡ ♡ ♡

Natürlich trafen wir uns am nächsten Abend zur Versöhnung auf ein Bier, und weil ich darauf brannte, ihm zu erzählen, welche traumhaften Hochzeiten sich Eventmanager und Frauenzeitschriften in Zusammenarbeit so ausdachten. Und da ich gelesen hatte, dass am Wochenende eine Hochzeitsmesse in der Stadthalle stattfand, wollte ich ihn überreden, mit mir dorthinzugehen.

Aber da biss ich bei ihm auf Granit – trotz der romantischen Abenddämmerung!

»Nein, Paula, wirklich nicht! Du kannst dir aussuchen, was du möchtest – Hochzeitskarten, Tischdekoration und Brautkleid, einschließlich der Kleidchen für die Blumenkinder –, aber bitte verlang nicht, dass ich dich dahin begleite. Du riskierst, dass ich angesichts der vollen Packung Romantikkitsch in Panik gerate, auf Nimmerwiedersehen davonrenne und nie wieder einen Gedanken ans Heiraten verschwenden werde. Willst du das?«

Ich schüttelte den Kopf. Das wollte ich natürlich nicht. Ich fand seine Absage zwar schade, aber nicht wirklich dramatisch. Dann ging ich eben mit meinen Freundinnen hin, das war garantiert viel lustiger und auch effektiver, denn sie würden mich bestimmt kompetent beraten.

Nachdem wir das also bei einem kleinen Abendessen geklärt hatten, schleppte Karlos mich in eine neue Szenekneipe. Sie befand sich im ersten Stock eines Altstadthauses, war recht klein, aber originell eingerichtet. Die Decke war als Blumenwiese dekoriert, von der die Blumen mit der Blüte nach unten hingen, und es gab Lampen, die wie umgedrehte Bäume aussahen. Eine verdrehte Welt, ein bisschen wie bei Alice im Wunderland.

»Und das Zeug fällt auch sicher nicht runter?«, fragte ich Karlos skeptisch.

Er zog mich lachend an einen der Tische und bestellte zwei Cocktails. Das Licht und die Musik waren gedämpft, eigentlich ein idealer Ort, um mal gemeinsam darüber nachzudenken, was sich durch die Verlobung eigentlich für uns geändert hatte, außer dass unsere Mütter sich wegen der Hochzeitsfeier stritten. Irgendetwas musste sich doch verändert haben? Ich konnte zumindest für mich feststellen, dass ich wirklich heiratswillig war, und was ich noch viel unglaublicher fand – Karlos war es offenbar auch. Und so wurde in meinen Gedanken aus ihm und mir ein Wir!

»Weißt du, dass wir heiraten werden?«, probierte ich gleich mal die neue Sprachregelung aus.

Karlos nickte. »Ja, es sieht tatsächlich ganz danach aus, dass du und ich heiraten werden.«

»Nein! Nicht du und ich!«, sagte ich empört, weil er mal wieder gar nicht kapiert hatte, worauf ich hinauswollte. Männer waren manchmal einfach so unsensibel im Zwischenmenschlichen!

Jetzt starrte er mich irritiert an. »Wie nein?«

»Ja, nicht du und ich! Ich habe nicht gesagt, dass du und ich heiraten werden.«

»Willst du mich verklapsen? Natürlich hast du das gesagt!«

»Nein, habe ich nicht!«

»Doch!«

Himmel, war der besserwisserisch heute, und noch immer kapierte er kein bisschen, worum es mir eigentlich ging. Da konnte ich mich jetzt richtig drüber aufregen. Ich holte tief Luft und versuchte es noch mal.

»Ich habe nicht gesagt, dass du und ich heiraten werden, sondern ich habe gesagt …«

Er unterbrach mich. »Also, Paula, was soll denn der Scheiß? Natürlich hast du das gesagt.«

Er wirkte nun sauer, und ich wurde wütend. So ein Holzkopf!

»Ich habe gesagt, dass *wir* heiraten!«, schnauzte ich ihn an. »*Wir*! Falls dieses Wort überhaupt in deinem Wortschatz existiert, neben deinem narzisstischen *ich*!«

Karlos lachte, lehnte sich in das weiche Polster der

Sitzbank zurück und sah mich an. Einfach so – lachend.

»Okay«, sagte er dann. »Weißt du, dass ich den Rest meines Lebens damit zubringen könnte, zuzusehen, wie dein Busen sich hebt und senkt, wenn du dich so aufregst?«

»Ich rege mich nicht auf!«

»Doch«, sagte er, »und ich liebe es, wie du dich ereiferst. Und du hast natürlich recht, wie immer in Beziehungsdingen!«

Nun musste ich auch lächeln, und mein Zorn war vollständig verraucht. »Und?«

»*Wir* werden heiraten, *wir* werden eine Wohnung kaufen, *wir* werden diese Wohnung einrichten, *wir* werden zusammenziehen, und *wir* werden glücklich sein bis ans Ende unserer Tage. Und wenn *wir* nicht sterben, dann leben *wir* bis in alle Ewigkeit in dieser traumhaften Zweisamkeit.« Er grinste nun richtig rotzfrech. »Zufrieden?«

Ich nickte und kuschelte mich an ihn. Es gab so vieles, was uns verband, was uns gemeinsam Spaß machte, und es gab so vieles, was wir voneinander lernen konnten. Uns würde eine aufregende und wundervolle Zeit bevorstehen. Allerdings …

»Ja, alles super! Aber eins werden *wir* nicht hinbekommen, wenn du und ich nicht unsere Mütter in den Griff kriegen – unsere Hochzeitsfeier!«

Wir lachten beide, um dann festzustellen, dass wir nicht einmal selber wussten, was für eine Art von Hochzeit wir eigentlich wollten. Die nächsten Cocktails wurden geordert, und Karlos holte ein paar Notizzettel aus seiner Sakkotasche. Auf einen schrieb er meinen Namen und auf den anderen seinen eigenen.

»So, jetzt schreibt jeder von uns auf, was er gerne hätte, und dann schauen wir mal, wie wir unsere individuellen Wünsche zusammenpuzzeln können.«

Ich grinste innerlich. War ja ein nettes Spielchen, aber im Grunde genommen ohne jeden Wert, denn Karlos hatte sicherlich nicht die leiseste Ahnung davon, was Heiraten heutzutage bedeutete und was alles bei einer Hochzeit machbar war.

Selbst ich war ja grade erst dabei, mich in die entsprechende »Fachliteratur« einzulesen: *Der ultimative Hochzeitsplaner, Dein schönster Tag, Leitfaden für Hochzeitspaare, Von A wie Antrag bis Z wie Ziel der Hochzeitsreise, Get married – be happy,* und wie die Taschenbücher alle hießen, die ich auf dem Grabbeltisch im Einkaufscenter gefunden hatte. Preisreduziert und sehr nützlich!

Also brach ich das Spiel ab und sagte: »Karlos, wollen wir nicht doch einfach mal zusammen auf diese Hochzeitsmesse am nächsten Wochenende gehen? Das ist bestimmt total inspirierend!«

Karlos schauderte. »Nein, da lass dich mal ohne mich inspirieren. Ich habe dir schon meine objektiven Gründe genannt, warum ich in so eine Ausstellung keinen Fuß setzen werde. Du kannst aber gerne meine Mutter mitnehmen.«

»Ekel!«

»Sahneschnitte!«

»Alles muss ich alleine machen!«, nörgelte ich. »Du kümmerst dich um gar nichts! Was ist zum Beispiel mit der Wohnung? Ich klappere einen Makler nach dem anderen ab, und das Einzige, woran du dich beteiligst, ist der Streit über die Einrichtung! Das ist ineffektiv.«

Er nickte. »Stimmt, Paulchen. Wenn wir keine Wohnung haben, brauchen wir auch nicht über die Einrichtung streiten. Zieh doch einfach zu mir.«

Das würde ich mitnichten tun. Muffelig saugte ich an meinem Plastikstrohhalm. Es war wirklich ärgerlich, dass sich da noch nichts Konkretes getan hatte. Wenn wir keine Wohnung hatten, brauchten wir auch nicht heiraten. Aber es wurde mir langsam zu blöd, dass immer ich das Thema anschneiden musste. Er wollte doch schließlich auch mit mir zusammenziehen. Warum konnte er sich dann nicht auch mal kümmern? Stets schickte er mich hin, wenn wir mal wieder eine Annonce gefunden hatten, und schob als Alibi seine ungünstigen Arbeitszeiten vor. Dass es mich wahnsinnig viel Überwindung kostete, mich mit wildfremden Maklern und Hausbesitzern zu unterhalten, realisierte er einfach nicht.

Dabei war ich für die Makler vermutlich schon ein rotes Tuch und hatte meinen Ruf als Feng-Shui-Tussi weg, denn ich hatte ziemlich genaue Vorstellungen davon, wie eine Wohnung geschnitten sein musste, damit sie unsere Energieströme nicht blockierte. Und wenn ich denen erklärte, dass die Anordnung der Fenster oder der Türen ein gravierendes Hindernis für das freie Floating darstellte, konnten die mir einfach nicht folgen. Oder sie wollten es nicht, weil es sie nicht die Bohne interessierte, ob jemand, der die Wohnung gekauft hatte, später in ihr unglücklich wurde und wegen ständiger Migräneanfälle einging wie eine Primel ohne Wasser. Energieströme sind ein Lebenselixier.

Na gut, Karlos durfte ich damit auch nicht kommen, und insofern war es eigentlich ganz gut, dass er mich bei den meisten Besichtigungen nicht begleitete. Aber hin und wieder hätte ich ihn schon gerne an meiner Seite gehabt, denn manche Makler schienen anzunehmen, dass ich nicht nur eine Wohnung, sondern auch ein schnelles erotisches Abenteuer suchte. So schmierig, wie mich erst letzte Woche so ein blondlockiger Typ angemacht hatte, da konnte einer Frau glatt die Galle überschwappen.

Dieser Typ, also der Blondgelockte, hatte mir grade die Dusche gezeigt, die meinen Vorstellungen aber überhaupt nicht entsprach.

Also sagte ich: »Ich weiß nicht … In so einem fensterlosen Raum können Energieströme doch nicht wirklich frei fließen.«

Da machte der doch auf einmal die Tür zu, ließ das Wasser laufen, wohl damit ihn niemand draußen hörte, obwohl eh keiner da war, und drängte mich gegen die Kachelwand direkt neben dem Klo.

»Da kann ich Ihnen gar nicht zustimmen«, sagte er dabei. »Was das Fließen meiner Energieströme angeht, fühle ich mich im Gegenteil grade sehr frei.« Er drückte sich mit seinem harten Schwengel in der Hose dicht an mich. »Wenn Sie mal testen wollen?!«

Vielleicht fand er es zunächst komisch, dass ich mich durch sein Angebot belästigt fühlte, aber spätestens als ihn mein blitzartig angewinkeltes Knie in die Eier traf, war ihm vermutlich gar nicht mehr zum Lachen zumute. Aber bei solchen Typen gelang es mir einfach nicht, ladylike zu bleiben. Freiheitsberaubung und plumpe Anmache erforderten einfach eine klare Absage, und ich hatte ja schließlich nicht umsonst bereits als Teeny einen Selbstverteidigungskurs absolviert.

Als ich aus der Dusche stürmte, riss ich noch den Brauseschlauch aus der Duschkabine und warf ihm das Teil zu, dass es nur so spritzte.

»Zum Abspritzen«, sagte ich kichernd und machte die Tür von außen zu. Auf die Angebote seiner Immobilienagentur würde ich in Zukunft wohl verzichten müssen. Denn als ich die Wohnungstür erreicht hatte, jaulte er immer noch wie ein getretener Hund. Und genau wie Hunde so einen Tritt nie verzeihen, würde auch er mir diesen Kniestoß vermutlich ewig nachtragen. Was für ein Weichei!

Bei der Erinnerung an diese kleine Szene stahl sich wohl ein kleines hämisches Grinsen in mein Gesicht. War ich sadistisch veranlagt, weil ich mich in diesem Moment so richtig als Frau fühlte?

»Paula?«, fragte Karlos. »Woran denkst du? Du hast so ein leicht teuflisches Grinsen im Gesicht.«

»So, habe ich? Da musst du dich täuschen«, wiegelte ich ab, denn dieses Erlebnis würde ich ihm garantiert nicht auf die Nase binden. Ich wollte schließlich nicht, dass er in den Knast wanderte, denn dieser Maklertyp hätte sich garantiert postwendend auf der Intensivstation wiedergefunden. Karlos war ja ein friedlicher Mensch, aber seine Friedfertigkeit hörte da auf, wo mir jemand zu nahekam. Da hatte er einen Schutzengelvertrag, und der enthielt unter anderem auch die Lizenz zum Draufhauen.

Mit diesem Gedanken im Kopf ließ ich meinen Blick leicht abwesend durch das Lokal schweifen. Er glitt über die Köpfe einiger Gäste hinweg und erreichte das Fenster, dessen reichlich plüschige Vorhänge mich einen Moment faszinierten.

Äh, was war denn das? Draußen vor dem Fenster

zog eine dichte Wolke vorbei. Was für ein eigenartiges Wetterphänomen … So tief hängende Wolken waren in unseren Breiten doch eher ungewöhnlich. Vielleicht kam das auch aus dem Dönerladen gegenüber. Wenn die gerade ihre Fritteusen lüfteten … Ich rümpfte die Nase und wandte mich wieder Karlos zu, der von einem gelungenen Deal erzählte, den er offenbar ausschließlich seinem Verhandlungsgeschick zu verdanken hatte. Wie es schien, war er richtig glücklich mit seinem Job als Vorstandsassistent.

Ich betrachtete ihn mit dem Blick einer liebenden Frau, die stolz auf ihren Besitz war. Claim abgesteckt. *Mein* Karlos! Hallo, liebe Geschlechtsgenossinnen, es tut mir ja sehr leid, aber dieser Mann ist vergeben. Ich weiß, es ist für euch ein entsetzlicher Verlust, aber dieser Mann ist *mein* Mann. Der Mann, der mir diesen wunderbaren Brillantring zur Verlobung geschenkt hat, der mit mir eine Wohnung sucht und der mich über kurz oder lang heiraten wird. Klar?! Also Hände weg!

Ich versank total in seinem Anblick. Hach, wie ich ihn liebte! Wie ich *alles* an ihm liebte. Die Art, wie er beim Sprechen leicht die linke Augenbraue nach oben zog, das energiereiche Funkeln in seinen dunkelgrauen Augen, wenn er sich voll für ein Thema engagierte, seine weichen, verführerischen Lippen, zwischen die ich ihm selbst beim Sprechen am liebsten meine Zunge geschoben hätte, um ihn leidenschaftlich abzuknutschen.

Ohhhhh. Einen Moment lang gab ich mich dem warmen Gefühl hin, das meinen Unterleib durchströmte. Herrlich, dass es auch ohne G-Punkt-Unterspritzung ging! Ich schloss die Augen, um den Augenblick vollkommen auszukosten, als mich Karlos' Stimme abrupt und kurz vorm Hyperventilieren meiner Lust entriss.

»Du, ich glaube, nebenan fackelt gerade eine Dönerbude ab«, sagte er, und da es ein klein wenig alarmierend klang, blickte ich prüfend zum Fenster.

Hm, an der lokalen Wetterlage schien sich nichts geändert zu haben, denn erneut zog draußen eine graue Wolke vorbei. Wenn ich eine Angehörige jenes kleinen Galliervölkchens wäre, das in der äußersten Ecke der Bretagne lebte, und statt Paula vielleicht Gutemine oder so hieße, dann hätte mich das nicht weiter gewundert. Denn dann hätte ich ja nur die Bestätigung für eine gallische Grundannahme über das Leben erhalten, die da besagte, dass einem hin und wieder der Himmel auf den Kopf fallen konnte, also durchaus auch ein paar Wolken.

So aber schien mir Karlos' Erklärung irgendwie plausibler zu sein, und ich beugte mich vor, um einen besseren Blick auf die Dönerbude zu erhaschen. Hm, sah alles ziemlich normal aus. Ein Türke, der wie der Besitzer wirkte, kam grade aus dem Geschäft, wischte sich die Hände an seiner Grillschürze ab und blickte der grauschwarzen Wolke nach. Da er aber daraufhin nicht, wie erwartet, mit allen Anzeichen panischen Entsetzens in seinen Laden zurückstürzte, sondern eher gemächlich wieder hineinging, hakten wir das Ganze erst mal ab und bestellten uns neue Cocktails.

Karlos empfahl mir eine innovative Mischung aus Tequila und Cassis, die in der Tat sehr lecker war. Genüsslich schlürfte ich den Mix in mich rein.

Lange hielt die Ruhe allerdings nicht an. Plötzlich

waren Sirenen zu hören, und ein Feuerwehrauto nach dem anderen quetschte sich in die kleine Gasse, in der sich die Kneipe befand. Aufgeschreckt sprang ich vom Barhocker und stürzte zum Fenster.

Ach, herrje! Was war denn das? Eine Mischung aus Freiwilliger und Berufsfeuerwehr sprang aus den Wagen und verteilte sich in Windeseile in der gesamten Straße. Der Rauch, der eben noch grau gewesen war, hatte sich verdichtet, er war nun sehr viel dunkler und ... Hm, roch es nicht plötzlich ein wenig eigenartig im Lokal? Irgendwie ... brenzlig?!

»Karlos!«, schrie ich. »Es brennt wirklich!«

Auch andere Gäste der Bar waren nun aufgesprungen und quetschten sich an die Fenster. Nur Karlos saß ungerührt auf seinem Platz.

»Karlos!«, rief ich wieder und rannte zu ihm zurück. »Es brennt genau unter uns! Willst du hier so seelenruhig sitzen bleiben?«

Nichts gegen Gelassenheit und Gemütsruhe in Krisensituationen, aber der Feuertod war nicht gerade das, was ich mir unter stilvollem Ableben vorstellte.

Sitzt einmal ein Gerippe ... schwarz und verkohlt an der Cocktailbar. Nee, Karlos ... Wir wollten doch erst noch in Weiß heiraten!

Ups, mein entsetzter Schrei gellte durch den ganzen Raum, und Karlos sah mich regelrecht verstört an. Hoffentlich dachte er jetzt nicht, ich wäre eine hysterische Kuh, die er besser nicht heiratete!

»Komm mal runter, Paulchen«, sagte er mit der Sanftheit eines Irrenarztes. »Die Feuerwehr ist doch schon da, dann kann nichts mehr passieren. Die Sache ist so gut wie erledigt. Kein Grund zur Panik.« Er grinste.

Grundgütiger! Wie konnte der Kerl denn so die Ruhe weghaben? Er trank unbeeindruckt seinen Cocktail aus. Ich hatte vor Stress meine Klamotten schon bis auf die Unterwäsche durchgeschwitzt, während er nicht mal feuchte Hände hatte, als plötzlich Qualm und Flammen aus dem Treppenhaus hochschlugen. Auch als ein Feuerwehrmann von außen gegen eine der gegenüberliegenden Fensterscheiben klopfte, vor der sich die anderen Gäste bereits hektisch drängelten, blieb mein Karlos cool wie ’ne Eiswürfelmaschine.

Ich stürzte ebenfalls ans Fenster und sah endlich das ganze Ausmaß der Feuersbrunst. Sie war zwar nicht ganz mit dem großen Brand in London zu vergleichen, über den ich einen Vortrag samt Simulation gesehen hatte, als wir während einer Klassenfahrt das London Museum besucht hatten, und der in mir leicht pyromanische Gelüste geweckt hatte. Aber es schien doch einen nicht ganz unerheblichen Brandherd im Keller unseres Lokals zu geben, und die Feuerwehr war dabei, alle im Haus befindlichen Personen über Drehleitern zu evakuieren. Durch das Treppenhaus ging nämlich nichts mehr, das stand mittlerweile in hellen Flammen.

Ich verfiel in Panik. He, hallo, ich will auch hier raus! Karlos war inzwischen wieder an meiner Seite, und ich rüttelte an seinem Arm. »Warum nimmt der uns nicht mit? Da … da war doch noch Platz in seinem Korb. In so einem Keller, da sind doch Gasleitungen! Was ist, wenn genau jetzt eine explodiert?«, kreischte ich.

»Dann haben wir Pech gehabt«, sagte Karlos, und es klang immer noch unbeeindruckt.

»Wollen die uns denn nicht auch mal evakuieren?«

Ich zerrte Karlos am Ärmel. »Willst du denen nicht mal Bescheid sagen, dass hier drin auch noch Menschen sind, die es wert sind, gerettet zu werden?«

Nun grinste Karlos übers ganze Gesicht. »Ehrlich?«, fragte er, und es klang ironisch.

Himmel, blamierte ich mich gerade etwa wieder total?

»Paula, die wissen schon, was sie tun. Wir kommen garantiert auch gleich dran.« Aber dann fügte er mit einem schelmischen Lächeln hinzu: »Du kleiner Schlawiner, jetzt habe ich dich durchschaut. Du denkst wohl, wenn wir evakuiert werden, können wir die Zeche prellen.«

Sagte ich schon, dass Karlos Banker war? Die Kosten-Nutzen-Rechnung war ihm offenbar in Fleisch und Blut übergegangen. Ich wollte gerade kontern, als er mich an sich zog und mir einen Kuss gab. Und was für einen, der war ja so was von heiß!

»Ich mag es, wenn eine Frau wirtschaftlich denken kann«, meinte er danach. »Besonders natürlich, wenn es die Frau ist, die ich heiraten werde.«

Musste ich noch sagen, dass wir der Feuersbrunst im Lokal zwar entkamen, aber das Feuer unserer Liebe so verzehrend loderte, dass wir es fast noch im Rettungskorb getan hätten? Kaum am Boden stolperten wir in den nächstbesten Hausflur und brannten heißer als jeder Kellerbrand.

♡ ♡ ♡

Schwule Jungs und Schwiegermütter

»Also alles wieder paletti bei euch«, stellte Alix fest, als ich ihr erzählte, wie cool Karlos die Sache mit unseren Müttern und dem Brand weggesteckt hatte.

So ein Mann war einfach ideal für mich. Der trampelte nicht, wie Thomas es getan hatte, noch zusätzlich auf meinem leicht flatterigen Nervenkostüm herum, wenn es Stress gab, sondern baute mich humorvoll wieder auf.

»Du wirkst glücklich«, sagte Justin, der gerade am Herd stand und einen Eintopf aus seinem geerbten Kochbuch für Kommunen und andere Kollektive kochte. Mit Möhren und Kohl! War mir nie bewusst gewesen, dass Chinesen so viel Kohl futterten. Aber wenn's der große Vorsitzende Mao in dieses Kochbuch geschrieben hatte, dann würde das ja wohl stimmen.

Justin lachte, weil ich mal wieder laut gedacht und damit mein gesammeltes Unwissen kundgetan hatte.

»Also, wenn es dich beruhigt, die Rezepte sind nicht von Mao persönlich, sondern nur so allgemein aus Asien. China, Vietnam, Indien – eben aus jenen Ländern, die damals, als mein Vater studierte, besonders angesagt waren.«

»Und warum kochst du danach heute noch?«, fragte Melli zickig. »Könntest du nicht was kochen, was heute angesagt ist? Du machst doch nichts anderes als die Leute, die die Studentenbewegung damals bekämpft hat. Der Muff in deinem Kochbuch ist doch kein bisschen besser als der unter den Talaren der konservativen Profs von damals!«

Melli und ihre scharfe Zunge mal wieder. Aber was den hohen Kohlanteil bei Justins Küche anging, den fand ich auch nicht so vorteilhaft.

»Kohl bläht«, sagte Alix, die damit wohl ebenfalls Probleme hatte.

»Herrgott!« Jetzt platzte Justin offenbar der Kragen. »Dann esst doch woanders, kocht selber, was immer ihr wollt – ich habe euch im Übrigen nicht eingeladen!«

»Nicht?«, konterte Melli. »Da bin ich aber froh. Ich habe schon überlegt, wie ich diesen Schlangenfraß umgehen könnte.«

»Für wen kochst du denn dann so aufwendig, wenn nicht für uns, deine lieben Mitbewohnerinnen?«, fragte Alix.

»Es gibt Menschen, die meine Kochkünste zu schätzen wissen.«

»Aha«, sagte Melli, »lass mich raten: Frau Waschkowski?«

Sie tauchte unter dem Kohlkopf hinweg, den Justin nach ihr warf, und er flog durch das glücklicherweise offen stehende Fenster wie ein unhaltbarer Schuss von Philipp Lahm in den blauen Mittagshimmel.

Melli zog grinsend ihr Handy raus. »Ich bestelle Sushi. Für wen soll ich mitbestellen?« Sie griente Justin besonders impertinent an. »Für dich auch, Justin? Mit oder ohne Oktopus?«

Justin wäre nicht Justin, wenn er nicht geschwind

umdisponiert hätte. Er weinte dem Kohlkopf keine Träne nach und bewies damit, dass er kein Hohlkopf war. Er schaltete den Herd aus, trat hinter Melli und küsste sie frech in den Nacken.

»Eine doppelte Portion mit allem, bitte, und extra viel Wasabi. Das macht mich fast so schön scharf wie du, Melli!«

Als ich am nächsten Morgen noch im Halbschlaf in die Dusche taumelte, stand dort ein nackter Mann. Ein *fremder* nackter Mann. Iiihhh!

»Wa... was machst du denn hier unter der Dusche? Und wieso bist du nackt?«, fragte ich etwas perplex.

Ein Kichern erklang hinter der Glasscheibe. »Duschst du vielleicht angezogen?«

Arsch!

»Natürlich nicht, aber ich dusche überhaupt nicht bei fremden Leuten in der Dusche, ohne mich angemeldet zu haben.«

Ich fragte mich wirklich, zu wem der Typ gehörte. Zu Alix garantiert nicht. Jetzt fing er auch noch an zu singen.

»O sole mio, come hold me tide, kiss me, my darling, be mine to night... tomorrow will be to late...«

Vielleicht war er einer von Mellis Kunsthochschulkumpels, die hatten ja fast alle kein wirkliches Benehmen. Womit ich meinte, dass die alle schlicht und ergreifend keinen Wert auf spießige Umgangsformen legten. Und sich bei jemandem, in dessen Wohnung man pennte, erst mal zu erkundigen, ob man die Dusche benutzen durfte, zählte garantiert dazu. Verachtenswerte Zwänge der Spätbourgeoisie, die man besser ignorierte.

»Bist du ein Kumpel von Melli?«, fragte ich also aus diesem Gedanken heraus.

»Melli? Wer ist Melli?«

Also nicht. Die Dusche pladderte nun ziemlich laut, und ich musste dagegen anschreien. »Dann ein Freund von Alix? Oder …«, was besonders heikel wäre, weil es eine grundlegende Desinfektion der Dusche erfordert hätte, »… bist du ein Kumpel von ihrem Bruder Robbie? Hey, sag schon: Kommst du aus der Punkerszene?«

Prustendes Gelächter. »Nee, eher aus der Schwulenszene«, schnaubte er.

»Was? Robbie ist schwul? Ich dachte, er wäre mit Jenna zusammen?«

»Wer ist Jenna?«, fragte der Typ und wusch sich relativ gut sichtbar hinter der Glasscheibe sein Dingsbums.

Heiliger Klabautermann!

»Und wer ist Robbie?«

Also gehörte er auch nicht zu Alix.

Dann blieb ja eigentlich nur Justin übrig. Okay, den fragte ich dann wohl am besten selber. Wer weiß, wohin diese Duschorgie bei dem Typ noch führte. Nachher machte der noch einen Handstand in der Dusche, um seinen Hintern sauber zu kriegen. Den Anblick musste ich mir nicht geben.

Ich ging den Flur hinunter zu Justins Zimmer und klopfte. Aber im selben Moment fragte ich mich, was ich hier eigentlich tat. Es ging mich doch gar nichts an, wen Justin zu Besuch hatte! Ich benahm mich ja schon wie unser Hausspion Frau Waschkowski. Aber in dem Moment öffnete Justin seine Zimmertür.

»Paula! Was gibt's?«, fragte er freundlich.

»Äh, nichts, gar nichts … oder, äh, doch … Soll ich … äh … für deinen Besuch Kaffee mitkochen?«

Gott, war ich dämlich!

»Gerne, ich hoffe, Didi hat dich nicht belästigt?«

»Didi? Nee, nein, hat er nicht, mich belästigt … also so weit sind wir gar nicht gekommen, als dass er mich hätte belästigen können. Allerdings … Er war nackt … und … nackte Männer lösen bei mir immer so ein … ein Gefühl aus.«

Grundgütiger, drehte ich jetzt völlig am Rad? Was laberte ich denn da?

Justin kicherte. »Ja«, sagte er mit einem sehnsüchtigen Unterton in der Stimme, »das tun sie bei mir auch.«

»Er ist schwul! Diese feige Sau ist schwul und sagt es uns nicht!« Melli war auf hundertachtzig. »Na, bitte, hat mich mein Instinkt doch nicht getrogen. Ich wusste doch gleich, dass seine ganze Anbaggerei bloß Show war. Das hat er nur gemacht, um uns zu täuschen! Schwuler Schauspieler! Ich glaub's ja nicht! Paula, wie konntest du den bloß anschleppen? Ist dir denn nie was aufgefallen?«

Ach, jetzt war ich die Böse! Sie hatte doch auch nichts gemerkt. Gut, wenn man so zurückblickte, dann gab es schon so einige Dinge, die ihn hätten verraten können – also, wenn man einen Verdacht gehegt hätte. Aber den hatte ich nie gehabt, und auch jetzt wollte es mir einfach nicht in den Schädel.

»Und wenn er uns nur wieder mal auf den Arm nimmt?«, fragte ich hoffnungsvoll, denn Justin war mitunter schon ein richtiger Scherzkeks.

Alix schüttelte den Kopf. »Nein, Paula, jetzt wo er

sich geoutet hat, ist es mir eigentlich vollkommen klar. Wenn ich überlege, wie er den Claude in *Hair* gespielt hat, so hypersensibel und fast feminin … Wir hätten es wirklich von Anfang an merken können.«

»Ich war die Einzige«, trumpfte Melli auf. »Ich habe gleich gemerkt, dass der Typ sein wahres Ich vor uns verbirgt.«

»Geht es noch dramatischer?«

Melli zuckte die Achseln. »Ist ja wohl klar, dass wir ihm jetzt fristlos kündigen können. Ich habe jedenfalls keine Lust, in Zukunft mit seinen schwulen Kumpels das Bad und die WG zu teilen.«

Ich starrte Melli sprachlos an. »Das meinst du nicht wirklich?«, sagte ich, denn grade von Melli würde ich doch so eine kleinliche, spießige Reaktion nicht erwarten. »Du benimmst dich wie Frau Waschkowski.«

»Na, die wird mit Schwulen ohnehin nicht unter einem Dach leben wollen und sich garantiert beim Vermieter beschweren. Und wer muss es ausbaden? Die ganze WG!«

»Willst du es ihr etwa auf die Nase binden?« Ich war jetzt richtig sauer, und weil Melli das merkte, ruderte sie etwas zurück.

»Du hast gut reden«, meinte sie aber dennoch. »Du heiratest und ziehst sowieso bald aus. Dir kann es also am Allerwertesten vorbeigehen.«

»Tut es aber nicht«, sagte ich eingeschnappt. »Justin ist schließlich mein Freund. Und das meine ich auch, wie ich es gesagt habe. Da gibt es weder was zu kichern noch blöde Bemerkungen zu machen. Wenn du nicht zu würdigen weißt, Melli, wie oft dir Justin aus der Patsche geholfen hat, dann kannst du mir wirklich leidtun.«

Alix lächelte, weil ich mich so aufregte. »Justin ist okay«, sagte sie. »Und wir haben kein Recht, uns in sein Privatleben einzumischen. Also reiß dich zusammen, Melli, oder plan gleich mit Paula eine Doppelhochzeit.«

Melli rührte eine Weile leicht angemuffelt in ihrem Kaffee. »Okay«, sagte sie dann. »Dann feiern wir eben eine Doppelhochzeit! Ich bin dabei.«

Ich konnte es nicht fassen! Melli schien es tatsächlich ernst zu meinen. Was für eine Schnapsidee: Doppelhochzeit! Aber andererseits hatte es auch was. Weder meine Mutter noch Karlos' Mutter hätten etwas zu sagen, denn Melli und ich würden einen Hochzeitsplaner engagieren, und der würde alles für uns organisieren. Ohne Stress und Schwiegermutterzoff. Es wäre ein Traum. Aber da Träume ja selten wahr werden, blieb ich skeptisch. Melli war oft so spontan, platzte vor Begeisterung und änderte dennoch häufig wenige Tage später komplett ihre Meinung.

»Das hat sie doch jetzt nicht wirklich ernst gemeint?«, fragte ich Alix, als Melli mit ihrer Vespa zur Kunsthochschule losgedüst war.

Wir hatten uns mit einem Pott Kaffee und den Hochzeitszeitschriften in unserer Wohndiele aufs Sofa gesetzt und blätterten diese durch, was ziemlich motivierend war. Wer konnte diesen Träumen in Weiß schon widerstehen, die von zauberhaft frisierten Models auf Hochglanzpapier präsentiert wurden? Wer wollte nicht auch an einem dieser wunderschön gedeckten Tische sitzen? Und an den Blumenarrangements konnte man sich ebenfalls nicht sattsehen. Ob meine Mutter wirklich wusste, was auf sie zukam?

Das musste doch alles ein Vermögen kosten. Schlecht wäre es da ja nicht, wenn man sich einiges teilen könnte. Mit Karlos' Familie oder – ein wirklich äußerst sympathischer Gedanke – mit Melli und Lars!

Alix zuckte die Schultern. »Du kennst doch Melli – heute hüh, morgen hott. Da würde ich mich auf gar nichts verlassen. Zieh dein Ding durch, wenn du wirklich heiraten willst. Melli ist in meinen Augen absolut untauglich für die Ehe.«

Hm, das war hart und sehr schade, und ich war enttäuscht. Doch dann kam mir eine Idee: »Dann heirate du doch mit mir! Wir sind doch ohnehin unzertrennliche und beste Freundinnen. Es wäre so geil, wenn wir beide auch zusammen heiraten würden!«

Alix kicherte. Offenbar gefiel ihr der Gedanke auch, aber dann schüttelte sie den Kopf. »Das wird nichts, Paula. Bevor Jean-Paul nicht seine Doktorarbeit fertig hat, ist daran gar nicht zu denken.« Sie seufzte bedauernd. »Nee, Süße, so gerne ich das mit dir zusammen machen würde, wir sind echt noch nicht so weit, und ehrlich gesagt … Ich habe auch erst mal andere Pläne: Studium fertig machen, Filmpraktikum, ein Volontariat ergattern … Hochzeit und Nestbau stehen bei mir noch nicht auf dem Programm.«

Sie blätterte ein paar Heftseiten um, betrachtete gedankenverloren ein paar schöne Hochzeitskleider und meinte dann: »Sehr schick, aber dafür meine Freiheit aufgeben? Nee, geht ja gar nicht!«

Jetzt war ich aber einigermaßen perplex. »Was heißt denn hier Freiheit aufgeben? Lebst du etwa im Mittelalter? Heute gibt doch eine Frau bei der Eheschließung nicht mehr ihre Freiheit auf!« Ich konnte nicht vermeiden, dass meine Stimme etwas empört klang. Heute war doch eine Frau, die heiratete, das It-Girl der Nation.

Das sah Alix etwas anders. »Irgendwie schon«, sagte sie. »Es hilft doch nicht, das zu leugnen und sich eine feministische Brille aufzusetzen, durch die alles nach der Selbstverwirklichung einer selbstbewussten Weiblichkeit in einer gleichberechtigten Partnerschaft aussieht.«

Hm? Ich kapierte nicht, worauf sie hinauswollte. Ich hatte mich nie zuvor so gleichberechtigt gefühlt wie in der Beziehung mit Karlos. Alles klappte hervorragend zwischen uns, ohne große Debatten oder dass ich mich seinetwegen verbiegen musste. Bei Thomas war das ganz anders gewesen. Und darum war es auch gut, dass ich mich von ihm getrennt hatte.

Aber Alix meinte, dass schon der Umstand, dass Karlos die Knete mit in die Ehe brachte, für eine gewisse Schieflage sorgen würde. Aber wenn ich es recht betrachtete, war es mit Melli und Lars nicht anders. Solange Melli noch am Anfang ihrer Karriere als Künstlerin stand und ich keinen festen Anstellungsvertrag hatte, würden wir beide am Tropf unserer Männer hängen. Aber war das ein Grund, sie nicht zu heiraten?

Hallo, liebes Schicksal, entschuldige bitte, aber das ist *zu viel* Glück auf einmal. Ein Typ, der nett ist, gut aussieht und auch noch Geld hat – das kann ich einfach nicht annehmen. Könntest du mir vielleicht doch lieber einen hässlichen Spacken mit fettigen Haaren, schlechten Manieren und negativer Schufa-Auskunft zuteilen? Dann wäre mir echt wohler!

Alix lachte über meinen Witz. Aber sie hatte ja gut lachen, denn sie und Jean-Paul hatten schließlich beide nix.

»Mensch, Paula!«, sagte sie immer noch lachend. »Vergiss, was ich gesagt habe, ist doch alles nebensächlich. Das Einzige, was wirklich zählt, ist die Liebe!«

»Tut sie ja auch«, sagte ich zerknirscht. »Bei mir jedenfalls. Aber wo du schon das Thema Geld angesprochen hast, meinst du, bei Karlos ist das auch so? Wird er nicht denken, dass ich ein Habenichts bin, ein verhuschtes Mäuschen, das er beliebig herumkommandieren kann, weil ihn sein Einkommen zum Boss im Haus macht?«

Alix brach in schallendes Gelächter aus. »Paula, jetzt steppen aber mal wieder deine Minderwertigkeitskomplexe! Wenn du das befürchtest, dann solltest du ihm schleunigst den Verlobungsring zurückgeben.«

»Meinst du echt?« Mir kamen die Tränen, weil mich diese ganze Diskussion tierisch annervte.

Alix ließ ihr Hochzeitsheft sinken, um mich in den Arm zu nehmen. »Hey, Süße! Nun dreh nicht am Rad! Du weißt doch wohl selber, dass dein Karlos alles andere als ein Macho ist, der eine Frau sucht, die er unterdrücken kann! Ich glaube kaum, dass er nach der Hochzeit zum Despoten mutiert. Ich denke, er wird dich machen lassen … in aller Liebe und Freiheit! Der ist so ein cooler Typ!«

Ich schniefte. »Meinst du wirklich?« Ich sah sie dankbar an. »Die … die Wohnungen lässt er mich ja auch alleine ansehen … allerdings … manchmal denke ich, er hat gar kein echtes Interesse daran.«

Alix reagierte nun etwas ungehalten. »Du siehst aber auch mal wieder in jeder Suppe ein Haar. Der Typ hat einfach volles Vertrauen zu dir. Er traut dir das einfach zu und weiß, dass du einen guten Geschmack hast und dass du viel besser als er erkennst, ob in einer Wohnung die Energie positiv ist und frei fließen kann!«

Ich starrte sie einen Moment ungläubig an. Nahm sie mich jetzt auf den Arm? Bisher hatte sie meine Feng-Shui-Bemühungen zur Verbesserung des Wohnklimas in der WG eigentlich eher skeptisch belächelt.

»Du … du redest mir nach dem Mund, weil dir meine Probleme peinlich sind«, sagte ich vermuffelt.

Sie war empört. »Sind wir Freundinnen, Paula?«, schnaubte sie. »Du weißt ganz genau, dass ich dich nie anlügen würde. Alles, was ich gesagt habe, meine ich auch so, und ich finde, es ist eine ausgezeichnete Idee, Karlos zu heiraten. Trotz seiner abgedrehten Mutter. Und ich fände es noch genialer, wenn ihr beide, du und Melli, eine Doppelhochzeit feiern würdet, obwohl ich da meine Zweifel hege. Aber dann hättet ihr das in einem Aufwasch erledigt, und ich hätte es ebenfalls überstanden. So, alle Klarheit beseitigt?«

Ich nickte ergeben.

»Okay.« Alix schaute auf ihre Armbanduhr. »Dann gehen wir am Wochenende erst mal zusammen auf diese Hochzeitsmesse. Alles Weitere findet sich.«

Sie stand auf, drückte mir ein flüchtiges Küsschen auf die Wange und düste in die Uni.

Hochzeitsmesse! Wow! Vor so etwas konnte ich jede Singlefrau nur ausdrücklich warnen. Hier wurde dermaßen auf weibliche Urinstinkte abgezielt, dass jedweder Manipulation von Herz und Hirn Tür und Tor geöffnet wurde. Wie in einem Rausch schwebten wir durch die Ausstellungshalle mit ihren verschiedenen

Themenräumen und waren schließlich völlig benebelt und nahezu schneeblind, denn alles war überwiegend *ganz in Weiß mit einem Blumenstrauß!*

Gut, es gab ein paar Abstufungen in Cremetönen, hier und da auch mal ein demonstratives Liebesrot bei Kleid und Herzdekorationen, und sogar die momentane Modefarbe Mint fand sich zumindest in den Kleidern für Brautjungfern und Blumenkindern wieder, aber insgesamt war es, als hüpfte man von einem weißen Wattebausch der Gefühle zum nächsten.

Wir waren allerbester Laune und nicht wirklich ernsthaft bei der Sache. Selbst mir kam das alles so unwirklich vor, dass ich überhaupt nicht in Versuchung kam, irgendetwas von den angebotenen Dingen als Muss für meine eigene Hochzeit anzusehen. Tischdeko, Geschirr, Blumenarrangements, Menükarten, Einladungskarten, Haarkränze, Brautschmuck – alles super, wunderschön, aber für die Hochzeit anderer Leute. Getränke und Speisenauswahl – lecker zum Probieren, aber ebenfalls nichts, was ich so unmittelbar mit meiner eigenen Hochzeit in Verbindung brachte, um gleich zu schreien: dieser Champagner und sonst keiner, dieses Menü oder keins. Nee, im Grunde genommen fühlte ich mich durch die Angebotsfülle einfach nur erschlagen.

Als Melli, Alix und ich im Messecafé hockten, das als romantisch-kitschiger Wiener Kaffeegarten inszeniert war, und uns mit einem »Hochzeitskaffee« stärkten, fragte Alix: »Und, schon was gefunden, Paula? Oder bist du genauso verwirrt wie ich?«

Ich nickte. »Völlig verwirrt. Das ist ja offenbar ein unglaublicher Markt. Vielleicht sollte ich mich auf

Hochzeitsfrisuren spezialisieren, solche Kreationen wie die hier kriege ich auch noch hin.«

Ich betrachtete einen Flyer, den ich mir bei einem Stand mitgenommen hatte, an dem einige Friseurinnen dabei gewesen waren, traumhafte Gebilde auf Besucherköpfen aufzutürmen. Vogelnestfrisuren wie in den Sechzigerjahren waren ja gerade wieder in, auch wenn sie bei Weitem nicht jeder Frau standen.

»Guck mal, die kommen ins Haus. Wäre doch irgendwie cool, wenn ich das noch als Nebenjob machen könnte. Jeden Monat so ein oder zwei Hochzeiten, das würde meine Haushaltskasse prima auffüllen.«

Melli grinste. »Paula, wie immer geschäftstüchtig! Aber warum nicht? Frag doch mal, ob sie nicht noch eine Friseurin brauchen können. Du hast ja immerhin auch noch den Vorteil, dass du am Theater arbeitest und darum sehr gut darin bist, hoch komplizierte Frisuren zu basteln.«

Und auch Alix meinte: »Cooler Job, probier es!«

Tja, ich versuchte also mein Glück, und als wir die Messe verließen, hatte ich zwar nichts Konkretes für meine Hochzeit mitgenommen, aber einen neuen Nebenjob in der Tasche. Denn eine dieser Hochzeitsagenturen hatte mich gleich als freie Mitarbeiterin in ihre Kartei aufgenommen. Wie genial war das denn!? Karlos würde Augen machen.

Außerdem waren meine Freundinnen und ich zu der Einsicht gelangt, dass heute kein Mensch mehr in der Lage war, seine Hochzeit alleine zu organisieren, und so hatten wir uns ein paar Visitenkarten von Hochzeitsplanern eingesteckt, ohne deren Dienste die Hochzeitsplanung unweigerlich in einem Chaos enden musste. Kein normales berufstätiges Paar konnte bei den Tausenden von Möglichkeiten für eine Traumhochzeit den Überblick behalten. Und niemand hatte genügend Zeit, sich umfassend genug zu informieren, zu kalkulieren und überhaupt all die Daten zu beschaffen, die eine kompetente Entscheidung erst ermöglichten. Nicht mal tagelange Internetsitzungen würden dafür ausreichen.

Karlos würde doch wahnsinnig werden, wenn ich ihn mit Fragen bezüglich der Kleidchen für die Blumenkinder, des Designs der Tischkarten und der Ausstattung des Tanzsaals belästigte. Andererseits heiratete man ja schließlich – hoffentlich – nur einmal im Leben, und da sollte schon alles so sein, dass man auch wirklich Spaß daran hatte. Ein unvergessliches Erlebnis sollte es sein, aber bitte nicht wegen der Pannen!

»Was meinst du, Melli, sollte die Hochzeit unter einem zentralen Thema stehen?«

Das hätte den Vorteil, dass alles irgendwie zusammenpassen würde, weil es auf das Thema bezogen war.

Melli sah das ähnlich, meinte allerdings: »Schlecht wäre dann nur, wenn die Hochzeitsgäste sich nicht daran halten. Wenn du ›Black and White‹ als Farbkonzept nimmst, und die kommen in ihren rosa Fähnchen oder mit Sonnenblumengelb an, dann ist das Konzept natürlich im Eimer!«

»Also wenn du ›Regenbogen ins Glück‹ als Motto nimmst, kann das nicht passieren«, meinte Alix, und es schien, als würde ihr eine Hochzeit unterm Regenbogen wirklich gefallen.

Auf jeden Fall war das alles nicht so einfach. Eine Sache war aber ganz besonders schwierig, nämlich die Entscheidung für ein Hochzeitskleid. Nachdem wir einmal durch die Halle gepilgert waren, um uns einen ersten Eindruck zu verschaffen, steuerten wir gezielt auf die Modenschauen zu, wo wir dann erst mal nahezu auf den Stühlen festwuchsen. Selbst Melli war beeindruckt und versank in fasziniertes Schweigen. Uns gingen die Augen über, besonders als wir uns anschließend nach den Preisen einiger Modelle erkundigten. Jetzt wusste ich auch, warum Mama einen Kredit aufnehmen wollte. Grundgütiger! Dafür musste eine Friseurin aber echt viele Dauerwellen wickeln.

Melli kam dann noch auf die glorreiche Idee, dass wir uns bei einem Hochzeitsfotografen neben einem Pappkameraden von George Clooney fotografieren lassen sollten – und zwar als Bräute kostümiert. Eigentlich ja eine ganz witzige Angelegenheit, wenn man sich dabei nicht wie ich fast die Haxen brach, den Brautschleier um den Fotografen wickelte und ihn mitsamt Stativ und Kameraausrüstung hinter sich her zerrte. Damit nicht genug, riss ich in der Aufregung eine spätbyzantinische Säulenattrappe mit gigantischer Plastikblumendekoration um, die wiederum ein Kleinkind fast unter sich begrub. Als Alix einen Rettungsversuch startete, sprang das vollfette Kind kreischend auf und trampelte dabei mit seinem Gesamtgewicht von mindestens fünfunddreißig Kilo auf Mellis Saum herum, sodass der Rock ihres Kleides mit einem lauten *Ratsch* nahezu komplett vom Oberteil abriss und sie untenherum nur noch im Tanga neben George Clooney stand. Ihr Anblick ließ mehrere ältere Damen in Ohnmacht fallen, ein paar pickelige Jungs in »Sexy, sexy«-Rufe ausbrechen und den Lokalreporter sofort auf den Auslöser seiner Kamera drücken. Letzteres entging uns im Eifer des Gefechts allerdings völlig, sodass wir erst in der Zeitung vom Montag das Ergebnis seines Paparazzischusses entdeckten, was natürlich einen ziemlichen Schock bei uns auslöste. Oh, mein Gott, wenn das jemand sah! Natürlich sah es jeder!

In dem Moment aber versuchten wir uns – ganz Laokoon – zunächst einmal hektisch zu entwirren und die brüchigen Brautkleider, die offenbar aus dem völlig überalterten Fundus eines Kostümverleihs stammten, vom Leib zu kriegen und dann die Stätte unseres peinlichen Auftritts schleunigst und unerkannt zu verlassen, bevor jemand Regressforderungen stellen konnte.

Grundgütiger! Wenn das bei meiner Hochzeit auch nur annähernd ähnlich lief, dann würde meine Schwiegermutter im Seerosenteich und ein Blumenkind in der Hochzeitstorte landen.

»Ich ... ich lasse es lieber«, stieß ich keuchend hervor, als wir nach panikartiger Flucht an der Straßenbahnhaltestelle ankamen. »Das ... das kann einfach nicht gut gehen!« In vielerlei Hinsicht, dachte ich dabei.

»Quatsch!«, meinte Alix jedoch lachend. »Betrachte das als Generalprobe. Die musste doch schiefgehen, damit die Hochzeit klappt.«

Ich wischte mir den Schweiß vom Gesicht, und Melli zog mir ein paar Plastikblumen aus dem Haar. Wie gerne würde ich Alix glauben. Aber irgendwie hatte ich das irrationale Gefühl, dass ich es genau wie eben versauen würde. Aber das behielt ich jetzt doch für mich.

»Was machen eigentlich Leute, die kein Geld haben und wegen einer schlechten Schufa-Auskunft auch keinen Kredit aufnehmen können?«, fragte ich reichlich erschlagen, als wir mit der Straßenbahn zurück zur Jägerstraße fuhren.

»Nicht heiraten«, sagte Alix grinsend, »in wilder Ehe leben.«

Und Melli ergänzte: »Erst mal fünf Kinder zeugen und die Hochzeit dann vom Kindergeld bezahlen.«

Sie sah meinen irritierten Blick, weil ich ihr Statement nicht so witzig fand, und schob nach: »Nein, wirklich, Paula, wenn ich diesen ganzen total überteuerten Kram betrachte, dann kann ich wirklich nur empfehlen: ab nach Las Vegas! Das ist zwar auch kitschig, aber sehr viel günstiger und nervenschonender. Also mit mir brauchst du nicht mehr rechnen. Hiermit entsage ich jedem Gedanken an eine Doppelhochzeit, und zwar nicht nur wegen unserer Sondershow eben.«

War ja klar! Bei so viel Romantik und Kitsch wie auf dieser Hochzeitsmesse musste Melli ja Panik kriegen.

»Ich kriege keine Panik«, entgegnete sie mir aber sogleich. »Ich habe nur keinen Bock, diesen ganzen kommerziellen Zirkus auch noch zu fördern. Eine Hochzeit geht eigentlich nur zwei Menschen etwas an, vielleicht noch deren Familie. Alles andere ist nur Geschäftemacherei.«

Aha! Melli kam, sah und ging! Wie immer klar und krass.

»Also lässt du mich alleine heiraten?«

Melli zuckte die Schultern. »Wir können ja noch mal mit Lars und Karlos reden, aber eigentlich finde ich den Umstand, dass Justin schwul ist, inzwischen gar nicht mehr so schlimm. Da weiß ich doch jetzt, dass seine ganze Anbaggerei nur Show war und er mir nicht wirklich an die Wäsche will. Wie sagt der Volksmund? Der beste Freund einer Frau ist ein Schwuler!«

Ich grinste innerlich. Sollte Justin etwa doch noch zu seinem Platz auf Mellis Freundschaftsliste kommen?

»Bravo, Melli!« Alix klatschte demonstrativ Beifall. »Das heißt also, in der WG bleibt alles beim Alten.« Das schien sie ungemein zu beruhigen.

»Wenn man von der Tatsache absieht, dass wir nun doch allmählich mal etwas konkreter nach einer Nachmieterin für Paula Ausschau halten sollten«, sagte Melli ohne jede Rücksicht auf Alix' Sicherheitsbedürfnis. »Hast du denn die Aushänge in der Uni gemacht?«

Alix nickte. »Habe ich. Aber im Moment schreiben alle Klausuren und zum Semesterende was anzubieten, ist eh ungünstig. Niemand möchte über die Semesterferien die Miete am Hals haben.«

»Dann melde das Zimmer doch noch bei der Mitwohnzentrale. Mehr können wir dann ja erst mal auch nicht machen.«

Irgendwie fand ich das Gespräch gruselig. Ich war plötzlich total außen vor, so als wäre ich gestorben, weg, futsch, völlig von der Bildfläche verschwunden, jemand, der keine Rolle mehr für sie spielte.

»Es ist immer noch *mein* Zimmer«, rutschte es mir wütend raus. »Ihr redet darüber, als gäbe es mich gar nicht mehr!«

Mir traten die Tränen in die Augen. Wie gemein war denn das? Wo mir der Abschied von der WG und meinen Freundinnen ohnehin so schrecklich schwerfiel!

Aber wenn die mich jetzt schon nicht mehr wahrnahmen …

Beide sahen mich bestürzt an, und Alix nahm mich sofort in die Arme.

»Paula, Mensch, nun heul doch nicht! Das … das war doch überhaupt nicht böse gemeint. Wir lieben dich! Und werden dich immer lieben. Egal, ob du in der WG wohnst oder in einer schnieken Eigentumswohnung!«

»Du entscheidest natürlich mit, wer dein Zimmer bekommt«, sagte Melli kooperativ. »Keine Frage! Das kam eben nur etwas blöd rüber. Ist ja auch für uns Stress. Am liebsten würden wir dich doch gar nicht gehen lassen! Wer soll uns schließlich die Tarotkarten legen?«

Ich versuchte ein Lächeln, aber es geriet wohl ziemlich schief. Ausgerechnet die Tarotkarten! Als wenn sie je daran geglaubt hätte.

♡ ♡ ♡

Ehe ich mich noch mit Melli, Lars und Karlos über unsere neuesten Erkenntnisse hinsichtlich moderner Hochzeitsfeierlichkeiten austauschen konnte, stand wenige Tage später Karlos vor der Tür und bat mich, mit ihm und seiner Mutter essen zu gehen, denn seine Mutter hätte eine wunderbare Idee, die alle unsere Probleme lösen würde. Da war ich aber mal gespannt. Von der Zicke erwartete ich eigentlich nichts Gutes.

Nun ja. Ich brezelte mich also geschwind etwas auf, und als ich neben Karlos auf die Straße trat, hockte sie bereits auf dem Beifahrersitz und erschien mir wie Aschenputtels böse Stiefmutter. Natürlich war auch die Rolle des Aschenputtels schon vergeben, nämlich augenscheinlich an mich.

Ich quetschte mich also wieder auf die Reservebank – irre gemütlich. Vielleicht sollte Karlos mal das Cabrio gegen eine anständige Limousine tauschen, falls er die Absicht hatte, in nächster Zeit ständig mit Braut- oder Schwiegermutter durch die Gegend zu kurven.

Wir fuhren zum Flussufer runter, wo Karlos in einem der Floating Restaurants einen Tisch für uns bestellt hatte. Normalerweise war dies eine traumhafte Location, aber nicht mit einer solchen Schwiegermutter im Genick. Allerdings musste ich zugeben, dass sie sich heute ausgesprochen friedfertig gab. Sie hatte mir sogar ein Kompliment zu meinem Aussehen gemacht und wirkte insgesamt so, als hätte sie eine halbe Flasche Sedativum getrunken. Schon etwas erschreckend. Mich fröstelte.

Wie immer kam sie jedoch nach der Suppe schnell zur Sache. Das Restaurantschiff floatete, und sie flötete mir die Ohren voll, welche wunderbaren Möglichkeiten man doch heute hätte, aus einer Hochzeit ein wirklich unvergessliches Erlebnis zu machen. Nun ja, man würde es auch ohne bombastische Feier als einmalig im Leben in Erinnerung behalten, schon alleine deswegen, weil man es vom Standesbeamten mit Brief und Siegel bekam, dass man nun kein Single mehr war, sondern Ehemann und Ehefrau. Wieder fröstelte es mich.

Willst du, Paula Meyer, den hier anwesenden Karlos Möllering zu deinem angetrauten Ehemann nehmen, so antworte mit Ja ...

»*Nein*!«, kreischte ich in Panik auf, und nicht nur

Karlos und seine Mutter starrten mich angesichts dieses Schreis, der die gedämpfte Atmosphäre wie eine Sirene durchschnitt, irritiert an. Ich presste mir die Serviette vor den Mund.

»Äh, pardon ... Ich ...« Wie konnte ich mich denn da schnell rausreden? War ja megapeinlich, wie ich mich wieder benahm. Der arme Karlos. Der überlegte sich das garantiert noch mal, ob er sich wirklich an eine Person wie mich binden sollte. Ich werde nie seinen Gesichtsausdruck beim Anblick des Fotos in der Montagszeitung vergessen.

»Das bist nicht du, die da auf dem Hochzeitsfotografen draufliegt, und das ist auch nicht Melli, die halb nackt danebensteht, oder?«, fragte er unheimlich ruhig.

»Ne ... nein ... äh ... doch, bin ich und äh ... Melli ist es ... äh ... auch, aber lass dir erklären. Wir ... wir konnten wirklich nichts dafür, es lag nur an diesen Hochzeitskleidern von diesem schrottigen Kostümverleih. Die ... die haben einfach nichts ausgehalten, und dann war da dieses Kind und die Säule ... und ...«

»Lass es«, sagte Karlos und biss in sein Mehrkornbrötchen. »Erklär es mir bitte nicht. Ich will gar nicht wissen, was passieren muss, damit unsere Hochzeit auch in einem solchen Desaster endet.«

Und dabei sah er aus, als ob er sich grade ernsthaft überlegte, ob es nicht doch vernünftiger wäre, mich besser nicht zu heiraten, sondern lieber weiter in wilder Ehe mit mir zu leben. Also wenn ich jetzt nicht ganz schnell eine plausible Erklärung für mein erneutes schlechtes Benehmen fand, würde er sich garantiert auf der Stelle entloben.

»Äh, ja, war da nicht eine, eine Hornisse auf ihrem

Salat, Frau … äh … Möllering … Ich … äh … dachte, Sie … Sie wollten sie grade verspeisen.«

»Mutter!« Karlos' Blick wanderte sofort von mir zum Salatteller meiner Schwiegermutter. »Vorsicht, mit solchen Biestern ist nicht zu spaßen!«

»Wo … wo ist sie denn?«, fragte Karlos' Mutter verunsichert.

»Äh, wahrscheinlich unter den Radicchio gekrochen«, sagte ich und gefiel mir in meiner Rolle als Retterin meiner Schwiegermutter, obwohl sich ja jeder denken konnte, dass ich mit Freuden »Guten Appetit« gesagt hätte, wenn sie wirklich eine Hornisse auf der Gabel gehabt hätte. So aber spielte ich die hilfsbereite Schwiegertochter.

Als Karlos vorsorglich den Salat abräumen ließ, hielt mich der Kellner zwar für völlig bekloppt, weil weit und breit keine Hornisse zu sehen war, aber in der Achtung meiner Schwiegermutter war ich um einige Zentimeter gestiegen. Allerdings musste ich mir davon nicht allzu viel versprechen. Sie würde mich dennoch weiter hassen, einfach, weil ich so gar nicht dem Bild der zukünftigen Schwiegertochter entsprach, das sie irgendwann in den einsamen Stunden, die sie mit Nichtstun in ihrem schlossähnlichen Fertighausanwesen verbracht hatte, am Reißbrett ihrer unausgelasteten Fantasie entworfen hatte.

Nun gut, heute stand jedenfalls Annäherung auf dem Programm, und ich hatte schon einiges dazu beigetragen. Ohne Plan zwar, aber effektiv. Warum eigentlich konnte die Hochzeit nicht auch so laufen?

»Paula, jetzt hör doch einfach mal zu, was meine Mutter uns zu sagen hat.«

Jahaaa! Ich grinste Karlos an. Der Wein war richtig

gut, und meine Stimmung hob sich nach zwei Gläsern sichtlich. Also, was Karlos' Mutter uns mitteilen wollte, war Folgendes: »Wenn es so schwierig ist, zu einer Einigung darüber zu kommen, wer nun die Hochzeit ausrichtet, so wäre es doch das Beste, wir würden diese Angelegenheit in professionelle Hände legen. Heutzutage ist es ja auch geradezu in, sich eines Hochzeitsplaners zu bedienen.« Und als ob ich nicht wüsste, was ein Hochzeitsplaner ist, erklärte sie mir: »Das sind Dienstleistungsunternehmen, Paula, die auf solche Events spezialisiert sind und vom Tischschmuck über das Menü bis zu den Blumenkindern und dem Kissen für die Trauringe alles organisieren.«

»Ich weiß«, sagte ich ein klein wenig zickig, weil sie so tat, als ob ich ein mit Dummbier getauftes Landei wäre. »Hier habe ich ein paar Anbieter«, fügte ich hinzu, zerrte den Stapel Visitenkarten und Flyer von der Hochzeitsmesse aus meiner Handtasche und klatschte alles mit sehr viel Hochmut auf den Tisch. Von wegen Paula war so doof wie Brot! »Wir haben uns auf der Hochzeitsmesse am Wochenende schon mal erkundigt«, sagte ich dazu. Und um die Aggression wieder etwas aus dem Gespräch herauszunehmen, fügte ich kooperativ hinzu: »Ein Hochzeitsplaner oder eine Hochzeitsagentur scheint wirklich die einfachste Lösung zu sein.«

»Nicht wahr«, säuselte meine zukünftige Schwiegermutter offensichtlich überrascht, aber doch hocherfreut.

Wobei mir aber gleich noch ein Haken bei der Sache einfiel.

»Und wegen der Kosten? Wie ... äh ... dachten Sie sich das?«

Nun schaltete sich Karlos ein. »Ich denke, die werden geteilt. Damit muss dann nicht eine Familie die ganze Last tragen. Meinst du, Paula, deine Mutter könnte damit einverstanden sein?«

Gott, was war er wieder sensibel. Meinst du, deine Mutter könnte ... Natürlich könnte sie, aber ob sie wollte?! Bestimmt war sie erst mal eingeschnappt, aber andererseits war sie auch Geschäftsfrau genug, um einzusehen, dass das ein guter Deal war. Klang doch alles gar nicht so schlecht. Und das Beste daran war, dass keine unserer beiden Mütter ständig in alles reinreden würde, sondern Karlos und ich stattdessen unsere Wünsche in aller Ruhe mit dem Hochzeitsplaner besprechen konnten. Perfekt!

Wir einigten uns also auf den Vorschlag, stießen darauf mehrmals an, und ich versprach, meiner Mutter alles schonend beizubringen und sie zu einem gemeinsamen Treffen in einer Hochzeitsagentur zu bewegen.

Als ich später in meinem WG-Zimmer im Bett lag und mir fast schon die Augen zufielen, kam mir der Plan dann doch etwas zu perfekt vor. Und da er von meiner Schwiegermutter stammte, war garantiert irgendwo noch ein Haken.

Aber erst mal schienen wir tatsächlich das Ei des Kolumbus gefunden zu haben. Zwar gab es noch mal einen kräftigen Ditsch, als Mama zunächst abblockte, aber dann stand es unumstößlich auf der Spitze.

Ich signalisierte Karlos per SMS die Zustimmung meiner Mutter, und er versprach, sich am Vormittag, bevor ich ins Theater ging, mit mir beim Standesamt zu treffen, um gleich einen Termin für die gesetzliche Trauung festzulegen. Wahnsinn!

»Na, Melli, nicht doch Lust auf eine Doppelhochzeit?«, fragte ich, als ich mit dieser sensationellen Botschaft in die Küche stürzte.

Justin briet Eier mit Speck und klang höchst amüsiert, als er sagte: »Frag mich doch mal, vielleicht habe ich Lust.«

Daraufhin schaute Melli, als ob sie ein Eimerchen Spreewaldgurken vertilgt hätte. Dabei wäre es das doch: Schwulenhochzeit! Wenn ich meine Schwiegermutter in den vorzeitigen Herztod treiben wollte, dann wäre eine Doppelhochzeit mit Justin zweifellos ideal dafür.

Aber da Justin das natürlich nicht ernst gemeint hatte, konnte ich nur über meine bösen Gedanken kichern und sagte: »Spinner!«

»Ich mach's, geliebte Paula! Ein Wort von dir, und Didi und ich heiraten an deiner Seite.«

»Mach dich nicht unglücklich, Justin.« Ich winkte deutlich ab. »Ihr kennt euch doch kaum. Und im Übrigen würdet ihr meine Schwiegermutter ins Grab bringen.«

Justin lachte. »Na, dann müssen wir es doch erst recht tun. Das ist dann unser Hochzeitsgeschenk für dich. Nichts ist prickelnder als eine Hochzeit mit Todesfall. Eleganter wirst du den Drachen nicht los.«

Ich hätte zustimmen sollen. Aber da ahnte ich noch nicht, dass der Drache wirklich ein solcher war und gar nicht daran dachte, friedfertig zu werden. Er hatte nur reichlich Parfüm benutzt, um unsere Sinne zu benebeln und den schwefligen Geruch seiner Feuer speienden Bosheit zu überdecken.

Aber jetzt, nachdem wir unser Ja und Amen gegeben hatten, ließ meine Schwiegermutter ihre Maske fallen und zeigte ihr wahres fratzenhaftes Gesicht. Allerdings sollte das nicht mein einziges Problem sein.

Fußball war angesagt! Europameisterschaft. Und obwohl mein Karlos normalerweise nicht in irgendwelchen Stadien anzutreffen war und auch jetzt kein schwarz-rot-goldenes Fähnchen an sein Cabrio gesteckt hatte, brach doch etwas Infantiles in ihm durch, und er bestand darauf, dass wir uns das Spiel Deutschland gegen Polen beim Public Viewing auf Großleinwand reinzogen.

Das Ding war zwischen Verwaltungsgericht und Kirche aufgebaut, also im Überlappungsbereich von Religion und Rechtsstaat, wodurch von vornherein der friedliche Verlauf dieser Veranstaltung sichergestellt schien. Bier- und Bratwurststände säumten den Platz, und da geradezu hochsommerliche Temperaturen herrschten, war es im Freien wunderbar auszuhalten. Die Stimmung war von Anfang an prima, und als der gebürtige Pole Podolski das erste Tor für Deutschland schoss, schwollen die Gesänge euphorisch an – von *We are the champions!* über *Olé, olé, olé, olé!* bis zum skandierten *Deutschland, Deutschland, Deutschland*!

Nur zwei einsame Polen neben uns schienen eine erste Träne zu verdrücken. Und dann passierte es, in der zweiten Halbzeit noch vor dem zweiten Podolski-Tor. Ich hatte Karlos mal kurz verlassen, um neues Bier zu holen, als ich in der Menge ein vertrautes Gesicht sah: Thomas, mein Ex. War ja eigentlich klar, dass er als eingefleischter Fußballer auch hier sein würde. Mist, an den hatte ich gar nicht mehr gedacht, und ihn hier so plötzlich zu sehen, verursachte mir fast einen kleinen Schock. Leider hatte nicht nur ich ihn entdeckt, sondern er mich auch. Denn obwohl ich blitzschnell meinen Blick abgewendet und mich zum nächsten Bierstand verkrümelt hatte, war ich Thomas aufgefallen.

Als ich nun auf meine Biere wartete, stand er plötzlich neben mir. »Paula, du guckst Fußball? Das ist aber eine Überraschung. Bist du alleine?«

Bist du alleine? Was sollte die blöde Frage. Wenn er mich nur ein bisschen kannte, sollte er doch wissen, dass ich mir niemals alleine in der Öffentlichkeit ein Fußballspiel ansehen würde. Außerdem wusste er doch, dass ich verlobt war. Oder nicht? Ich strich mir auffällig mit der linken Hand die Haare aus der Stirn, sodass er den Verlobungsbrilli gar nicht übersehen konnte.

»Ich bin mit Karlos hier. Wir, äh … sind übrigens verlobt.«

Thomas grinste frech. »Verlobt ist noch nicht verheiratet.«

Ah ja, was sollte mir das jetzt sagen?

»Paula, findest du nicht auch, dass es eine glückliche Fügung ist, dass wir uns hier getroffen haben?«

Äh, nein, eigentlich nicht. Wieso?, dachte ich, während Thomas schon weiterschwafelte.

»Ich habe neulich dieses Foto von dir in der Zeitung gesehen, Paula. Wie du da im Hochzeitskleid auf dem Fotografen lagst, ist mir direkt einer abgegangen.« Er stöhnte in der Erinnerung schwelgend auf. »Paula, ich kann dich nicht vergessen. Wir waren ein ideales Paar. Du solltest zu mir zurückkommen. Vergiss diesen

Karlos! Bitte, mach keinen Fehler!« Er drängte sich dichter an mich und legte seinen Arm um meine Schulter. »Paula, ich habe ganz viel in der Therapie bei Frau Dr. Schmidt gelernt, ich bin keine Schlaftablette mehr im Bett. Ich bin ein total geiler Bock geworden.« Er stöhnte erneut, das heißt, es war eher ein Grunzen, was sich seiner Kehle entrang. »Komm, lass uns zu mir gehen, dann beweise ich es dir!«

Mir wurde schlecht. Nicht nur, weil Thomas sich so abartig an mich ranschmiss, sondern auch, weil ich mich fragte, wie ich an den Typen fünf Jahre meines Lebens verschwenden konnte und vor allem wie ich ihn nun schnellstens wieder loswurde.

Die Rettung kam in Form des zweiten Tores von Podolski. Alles sprang auf, jeder fiel jedem in die Arme, und im allgemeinen Jubel tauchte ich ganz schnell in der Menge unter.

Grundgütiger! Der Knabe hatte ja wohl einen Vollschaden!

Als ich Alix und Melli später von dieser Begegnung der unwirklichen Art erzählte, kriegten die sich vor Lachen gar nicht wieder ein, und Melli wiederholte immer nur gebetsmühlenartig: »Geiler Bock, geiler Bock, Thomas, dieser wandelnde Karteikasten, ein geiler Bock …«

Ich fand das Ganze allerdings nicht wirklich komisch. Thomas hatte mir direkt ein wenig Angst gemacht.

»Meint ihr, der will echt noch was von mir?«, fragte ich schließlich, nachdem die Heiterkeitswelle etwas abgeebbt war. »Das … das wäre mir nämlich sehr unangenehm.«

Aber da meine Freundinnen diese offenbar ziemlich bierselige Anmache nicht ernst nahmen, beschloss auch ich, das Thema Thomas wieder zu den Akten zu heften beziehungsweise im Karteikasten abzulegen. Da gehörte es schlussendlich hin. Basta Pasta!

♡ ♡ ♡

Wenige Tage nach dem Fußballspiel lud meine Schwiegermutter Karlos, mich und meine Mutter zu einem Gespräch mit dem Hochzeitsplaner ein. So weit, so gut.

Erwartungsfroh trafen wir also vor dessen Geschäft in einer der nobleren Straßen unserer Stadt ein. Zwei Schaufenster waren mit prächtigen Brautpuppen in traumhaften Hochzeitskleidern und festlich gedeckten Mustertischen dekoriert. Zur Eingangstür führte ein schmaler roter Läufer, der von Buchsbaumskulpturen flankiert war, zwischen denen eine silber-rote dicke Kordel hing. Sehr edel.

Karlos' Mutter erwartete uns schon drinnen, und mit ihr erwartete uns auch gleich der Schock. Der Schock war weiblich, weißblond und vollbusig, hieß Sybille und war unsere Hochzeitsplanerin. Ich schluckte erst mal überrascht, und auch Karlos befiel eine unnatürliche Blässe, was mir ein wenig seltsam vorkam, denn normalerweise neigte er nicht zu derart deutlichen physiologischen Reaktionen auf andere Menschen. Ich schob dies allerdings zunächst auf die Überraschung, weil er sicherlich genau wie ich einen Mann als Hochzeitsplaner erwartet hatte.

»Hast du nicht von einem Hochzeitsplaner gesprochen, Mutter?«, verlangte Karlos dann auch sofort eine Erklärung. »Ich habe, äh … einen Mann erwartet und keine Frau, und schon gar nicht …« Er stockte, sah zu mir und meiner Mutter rüber und verkniff sich den Rest des Satzes. Schon da hätte ich hellhörig werden können, aber die Situation ließ irgendwie keinen Raum für Scharfsinn.

»Aber, Karlos, das ist doch ganz unerheblich«, wischte seine Mutter die Frage mit einer Handbewegung beiseite. »Im Übrigen sind in diesem Business sehr viel mehr qualifizierte Frauen als Männer tätig, und da du ja Sybille noch von früher … und ihr sicherlich … eine wunderbare Vertrauensbasis …«

Ich starrte zwischen diesem Busenwunder und Karlos hin und her, und die Worte meiner Schwiegermutter plätscherten durch mein Gehirn, ohne dass ich ihre Bedeutung wirklich verstand.

Schließlich fragte mich meine Mutter: »Er kennt sie? Woher?«

Ich zuckte die Schultern. »Keine Ahnung, frag ihn doch.«

Und während ich das sagte, überlegte ich immer noch, warum mein Karlos so unnatürlich blass, ja fast krank aussah. Hatte er heute einen so schweren Tag im Büro gehabt? Besorgt hakte ich mich bei ihm ein.

»Geht es dir nicht gut?«, flüsterte ich. »Wollen wir nach Hause fahren? Wir können das hier auch ein andermal machen …«

Er schüttelte den Kopf und schien sich etwas zu fangen. »Nein, nein, ist schon okay. War nur ein etwas stressiger Tag im Büro.«

Aha, hatte ich mir ja auch schon gedacht. Armer Schatz!

»Was stehen wir denn noch hier herum?«, flötete Sybille und winkte einen Typ mit einem Tablett herbei, auf dem ein paar sehr zerbrechlich aussehende Champagnergläser standen. Wir griffen zu, und Sybille prostete uns zu. »Auf eine wunderschöne Hochzeit«, sagte sie. »Ich freue mich, dass gerade ich sie planen darf.«

Gerade sie?

Wir ließen uns auf einer weißen Ledersitzgruppe nieder, die mich irgendwie an die Einrichtung von Karlos' Apartment erinnerte. Jedenfalls schien es der gleiche Designer zu sein. Während ich noch irritiert guckte, waren meine Schwiegermutter in spe, meine Mutter und Sybille schon in ein angeregtes Fachgespräch verwickelt, dem auch Karlos nur stumm folgte.

He, hallo, es ging um *unsere* Hochzeit!

Aber offenbar waren unsere Mütter grade dabei, mit Sybille den Kostenrahmen abzustecken. Ein ganz und gar unromantisches Thema, in das ich mich dann doch lieber nicht einmischen wollte. Obwohl, besser wäre es vielleicht. Denn so wie dieser Laden auf mich wirkte, würde meine Mutter sonst nach unserer Hochzeit Insolvenz anmelden müssen, weil die Beteiligung an dem, was meine Schwiegermutter plante, sie vermutlich doppelt so teuer kommen würde wie eine Hochzeit, die sie alleine für uns organisiert hätte.

So hatten wir nicht gewettet, und daher zischte ich Karlos zu: »Das wird zu teuer! Mach was!«

Aber der kippte sich nur den Champagner hinter die Binde, stand dann auf und sagte: »Komm, Paula, wir fahren schon mal. Unsere Mütter haben das hier ja alles im Griff.«

Wie bitte? Wir hatten doch noch gar nichts Inhaltliches mit Sybille besprochen! Wozu waren wir denn hergekommen? Doch nicht, um ein Glas Sekt zu trinken?

»Hey, Karlos!«, sagte ich irritiert. »Geht es dir so schlecht? Wir … wir wollten doch heute ganz groß mit unseren Müttern unsere Hochzeit planen!«

Aber er stand auf, verabschiedete sich kurz und stürmte raus. Als ich an seiner Seite aus dem Laden stolperte, wusste ich überhaupt nichts mehr.

»Warum willst du denn schon gehen?«, fragte ich und bemühte mich, mit ihm Schritt zu halten. »Wir haben doch noch gar nichts besprochen. Bist du krank, oder bist du sauer?«

Er blieb stehen und sah mich aus seinen dunkelgrauen Augen wütend an. »Ja, ich bin sauer. Sogar sehr!« Ich zuckte verschreckt zusammen, sodass er sogleich nachschob: »Natürlich nicht auf dich, Paula, sondern auf meine Mutter! So was von hinterfotzig!«

Ich schluckte. Das war jetzt aber ein sehr starker Ausdruck. Wenn dahinter ein entsprechender Zorn stand, musste seine Mutter schon etwas ziemlich Boshaftes getan haben. Nur hatte ich keinen blassen Schimmer, was. War doch eigentlich alles ganz normal gelaufen, und dass statt eines männlichen Hochzeitsplaners eine Frau für uns tätig werden sollte, war ja im Prinzip auch nicht ungewöhnlich. Aber wer weiß … vielleicht sah Karlos das ja anders.

»Stört es dich, dass unser Hochzeitsplaner eine Frau ist?«

Er öffnete mir die Wagentür, sodass ich seine Reaktion auf meine Frage nicht mitbekam. Hatte er was gesagt? Hm. Eine Weile hockte ich zusammengefaltet neben ihm. Kurz vor der Jägerstraße stellte ich die

Frage noch mal: »Sag doch, Karlos, stört es dich, dass unser Hochzeitsplaner eine Frau ist?«

Er brachte den Wagen vor dem Eingang zum Stehen, stieg aus, öffnete mir die Beifahrertür und gab mir, als ich ausgestiegen war, einen leichten Kuss.

»Es stört mich nicht, dass es *eine* Frau ist«, sagte er. »Es stört mich, dass es *diese* Frau ist!«

»Und das hat er wirklich so gesagt?«, hakte Alix nach.

»Ja, wenn ich es doch sage. Es stört mich nicht, dass es *eine* Frau ist. Es stört mich, dass es *diese* Frau ist.«

»Ganz klar«, sagte Melli, »dann hat er was mit ihr gehabt.«

»Nein!«

»Doch! Auf jeden Fall. Seine ganze Reaktion spricht dafür. So wie du es geschildert hast, war ihm der Auftritt doch megapeinlich.«

»Übrigens«, schaltete sich nun Alix wieder ein. »Ich finde es hochanständig von ihm, wie er dich beschützt hat.«

»Mich beschützt?« Das raffte ich nun nicht ganz.

»Na ja, er war doch offenbar völlig überrumpelt, und dennoch hat er nichts gesagt, sondern dich ganz schnell aus dieser unangenehmen Situation weggebracht.« Sie nickte noch mal zur Bestätigung. »Doch, hochanständig.«

Na, wenn sie es so sah.

»Und das war jetzt also ein total unglücklicher Zufall?« Ich stellte die Gretchenfrage. »Oder hat meine Schwiegermutter daran gedreht?«

Melli und Alix sahen mich an, als hätte ich gefragt, ob die Hexe in Hänsel und Gretel nicht doch bloß eine freundliche Kinderkrankenschwester gewesen wäre.

Jedenfalls sagte Alix: »Diese Frau ist eine Hexe! Damit musst du dich wohl allmählich abfinden. Bei dem, was die anpackt, ist nichts Zufall!«

Und auch Melli meinte: »Das hat die doch alles geplant. Die wusste doch garantiert, dass die Ex von Karlos diesen Brautshop hat, und da hat sie sofort die Gelegenheit beim Schopf ergriffen, um mal wieder kräftig Zwietracht zwischen euch zu säen.«

»Aber die Saat ist nicht aufgegangen«, sagte ich erleichtert. »Karlos interessiert sich gar nicht mehr für diese Schlampe.« Aber dann bohrte sich doch der Stachel der Eifersucht unaufhaltsam in mein Herz. »Meint ihr, er war lange mit der zusammen?« Und vor meinem inneren Auge sah ich diesen weißblonden Pamela-Anderson-Verschnitt auf dem Sofa in seinem Apartment lümmeln. »Er hat in seinem Apartment die gleiche Sitzgruppe wie sie in ihrem Brautladen.«

»*Nein*!«

»Doch«, flüsterte ich tonlos, weil mir ganz plötzlich die Tragweite dieser Erkenntnis bewusst wurde. Das hieße ja …

»Dann war er garantiert eine ganze Weile mit der zusammen«, sagte Melli in ihrer typischen gnadenlosen Offenheit. »Tut mir ja leid für dich, Paula, aber Männer um die dreißig haben nun mal eine Vergangenheit, und irgendwann läuft sie einem auch mal über den Weg. Besser vor als nach der Hochzeit.«

Mir war schon klar, dass Karlos keine Jungfrau mehr war, aber dass er mit so einer, und dann auch noch … Ich fühlte, wie kalte Wut auf meine Schwiegermutter in mir hochstieg.

»Diese Bitch, diese verdammte Bitch«, stammelte ich.

Aber Alix holte mich wieder runter. »Komm, Paula, reg dich nicht auf. Karlos ist von seiner Mutter genauso hintergangen worden wie du. Er hat sich tadellos verhalten und es verdient, dass du ihm vertraust. Alles, was vor deiner Zeit war, kann dir doch egal sein. Hauptsache, er steht jetzt zu dir. Und wenn er das sogar gegen seine Mutter tut, dann kannst du dir echt was drauf einbilden.« Sie rüttelte mich am Arm aus meiner masochistischen Lethargie. »He, Paula! Karlos liebt dich! Er will dich heiraten! Los, jetzt lach mal! Da stehst du doch drüber. Du wirst dir doch von zwei so dummen Schnepfen nicht die Laune verderben lassen?!«

Würde ich nicht? Würde ich doch!

♡ ♡ ♡

»Woher kennst du Sybille? Hattest du was mit ihr?«, fragte ich geradeheraus.

»Nein, äh, ja … nicht der Rede wert, lange her.«

»So unbedeutend und so lange her, dass es dir nichts ausmachen würde, wenn sie unsere Hochzeitsplanerin wäre?«

»Nein, macht mir nichts aus, wirklich. Warum auch? Ihr macht es ja offensichtlich auch nichts aus.«

Hm, da war was dran. Dennoch … »Gestern wirkte das anders. Zumindest bei dir.«

»Gestern. Gestern war ich müde und überarbeitet. Dieser Brautladen … entschuldige, aber so etwas ist für mich schwer zu ertragen. Ein bisschen viel rosa Wolke!« Er ging an die Bar und mixte uns einen Drink.

Dabei sagte er mit dem Rücken zu mir: »Wenn du willst, suchen wir uns eine andere Agentur.«

Hm, so wie er das sagte, klang es betont beiläufig, und genau das weckte mein Misstrauen erneut. Ich weiß auch nicht, warum ich seinen Vorschlag nicht einfach aufgriff und das Thema Sybille damit zu den Akten legte. Aber irgendeine untergründige und eifersüchtige Neugier war in mir geweckt worden, die mich völlig irrational handeln ließ. Ich wollte wissen, ob es stimmte, was Karlos gesagt hatte, ob es wirklich nur ein unbedeutender Flirt gewesen war, der ihn mit Sybille verbunden hatte. Wenn das so war, dann bestand kein Grund, Sybille als Hochzeitsplanerin auszutauschen, denn offensichtlich war sie in ihrem Geschäft ja sehr erfolgreich und kompetent.

Du stehst doch über den Dingen, hatten meine Freundinnen gesagt. Okay, Paula, sagte ich mir also, dann probier es mal mit einer doppelten Dosis Selbstvertrauen und fühl dieser Sybille auf den Zahn.

Und so sagte ich: »Ach, der Laden hat mir eigentlich sehr gut gefallen. Es war sehr romantisch ... so viele Anregungen und diese traumhaften Hochzeitskleider im Schaufenster ... und unsere Mütter haben doch auch schon den Vertrag unterschrieben.« Karlos brachte die Drinks und lächelte etwas verkniffen. »Eigentlich finde ich es nicht nötig, jetzt zu wechseln. Wenn es nur eine unbedeutende Affäre vor meiner Zeit war, dann stehe ich da doch drüber«, sagte ich und drückte ihm einen aufmunternden Kuss auf die Wange. »Es sei denn, es war doch was Ernstes zwischen euch!«

Er stürzte den Drink in einem Zug runter. Offenbar ging ihm das Thema nun allmählich auf den Geist.

»Paula, mach es, wie du es willst. Triff dich mit Sybille und such aus, was dir gefällt. Wenn du dann so weit bist, komme ich gerne zur Schlussbesprechung und letzten Entscheidung dazu, aber bis dahin wäre es super, wenn du mich mit diesem ganzen Gedöns verschonen würdest.«

Hm, das klang genervt. Aber war wirklich der Hochzeitszirkus daran schuld oder doch Sybille? Ich weiß, es war bescheuert, aber ich musste es rausfinden. Zum einen wollte ich wissen, ob Karlos in der Lage war, mich über seine Vergangenheit zu belügen, und zum anderen, ob meine zukünftige Schwiegermutter wirklich so perfide war, mir absichtlich eine Ex von Karlos als Hochzeitsplanerin vor die Nase zu setzen.

»Und was das Hochzeitskleid angeht, Paula«, fügte Karlos seiner Generalvollmacht noch hinzu, »das darf ich doch ohnehin nicht mit dir aussuchen. Soll es nicht Unglück bringen, wenn der Bräutigam es vor der Hochzeit sieht?«

Super! Da hatte er ja wieder eine prima Ausrede gefunden.

»In Ordnung, aber deinen Hochzeitsanzug suchen wir gemeinsam aus!«, verlangte ich.

Er nickte und sah mich einfach unglaublich lieb an. »Paula, weißt du, was ich jetzt möchte?«

»Ja«, sagte ich und schob alle negativen Gedanken an seine Mutter und Sybille beiseite. »Ich kann es mir denken, und es spricht nichts dagegen. Ich möchte das nämlich auch!«

♡ ♡ ♡

Prost, auf die Ex!

»Aber irgendwie bist du nicht ganz gescheit«, tadelte mich Alix, als ich ihr von dem Gespräch mit Karlos berichtete. »Warum suchst du dir nicht eine andere Hochzeitsagentur? Das gibt doch nur Stress. Selbst wenn er nicht wirklich lange was mit dieser Sybille hatte, was ich zu bezweifeln wage, so was muss man sich doch nicht antun.«

»Eifersucht ist eine Leidenschaft, die mit Eifer sucht, was Leiden schafft«, Justin betätigte sich mal wieder als Salonphilosoph.

»Herrgott noch mal! Ich bin nicht eifersüchtig, sondern ich möchte nur wissen, ob meine Schwiegermutter rein zufällig an diese Sybille geraten ist, oder ob sie mir die aus reiner Bosheit als Hochzeitsplanerin ausgesucht hat. Ich traue ihr jede Gemeinheit zu und finde es besser, sie jetzt erst mal in Sicherheit zu wiegen und ein Auge auf Sybille zu haben, als dass sie hinter meinem Rücken eine andere Perfidie ausheckt, um mich und Karlos auseinanderzubringen.«

»Das ist nicht dumm«, meinte Melli anerkennend. »Das ist sogar sehr clever von dir, Paula. Die Frage ist allerdings: Hältst du es aus, die beiden Weiber im Blick zu behalten und auch noch vernünftig deine Hochzeit zu planen?«

Alix pflichtete ihr bei. »Unterschätze den Stress

nicht. Ich fände es ja einfacher, Karlos zu vertrauen und eine andere Agentur zu nehmen.«

»Aber meine Mutter hat den Vertrag schon unterschrieben, und das kostet sicher einiges, den zu annullieren.«

Alix kratzte sich am Kopf. »Vielleicht kann man auf gestörtes Vertrauensverhältnis plädieren, weil Karlos mit Sybille …«

Ich ging hoch. »Nein, niemals! Wie sieht das denn aus! Da muss doch jeder denken, ich wäre eine total eifersüchtige Zicke. Nee, so peinlich mache ich mich bestimmt nicht!«

Melli stand vom Küchentisch auf. »Na, dann mach es, wie du meinst. Ist ja deine Hochzeit. Aber beschwer dich später nicht.«

»Das hättest du mir aber sagen können, bevor ich den Vertrag unterschrieben habe«, meinte meine Mutter nur, als ich ihr ein paar Tage später auf dem Weg zu Sybilles Laden von meinem Verdacht erzählte. »Ich hatte gleich so eine Vermutung, als Karlos diese Sybille ansah. Der war ja blass wie ein Leichentuch. Ist dir das denn nicht aufgefallen?«

Doch, war es natürlich. »Aber das hatte nichts mit ihr zu tun«, entgegnete ich und versuchte, meine Illusion aufrechtzuerhalten. »Es ging ihm nicht gut. Er hatte Stress bei der Arbeit …«

»Na, ich glaube, er hatte eher Stress im Brautsalon.« Wir stiegen aus der Straßenbahn. »Und jetzt? Was gedenkst du zu tun? Wollen wir den Vertrag kündigen?«

Ich schüttelte den Kopf. »Lass uns erst mal reingehen, vielleicht stellt sich ja alles als total harmlos heraus.« Daran glaubte ich ja wohl selber nicht!

Doch dann lief alles sehr viel besser, als ich es erwartet hatte. Sybille war ausnehmend freundlich und wirkte tatsächlich sehr kompetent. Sie legte uns einen Fragebogen vor, in dem ich ankreuzen sollte, was ich von meiner Hochzeit alles erwartete. Aus der Beantwortung der Fragen sollte dann hervorgehen, welcher Hochzeitstyp ich war.

»Es wäre natürlich schön, wenn der Bräutigam diesen Bogen auch noch ausfüllen würde«, meinte sie, als ich fertig war. »So wie ich Karlos kenne, hat er sicherlich etwas abweichende Vorstellungen.«

So wie sie Karlos kannte? Wie kannte sie ihn denn? Meine Mutter warf mir einen warnenden Blick zu, der wohl sagen sollte: Wenn du dich jetzt schon auf dieses Spielchen einlässt, wirst du Nerven lassen!

Also atmete ich tief durch, zählte innerlich bis fünf und sagte dann so sachlich wie möglich: »Ja, sollte er. Ich nehme den Fragebogen mit, damit er ihn zu Hause ausfüllen kann.«

Das *zu Hause* betonte ich und erreichte damit, dass Sybille auch gleich fragte: »Wohnen Sie denn schon zusammen?«

»Nicht direkt«, sagte ich und fügte mit einem Anflug von Arroganz hinzu: »Wir suchen noch nach einer passenden Eigentumswohnung. Was Großzügiges in einer gepflegten Altbauvilla ...«

Meiner Mutter klappte der Unterkiefer runter, und ich rieb mir innerlich die Hände.

»Ah ja«, sagte Sybille, »dann wünsche ich viel Erfolg bei der Suche. Ist nicht so einfach, ich suche auch schon länger in dem Sektor.«

Aha. War ja sehr interessant. Sie ließ uns Kaffee bringen und ging an ihren PC, um meinen Fragebogen auszuwerten. Wir blätterten derweil in ihren Angebotsmappen. Romantische Hochzeit, klassische Hochzeit, ländliche Hochzeit, moderne Hochzeit, Luxushochzeit ... Hochzeit lustig, edel, poppig, rustikal ... Hochzeit mit diversen Menüs, mit Büfett oder mit feinem Fingerfood ... mit Alleinunterhalter, Stehgeigern, Band, DJ, Kammerorchester ... Unzählige Möglichkeiten, den schönsten Tag seines Lebens zu gestalten.

Zu viele, fand ich, und so war ich froh, als Sybille zurückkam und die Auswahl dadurch deutlich einschränkte, dass sie mich zu einem – welche Überraschung – romantischen Hochzeitstypen erklärte.

»Mit einem Hang zum Verspielten«, ergänzte sie. »Ich befürchte, das wird Probleme mit Karlos geben.«

Wie bitte? Was sollte denn das schon wieder heißen?

»Das heißt«, antwortete sie, weil mir die Frage offenbar mal wieder unbeabsichtigt herausgerutscht war, »dass ich kaum glaube, dass Karlos, so wie ich ihn kenne, auf eine romantisch-verspielte Hochzeit steht. Aber Sie haben ja den Fragebogen.«

Was nahm sich die Zicke heraus! Wieder musste ich bis fünf zählen, um meine Wut in den Griff zu kriegen.

»Genau«, sagte ich dann. »Karlos füllt ihn aus, und ich bringe ihn zum nächsten Termin mit. Allerdings wird er nicht wirklich relevant sein. Karlos lässt mir nämlich freie Hand bei allem, was die Hochzeit betrifft.« Und um sie nun meinerseits etwas zu ärgern, fügte ich lässig hinzu: »Er liebt mich eben über alles.«

Sybille begleitete uns zur Tür, reichte mir ihre Hand und meinte kühl: »Das, meine Liebe, hat er zu mir auch gesagt.«

Nun wurde es meiner Mutter doch zu bunt. Sie zerrte mich in das nächste *Starbucks* und forderte kategorisch: »Paula, das war eine glatte Unverschämtheit, die es absolut rechtfertigt, dass wir den Auftrag zurückgeben. Das musst du dir wirklich nicht antun. Und diese Schwiegermutter auch nicht. Ich werde deine Hochzeit ausrichten, Punktum! Und du kannst sicher sein, dass sie mindestens so verspielt-romantisch wird wie alles, was dir diese schlecht blondierte Sexbombe anbieten könnte.«

Ich schniefte, weil meine Mutter ja vollkommen recht hatte. Auch wenn ich mir nicht vorstellen konnte, dass die Hochzeitsvorbereitungen bei meiner Mutter wirklich in den besten Händen lagen, bei dieser Hochzeitsplanerin auf jeden Fall auch nicht.

Also nickte ich schicksalsergeben und stimmte meiner Mutter zu: »Wenn du meinst, dass das geht, dann … dann mach das, also den Vertrag kündigen. Ich glaube, es ist das Beste. Ich … ich stehe wohl doch nicht so über den Dingen, wie ich dachte.«

»Bravo«, gratulierte mir Alix später in der WG. »Das war eine vernünftige Entscheidung. Deine Mutter scheint doch ganz okay zu sein.«

Wir saßen in meinem Zimmer und tranken Yogi-Tee. Ich hatte Räucherstäbchen mit Vanilleduft angezündet und versuchte mich zu entspannen. Irgendwie war ich nun doch erleichtert.

»Es war total dämlich von mir, dass ich nicht gleich Karlos' Rat befolgt und mir eine andere Hochzeitsplanerin gesucht habe. Stattdessen lasse ich mich von der Tusse auch noch so fertigmachen.«

»Genau das hat deine Schwiegermutter offenbar bezweckt. Nimm dich vor der bloß in Acht. Ich glaube nämlich nicht, dass sie jetzt so einfach aufgibt.«

Das nahm ich auch nicht an, aber das war nun wirklich nicht mein größtes Problem.

»Karlos hat mich ganz offensichtlich belogen«, sagte ich, und dabei tat mir das Herz richtig weh. So sehr, dass ich heulen musste. »Was ist das nur für ein Scheiß!«, jammerte ich. »Und alles nur wegen der blöden Hochzeit! Bevor ich auf diese Schnapsidee mit dem Heiraten gekommen bin, lief doch alles ganz prima mit Karlos und mir. Und jetzt sind wir beide total genervt, und er belügt mich auch noch über seine Vergangenheit.«

»Ach, das glaube ich nicht«, versuchte Alix mich zu trösten. »Diese Sybille kann viel erzählen. Kein Wort würde ich der glauben.«

Ich zog den Rotz hoch, der mir aus der Nase lief. »Aber du hättest sie hören müssen. Es ... es klang absolut glaubwürdig. Wie kann Karlos mich so in ihr offenes Messer laufen lassen?«

Tja, dafür hatte Alix auch keine Erklärung, außer dass Sybille maßlos übertrieben hatte oder einfach log. Aber in solchen Schwindeleien steckte oftmals mehr als nur ein Fünkchen Wahrheit.

Ich rief Karlos an. »Warum hast du mir nicht gesagt, dass du sie geliebt hast?«

»Äh, wie bitte? Moment!« Ich hörte Karlos etwas sagen, das klang wie »Frau Schäfer, nehmen Sie das noch mit in die Akte Gergweis. Das war es dann erst mal, vielen Dank!«, dann war er wieder bei mir. »Also, was hast du eben gesagt, Paula?«

»Ich habe gefragt, warum du mir nicht gesagt hast, dass du Sybille mal geliebt hast?«

»Äh, habe ich das?«

»Sie hat es gesagt.«

»Sybille behauptet viel«, meinte er ziemlich ruhig. »Sie wird auch behaupten, dass wir verlobt waren und zwei Jahre zusammengelebt haben.«

Wie bitte? Nahm er mich jetzt auf den Arm? Mir war echt nicht zum Scherzen zumute.

»Äh, warum sollte sie das tun? Warum sollte sie so etwas sagen?«, fragte ich nervös.

»Weil es die Wahrheit ist. Paulchen. Tut mir wirklich leid, aber ich bin fast dreißig Jahre alt. Natürlich habe ich vor dir andere Frauen gekannt, und leider auch Sybille.«

»Leider?«

»Ja, leider! Nichts würde ich so gerne ungeschehen machen in meinem Leben wie die Liaison mit ihr. Lass uns heute Abend darüber reden, Süße. Ich habe grade viel zu tun ... Okay?«

Nein, gar nicht okay! Er erzählte mir mal so eben zwischen zwei Geschäftsterminen, dass er schon mal verlobt war, und auch noch mit so einer Schnitte, und dann glaubte er, dass mit uns einfach alles so weitergehen könnte wie bisher? Doch wohl nicht im Ernst! Das konnte er mit mir nicht machen. Ich hatte auch meinen Stolz! Ich hatte ihm schließlich alles über Thomas erzählt. Ich hatte ihn nicht belogen.

»Du hast mich belogen über sie«, rutschte es mir heraus, »und jetzt würgst du mich einfach ab. Ich ... ich hasse dich, Karlos! Du ... du kannst dir deine Hochzeit in die Haare schmieren!«

Ich lag heulend auf meinem Diwanbett, als Alix leise hereinkam und sich zu mir setzte. Sie streichelte mir sanft den Rücken und murmelte beschwörende Trostworte, die ich aber nicht verstand. Schließlich setzte ich mich auf.

»Es ist alles wahr, was diese Sybille gesagt hat. Er war zwei Jahre mit ihr zusammen.« Ich schluchzte gequält auf. »Sie waren *verlobt*!«

»Ach, du Scheiße!«, rutschte es Alix heraus. Das konnte man wohl sagen. »Und jetzt?«

»Nichts jetzt. Keine Hochzeit. Fertig, aus, vorbei!«

»Aber du hast doch nicht mit Karlos Schluss gemacht deswegen? Etwa wegen dieser Sybille? Das ist doch sicher ewig her!«

»Na und? Von mir aus kann es gestern gewesen sein. Das ist mir völlig egal. Aber mir ist nicht egal, dass er mich belogen hat. Ich habe ihn gefragt, ob etwas zwischen ihnen war, und er hat gesagt, es wäre belanglos gewesen. Ist eine Verlobung belanglos?«

Alix wand sich. »Na ja, wie man's nimmt. Wenn er es jetzt so einschätzt ...«

»Ah ja? Und wie schätzt er unsere Verlobung dann ein?« Ich schmiss mich wieder auf mein Kuschelkissen. »Ich hasse ihn! Ich hasse alle Männer! Ich werde mein Leben lang Single bleiben!«

Alix gab auf. Sie strich mir noch einmal über den Rücken, und als sie sich erhob, sagte sie: »Okay, dann bleibst du also hier wohnen. Ich nehme gleich morgen die Zettel wieder vom Schwarzen Brett.«

Weg war sie. Ging es der noch gut?

Ich musste wohl über meinen Liebeskummer in einen unruhigen Schlaf gesunken sein, denn ich hatte plötzlich einen sehr intensiven Traum. Ich träumte, Karlos käme in mein Zimmer geschlichen und legte einen riesigen Strauß rote Rosen auf mein Bett. Dann beugte er sich über mich und küsste mich.

»Verzeih mir«, murmelte er. »Ich bin so ein Idiot. Ich wollte dich nicht verletzen und habe dadurch alles nur noch schlimmer für dich gemacht. Bitte, lass uns trotzdem heiraten. Ja?«

Hm? Er hatte mir Thomas ja auch verziehen, und zum Glück war ich keine nachtragende Natur. Als ich nun in seine bittenden Augen sah, konnte ich ihm einfach nicht widerstehen, und so hauchte ich: »Ja.«

Karlos lag schneller bei mir im Bett als je zuvor. Er bedeckte mich mit Küssen, überall. Und als wir uns ungestüm liebten, da stach mich eine der Rosen in den Po. Glücklicherweise tat es weh, und so wusste ich, dass all das kein Traum war.

♡ ♡ ♡

Ein positives Ergebnis unserer Versöhnung war, dass wir die Sache mit der Wohnung nun energisch vorantreiben wollten, denn Karlos sah ein, dass ich nur noch ungern sein Apartment betrat, seit ich wusste, dass er dort mit Sybille gelebt hatte.

Daher war ich ziemlich aufgeregt, als ich am nächsten Morgen die Immobilienanzeigen in der Zeitung durchblätterte und tatsächlich ein interessantes Angebot fand. Wenn das nicht Schicksal war!

»Was hältst du hiervon?«, fragte ich und las begeistert vor: »Renovierte Altbauetage in Gründerzeitvilla, neunzig Quadratmeter, erster Stock, mit Wintergarten und Gartenbenutzung, Bad, Küche, Gäste-WC, Abstellraum, Parkett, Fußbodenetagenheizung, Isofenster, ruhig, Nähe Theaterwall.«

Schon während ich las, hatte ich ein ganz unglaubliches Kribbeln in den Eingeweiden, und als ich fertig war, stellte sich das irrationale, aber sichere Gefühl ein, dass ich diese Wohnung unbedingt haben musste. Nähe Theaterwall – wie genial und außerordentlich praktisch. Wie für mich gemacht, da konnte ich ja zu Fuß zur Arbeit im Theater gehen, falls ich eine Vertragsverlängerung bekommen würde.

»Cuánto cuesta?«, fragte Karlos und zog den Reißverschluss seiner Hose zu.

»Steht nicht dabei. Nach Vereinbarung. Hört sich teuer an. Wahrscheinlich *zu* teuer.«

»Wer ist der Makler?«

Ich suchte. »Engel und Teufel.«

»Die sind bekannt für Luxusobjekte«, sagte Karlos trocken.

»Schade.« Frust breitete sich aus. Wäre ja auch zu schön gewesen, direkt beim Theater etwas zu finden.

»Wir schauen es an«, sagte Karlos, während er sich sein Hemd in die Hose stopfte und dann nach dem Schlips griff.

Ich sprang aus dem Bett. »Lass mich«, sagte ich und band ihm einen prächtigen Kentknoten.

»Sauber«, meinte er und gab mir ein dankbares Küsschen. »Ruf bei dem Makler an und mach einen Termin, am besten abends. Ich muss los.«

Karlos war kaum aus der Tür, als ich mich auch schon auf das Telefon stürzte. Ich war heiß wie eine Schnäppchenjägerin beim Schlussverkauf. Es war zweifellos Wahnsinn, und mir war so etwas auch noch nie passiert. Also bei Männern schon, aber nicht bei einer Wohnung. Ich war wirklich so verrückt nach dieser Altbauetage beim Theaterwall, dass ich mich noch für denselben Abend mit dem Makler verabredete. Der hatte nämlich durchblicken lassen, dass er bereits zwei Interessenten hatte, denen er um neunzehn und um zwanzig Uhr die Wohnung zeigen wollte.

»Sie war ja schon am Sonnabend annonciert«, sagte er, »und es sind zwei wirklich ernsthafte Interessenten. Wenn Sie vielleicht morgen früh noch einmal nach dem aktuellen Stand fragen wollen?«

Wollte ich nicht. Nachher schnappten die mir die Wohnung noch vor der Nase weg. Nee, da ging ich jetzt kein Risiko ein.

Und so sagte ich für meine Verhältnisse ziemlich geradeheraus: »Gut, dann besichtigen wir die Wohnung um achtzehn Uhr. Wo, sagten Sie, liegt das Objekt genau?«

Der Makler schwieg einen Moment und meinte dann: »Da habe ich ja eigentlich einen anderen Termin, aber ...«

»Es liegt mir wirklich viel daran«, sülzte ich.

»Vielleicht kann ich mit meiner Kollegin tauschen ...«

»Ja, eine gute Idee«, sagte ich euphorisch. »Das ist wirklich sehr entgegenkommend. So machen wir es. Um achtzehn Uhr bei der Wohnung, wo bitte genau?«

Er nannte mir die Adresse, und ich jubilierte. Es war direkt am Theaterpark, nur wenige Gehminuten vom Staatstheater entfernt. Als ich auflegte, war ich total aufgekratzt. Ich musste die Wohnung haben, koste es, was es wollte.

Ich rief Karlos an, aber er hatte sein Handy ausgestellt. Vermutlich saß er gerade in einer wichtigen geschäftlichen Besprechung. Mist! Ich hätte ihm so gerne sofort von dem Termin erzählt. Na gut, dann schrieb ich ihm eben eine SMS.

Ich tippte schnell die Message und packte dann meine Sachen zusammen, um wieder in die WG zurückzufahren. Achtzehn Uhr war ein guter Termin, denn um neunzehn Uhr musste ich ohnehin im Staatstheater in der Maske sein, weil am Abend *Hair* auf dem Programm stand. Wenn Karlos pünktlich da war, müsste das also ganz prima klappen.

Ich lief beschwingt die Treppe herunter und pfiff dabei sogar vor mich hin. Der Gedanke an die Wohnung machte mich total euphorisch. Drei, zwei, eins … meins!

♡ ♡ ♡

Ich stand mir schon eine Weile die Beine in den Bauch, weil ich natürlich vor lauter Aufregung viel zu früh vor dem Gründerzeithaus aufgelaufen war, als endlich wenigstens der Makler auftauchte. Von Karlos jedoch weit und breit keine Spur.

Hm, der Typ stellte sich als Gernot Reiter vor und sah auch so aus – wie jemand, der seine Zeit überwiegend mit Reiten, Golfen und Segeln verbrachte, jedenfalls mit recht kostspieligen Freizeitaktivitäten vorwiegend unter südlicher Sonne. Er hatte volles dunkles Haar, eine derb gebräunte Haut und die Aura eines Abenteurers, der allenfalls hin und wieder mal eine Luxusimmobilie verscherbelte, um das Benzin für seine Motorjacht oder den Kaviar auf seiner Pellkartoffel bezahlen zu können. Warum war Karlos Banker? Das Immobiliengeschäft schien doch viel lukrativer zu sein.

Während ich den Typ noch fasziniert anstarrte, schaute der auf seine Breitling-Uhr und fragte: »Sie sind alleine, oder erwarten Sie noch jemanden?«

Ja, eigentlich schon. »Mein Verlobter müsste jeden Augenblick kommen. Er, äh … hatte noch einen wichtigen Geschäftstermin.«

»Schön, dann hoffen wir mal, dass er bald kommt. Sie wissen, ich habe bereits um neunzehn Uhr die nächste Besichtigung.«

Ja, das wusste ich und fand es nach wie vor ärgerlich.

»Wollen wir vielleicht schon mal eine Außenbesichtigung machen?«, schlug der Makler vor, und ich nickte.

Schon von der Straßenseite wirkte die Gründerzeitvilla imposant, und ich war neugierig, wie wohl der Garten aussah. Wir betraten den Vorgarten durch ein schmiedeeisernes Tor und gingen auf einem Plattenweg um das Haus herum. Mir verschlug es fast den Atem, denn hinter dem Haus befand sich ein parkartig angelegter Garten von mindestens tausend Quadratmetern, der nur durch einen kleinen Flusslauf vom Theaterpark getrennt wurde. Ein Traum!

»Die Benutzung ist inklusive«, sagte Herr Reiter grade. »Und bei drei Parteien im Haus sicherlich kein Problem. Im Dachgeschoss wohnt ein Professor, der am Wochenende stets zu seiner Familie nach Süddeutschland fährt, und im Erdgeschoss wohnt das Besitzerehepaar, ältere Leute, die einen kleinen Teil der ersten Etage als Gästewohnung für ihre erwachsenen Kinder benutzten. Den größten Teil dieser Etage nimmt die zu verkaufende Wohnung ein. Neunzig Quadratmeter Wohnfläche zuzüglich fast dreißig Quadratmeter Nebengelass und Wintergarten.« Er zeigte nach oben. »Das ist der Wintergarten. Der größte Teil der Wohnung liegt zur Gartenseite, lediglich die Küche und ein Raum haben Fenster zur Straßenfront. Wobei es sich übrigens um eine reine Wohnstraße handelt.« Er sah erneut auf die Uhr. »Ich denke, wir gehen mal wieder nach vorne, vielleicht ist ihr, äh ... Verlobter inzwischen eingetroffen.«

War er mitnichten. Wie peinlich.

»Äh, ich ... ich rufe mal eben an«, sagte ich verlegen und stellte mich etwas abseits an den Zaun, um mit Karlos zu telefonieren. Wenigstens nahm er nun meinen Anruf an.

»Wo ... wo bleibst du denn?«, raunzte ich ihn heftiger an, als ich eigentlich wollte, aber ich war total nervös und absolut wild auf diese Wohnung und darum voller Sorge, dass sie uns noch jemand wegschnappen könnte, wenn Karlos nicht sofort hier auflief.

»Wie? Wo ich bleibe?«

»Na, wir haben doch um achtzehn Uhr den Besichtigungstermin von der Wohnung am Theaterwall. Ich hab dir doch eine SMS geschrieben. Wir warten schon die ganze Zeit auf dich.«

»SMS? Habe ich nicht gesehen. Ich hatte während der Konferenz mein Handy aus.«

»Aber jetzt hast du es ja an. Sie müsste doch dann angekommen sein!« Ich war jetzt richtig hektisch. »Wo bist du denn? Sag nicht, du hast dich nicht mal auf den Weg hierher gemacht?« Ich dachte, ich kriegte 'ne Krise. In einer halben Stunde würden die nächsten Interessenten hier auftauchen, und ohne Karlos würde mir der Makler niemals diese Wohnung verkaufen. »Du ... du musst sofort herkommen!«

Aber das war ganz und gar unmöglich. Jedenfalls war es in der restlichen zur Verfügung stehenden Zeit nicht mehr zu schaffen. Karlos war noch im Nachbarort, wo er einen Großkunden besucht hatte, und machte sich grade erst auf den Rückweg.

»Mindestens eine halbe Stunde brauche ich noch über die Autobahn«, sagte er mit bedauerndem Unterton in der Stimme.

»Und was mache ich jetzt alleine, ohne dich?«

»Kauf sie! Wenn sie dir gefällt, wird sie mir auch gefallen.«

»Aber der Typ sieht nicht so aus, als wenn er eine solche Wohnung an mich verkaufen würde. Ich ... ich weiß ja noch nicht mal, was sie kostet.«

»Schau sie dir an und halte ihn etwas hin, ich breche alle Geschwindigkeitsrekorde. Vielleicht schaffe ich es doch noch.«

Ich nannte ihm die genaue Adresse und legte auf. Grundgütiger, das würde ich doch nie packen!

Der Makler sah mich erwartungsvoll an. »Äh, ja, der Geschäftstermin hat etwas länger gedauert, sehr bedauerlich, aber, äh ... mein Verlobter ist auf dem Weg. Wir, äh ... könnten ja schon mal die Wohnung von innen ... äh ... besichtigen?«

Herr Reiter sah mich mit seinen blauen Augen leicht zweifelnd an. »Na, dann hoffen wir mal, dass Ihr Herr Verlobter es noch rechtzeitig schafft«, sagte er, und das *Herr Verlobter* betonte er irgendwie eigenartig, so als glaubte er mir nicht, dass ich überhaupt verlobt war.

Also kratzte ich mich megaauffällig mit der linken Hand an der Nase, und mein Verlobungsbrilli funkelte in der Abendsonne. Na, jegliche Klarheit beseitigt?, dachte ich und grinste ein wenig frech bei diesem Gedanken.

Die Wohnung hielt alles, was ich mir von ihr versprochen hatte, und als ich die Küche und das Zimmer, das zur Straßenseite lag, besichtigte, trat ich ans Fenster, um nach Karlos Ausschau zu halten. Es war fünf Minuten vor neunzehn Uhr, und was die Wohnung anging, wirklich fünf Minuten vor zwölf. Vor dem Haus stand ein rotes Cabrio, und als ich mir das Pärchen, das darin saß, genauer ansah, blieb mir fast das Herz stehen. Am Steuer saß ein großer blonder Typ, den ich nicht kannte, aber neben ihm saß niemand anderes als meine ehemalige Hochzeitsplanerin, die vollbusige, blond gefärbte Sybille! Die wollte doch nicht etwa?

Sie wollte! Auch der Makler hatte sie gesehen und entwickelte sofort eine übertriebene Hektik, um mich loszuwerden.

Klar, die beiden in ihrem Sportflitzer sahen ja auch viel potenter aus als ich, also finanziell, meine ich. Krampfhaft versuchte ich, mir meinen Schock nicht anmerken zu lassen, trat vom Fenster zurück und fragte nach dem Preis der Wohnung. Der war dann der nächste Schock. Nein, das war sicherlich selbst für Karlos zu viel, und so öffnete ich den Mund, um abzusagen, als eine derartige Welle des Hasses auf Sybille über mich hinwegschwappte, dass mich all meine Sinne und besonders mein gesunder Menschenverstand verließen, und ich sagte: »In Ordnung, wir nehmen die Wohnung.«

Ich glaubte, meinen eigenen Worten und Ohren nicht zu trauen, und auch der Makler meinte wohl, sich verhört zu haben.

»Äh, Sie nehmen die Wohnung?«, fragte er ungläubig.

»Ja, habe ich doch gesagt.« Ich trieb den Wahnsinn auf die Spitze und dachte dabei, dass ich mir dringend die Nummer von dem RTL-Schuldnerberater besorgen musste, wenn der mich jetzt wirklich darauf festnagelte. Das schien aber gar nicht in seinem Interesse zu liegen, denn offenbar traute er mir die Finanzkraft, die für den Kauf dieser Wohnung nötig war, schlicht und ergreifend nicht zu. Darauf kam er dann auch gleich zu sprechen.

»Könnten Sie denn die erforderliche Bonität nachweisen? Oder dachten Sie an einen Finanzierungskredit? Die Eigentümer wohnen, wie gesagt, ebenfalls im Haus und haben gewisse Ansprüche an die Solvenz des Käufers. Wenn Sie verstehen ...«

Ja, verstand ich, und ich genügte diesen Ansprüchen garantiert nicht. Warum kam denn Karlos auch nicht an Land? Der war schließlich der Banker, nicht ich.

»Kein Problem«, sagte ich hinhaltend. »Mein Verlobter ist Vorstandsassistent der Handels- und Wirtschaftsbank ... Wirklich kein Problem!«

Immer noch stand ihm der Zweifel ins Gesicht geschrieben, wenngleich es mir schien, mit dieser Äußerung ein paar Punkte wettgemacht zu haben. Denn nun sagte er etwas freundlicher: »Gut, dann merke ich Sie vor. Die Eigentümer möchten sich ohnehin die letzte Entscheidung vorbehalten. Sie hören dann von mir.«

Wie bitte? Die Eigentümer?

»Äh, dann kann ich die Wohnung heute gar nicht kaufen?«

Herr Reiter lachte und hielt mich sicher für ein völlig naives Landei. »Wir vermitteln die Wohnung nur, wir verkaufen sie nicht. Übrigens fallen noch 3,45 Prozent Provision zuzüglich zum Verkaufspreis an, das ist unsere Maklergebühr.«

Ich stierte ihn perplex an. Wenn er den Löwenanteil davon einsackte, konnte er ja bald wieder in südliche Gefilde aufbrechen. Geiler Job!

»Und das ist lukrativ?« Angesichts dieser Gedanken konnte ich mich nicht bremsen, zu fragen. »Ich meine, so als Makler kommt man gut über die Runden?«

Ich merkte, wie ich einen roten Kopf bekam. War ich denn bescheuert, ihn so etwas zu fragen?

Er grinste nun ein wenig überheblich, weil ich mich wirklich als peinlich uninformiert geoutet hattet. »Dieses Objekt geht natürlich sofort weg«, meinte er aber gönnerhaft erklärend. »Ein schnelles und gutes Geschäft. Natürlich auch für mich. Und was Ihre Frage angeht: Der Mensch lebt schließlich nicht, um zu arbeiten, sondern er arbeitet, um zu leben.«

Ich nickte und dachte bei mir, dass ich ihn genau so auch eingeschätzt hatte.

Wir hatten inzwischen die Wohnung verlassen, und als wir aus dem Haus traten, stieß ich natürlich mit Sybille van Straten und ihrem Lover zusammen. Ihr Schock war nicht eben klein, mich hier zu sehen.

»Paula?«, fragte sie erstaunt. »Sie interessieren sich auch für diese Wohnung?«

»Äh, ja, sie ... sie wäre sehr praktisch, weil ... ich arbeite am Staatstheater.« War ich denn bescheuert, ihr das auf die Nase zu binden? Ging sie doch gar nichts an.

»Ach«, sagte sie nur spitz. »Als Platzanweiserin?«

Ich hätte mich auf sie gestürzt, wenn nicht im selben Moment Karlos mit quietschenden Reifen sein Cabrio hinter Sybilles rotem Sportwagen geparkt hätte.

Ich stürzte zu ihm. »Komm, schnell«, flüsterte ich ihm zu. »Du musst dem Makler ganz schnell sagen, dass du potent bist!«

Karlos starrte mich völlig verwirrt an und sagte dann sanft, als spräche er mit einer Irren: »Potent? Ich? Nur sagen, oder soll ich vielleicht auch gleich den Beweis antreten?«

»Wenn du kannst, also Beweis wäre schon gut …«

Karlos brach in ein schallendes Gelächter aus. »Und wo dachtest du? In der Wohnung oder gleich hier?«

Ich deutete zu dem Makler und Sybille und ihrem Typ rüber: »Am besten gleich hier. Du siehst ja, es ist eilig. Sybille wartet schon.«

♡ ♡ ♡

»Diese dämliche Pute kriegt die Wohnung nicht! Und wenn ich sie eigenhändig im Umflutgraben ersäufen muss!«

Ich weiß, dass ich in meinem Zorn auf Sybille van Straten ziemlich aggro klang, aber von der Tusse ließ ich mir doch nicht unsere Traumwohnung wegschnappen.

Alix und besonders Melli konnten meinen Frust aber offenbar bestens nachvollziehen.

»Ach, das klappt schon«, machte Alix mir Mut, und Melli sagte: »Erzähl lieber, was Karlos gemacht hat, als du ihn gebeten hast, seine Potenz zu beweisen.«

Gott, war mir das jetzt peinlich. Was musste Karlos bloß von mir gedacht haben? Er ließ sich zwar nichts anmerken, aber innerlich standen ihm wahrscheinlich mal wieder die Haare zu Berge angesichts meiner verbalen Doppeldeutigkeit.

Alix kicherte ebenfalls ziemlich anzüglich, meinte aber tröstend: »Paula, was täten wir nur ohne dich? Du bist einfach unschlagbar witzig. Ohne deine klassischen Aussetzer hätten wir nur halb so viel zu lachen.«

Na danke, ein sehr freundlicher Redebeitrag. Das stärkte mein Selbstbewusstsein ja ungemein, wenn ich wusste, dass ich wenigstens zur Volksbelustigung taugte. Und die beiden wollten meine besten Freundinnen sein! Ich schluckte meinen Ärger runter und berichtete betont sachlich, dass Karlos mit dem Makler ein wenig Bankerlatein gesprochen und mir danach versichert hatte, dass wir gute Aussichten auf die Wohnung hätten.

»Jetzt müssen wir also abwarten, wie die Verkäufer sich entscheiden«, sagte ich. »Wir haben zwar den ersten Termin, aber bei so einem teuren Objekt, das noch dazu im eigenen Haus liegt, da werden die sicherlich alle Interessenten persönlich kennenlernen wollen. Es ... es wäre schrecklich, wenn Sybille die Wohnung kriegen würde. Ihr macht euch keine Vorstellung davon, wie traumhaft die ist.«

Ich seufzte, aber Alix lachte. »Na, das ist doch wunderbar. Da habt ihr doch bestimmt gute Karten. Ihr seid doch tausendmal netter als diese Sybille.«

Karten?! Klar, warum hatte ich da nicht schon selber dran gedacht. Ich würde demnächst mal die Karten nach unseren Chancen auf die Wohnung befragen.

»Bin ganz schön müde«, sagte ich gähnend. »Erst

die Wohnungsbesichtigung und dann noch zwei Stunden in der Maske. Ich könnte so ins Bett fallen.«

»Dann mach doch«, empfahl Melli. »Du hast wenigstens einen Typen, der dich auch mal alleine pennen lässt, ohne dir gleich vorzuwerfen, dass er bei dir verdurstet.«

Nun musste ich kichern. »Wirft Lars dir das vor?«

Vorstellen konnte ich mir das gut, denn Melli ließ ihn trotz Verlobung nur ran, wenn es ihr in den Kram passte, und das war nicht grade häufig. An den Bedürfnissen eines Mannes orientiert war es sicher außerordentlich selten, sodass es kein Wunder war, wenn Lars sich schon mal wie in der sexuellen Wüste fühlte. Da lobte ich mir doch die schöne Regelmäßigkeit mit Karlos. Jeden zweiten Tag, einmal bei ihm, einmal bei mir, und wenn es über uns kam auch noch öfter und mit Sahnehäubchen.

Mellis zeitweilige Abstinenz war mir ganz und gar unerklärlich, mir ging es stets sehr viel besser, wenn ich befriedigenden Sex gehabt hatte. Und mit Karlos war Sex befriedigend – sogar sehr. Gott, was war ich immer noch scharf auf ihn!

♡ ♡ ♡

Erst mal aber war ich auf Entzug! Ich musste nämlich ein paar Tage ohne Karlos auskommen, weil er auf einer Dienstreise in München war. Eine gute Gelegenheit, mal wieder zum Karaoke im Irish Pub vorbeizuschauen. Gegen neun Uhr zwang ich Alix, sich von ihrem Schreibtisch loszureißen und mit mir in den Pub zu gehen.

»Du bist schuld, wenn ich morgen nicht genügend

vorbereitet bin«, nölte sie zwar, aber weil sie dann doch mitkam, konnte es so schlimm schon nicht werden.

»Ich habe eine Übung bei Kiesling«, erklärte sie.

»Ach, ich dachte, du wolltest bei dem nichts mehr belegen.«

»Kunststück. Ist 'ne Pflichtveranstaltung.«

»Na, dann kannst du wohl nichts machen. Aber der wird schon nicht so sein, nach allem, was zwischen euch war ...«

Alix grinste. »Großzügig war er ja eigentlich.«

Im Pub begrüßte Melli uns mit Hallo, und auch Pat freute sich, uns mal wieder zu sehen.

»Ihr macht euch ja ziemlich rar«, meinte er.

»Too busy«, sagte ich, und Alix fügte völlig unautorisiert hinzu: »Paula steckt voll in den Hochzeitsvorbereitungen.«

Natürlich war Pats Reaktion irisch überschwänglich, und er bot sofort an, dass wir die Hochzeit bei ihm feiern könnten, er würde auch die Geiger bezahlen.

»Lass mal gut sein, Pat«, schaltete Melli sich ein. »Die Paula kriegt Schwiegereltern aus den besten Kreisen, die würden nie einen Pub betreten.«

Na, das war jetzt aber ein etwas peinliches Statement, und so konnte ich Pats Reaktion verstehen. »Fuck the devil!«, rutschte es ihm heraus, denn auf seinen Pub ließ er nichts kommen. »Paula soll einen anständigen Kerl heiraten.«

»Wie wäre es, wenn wir den Polterabend hier feiern?«, schlug Alix vor. »Das ist doch eigentlich der ideale Ort dafür.«

»Polterabend? Wollen Karlos und ich den überhaupt

feiern?«, wandte ich vorsichtig ein, weil ich natürlich nicht undankbar sein wollte.

»Aber natürlich wollt ihr den feiern«, meinte Alix, und zu Pat sagte sie: »Sie überlegen noch, aber das ist wirklich ein supernettes Angebot von dir! Sie kommen ganz bestimmt drauf zurück. Danke!«

»Dafür nicht«, meinte er locker. »Für Stammgäste habe ich immer ein offenes Haus.«

Wenigstens hatte inzwischen jemand die Karaokerunde eingeläutet, und ich ging auf die kleine Bühne.

Love is a mystery, everyone must stand alone, I hear you call my name and it feels like home …

Ich liebte diesen Madonna-Hit und sang ihn, wann immer ich konnte. Zumal er auch stets gut ankam. Heute klatschte ein Typ an den hinteren Tischen besonders lange und laut, wodurch er mir dann auch auffiel. Als ich zu Alix an unseren Tisch zurückkehrte, fing ich seinen Blick auf, und er warf mir eine Kusshand zu.

Ach herrje! Das … das war doch nicht Thomas? Es war Thomas!

»Da … da hinten am Tisch sitzt Thomas!«, zischelte ich Alix zu. »Am dritten Tisch, guck ihn dir mal unauffällig an. Ist der besoffen? Was will der hier?«

Alix stemmte ihr Guinness und schielte über den Rand nach hinten. »Geht so, ich glaube nicht, dass er voll ist. Keine Ahnung, was er hier will. Dir beim Karaoke zuhören?«

Hm, seit wir uns getrennt hatten, war er hier nicht mehr aufgetaucht, und nach der peinlichen Anmache beim Fußballspiel neulich hätte ich was drum gegeben, wenn es dabei geblieben wäre. Den Typ musste ich wirklich nicht mehr in meiner Nähe haben. Zumal er sich offenbar auch nicht zu seinem Vorteil verändert hatte, nachdem ihn der Kurs bei Frau Dr. Agneta Schmidt sexuell befreit hatte.

Bei meinem nächsten Song führte er sich genauso übertrieben auf, und das war mir dann schon reichlich unangenehm. Kaum saß ich wieder am Tisch, kam er auch schon mit seinem Bier rübergedackelt und fragte, ob noch ein Platz frei sei.

Das konnte ich ja nun nicht leugnen, aber ehe ich überhaupt was sagen konnte, blockte Alix ihn schon ab. »Ist zwar frei«, meinte sie cool, »aber nicht für dich, Thomas. Lass Paula in Ruhe, die ist verlobt.«

Er verschlang mich nahezu mit seinen Blicken, ging dann aber ohne ein weiteres Wort an seinen Tisch zurück. Hoffentlich war es das jetzt, und der Typ ließ mich in Ruhe.

»Eh, der tut doch nichts«, sagte Alix, als ich ganz flatterig nach meinem Bier griff. »Wieso schiebst du wegen dem Paras?«

»Na ja, ich will nur nicht, dass der mir wieder nachsteigt.« Dann erzählte ich ihr von meinem unangenehmen Erlebnis mit ihm. »Ich bin schließlich mit Karlos zusammen und wirklich nicht auf Sex mit meinem Ex aus.«

Das hätte ich so deutlich nicht sagen sollen, denn plötzlich brüllte Alix zu Melli, die am Tresen Bier zapfte, rüber: »Kannst für Karlos auch schon mal anzapfen. Der holt Paula gleich ab.«

Gott, ging es der noch gut? Karlos war in München. Der konnte mich gar nicht abholen, selbst wenn er wollte. Und wenn Thomas merkte, dass Karlos gar nicht kam, machte er sich bestimmt Hoffnungen, dass er heute Abend doch noch bei mir landen konnte.

Ich schimpfte mit Alix, aber die meinte nur unbeeindruckt: »Du machst dir wegen dem sowieso völlig unnötig einen Kopf. Der haut bestimmt gleich ab, wo er bei uns so abgeblitzt ist.«

Tat er aber nicht. Thomas blieb tatsächlich hocken, bis wir aufbrachen. Da musste er dann plötzlich auch gehen.

»Das ist doch verdächtig«, zischte ich Alix zu.

»Liebes Lieschen, was ist daran verdächtig, wenn jemand nach Hause geht, wenn der Pub schließt? Wir sind die Letzten, falls es dir entgangen sein sollte, und Melli macht jetzt auch Schluss. Paula, du bist irgendwie viel zu nervös in letzter Zeit!«

Das konnte ja sein, aber es war nicht normal, dass Thomas auch noch in die gleiche Richtung ging wie wir, zwar auf der anderen Straßenseite, aber immer hinter uns her. Er wohnte doch in einer ganz anderen Gegend. Dabei gaffte er auch noch ständig zu mir rüber.

»Der steht halt immer noch auf dich«, meinte Melli mal wieder ohne darüber nachzudenken, was sie da sagte.

»Das ist es ja gerade, was ich unheimlich finde!«

»Meine Güte, Paula, das war ein Scherz!«

»Darüber macht man keine Witze. Seit unserer Trennung hatten wir monatelang keinen Kontakt mehr, was ja auch verständlich ist, nachdem was er sich mit der Domina-Anzeige geleistet hat. Und jetzt haben wir uns zufällig beim Public Viewing getroffen, und er steigt mir sofort nach. Was ist, wenn er zu einem Stalker mutiert oder …«

»… zu Jack the Ripper?« Melli lachte laut los. »Paula, du hast ja wohl ein Guinness zu viel getrunken, jedenfalls siehst du Gespenster. Im Übrigen ist der Typ sowieso weg.«

Tatsächlich! Nirgends mehr zu sehen. Ich atmete erleichtert auf. Es war wirklich keine angenehme Situation. Auch wenn ich Thomas eigentlich nichts Schlechtes zutraute, hatte ich mich plötzlich doch etwas vor ihm gefürchtet.

»Na, da bin ich aber mal gespannt, wie Karlos mit deinen Neurosen zurechtkommt«, meinte Melli wenig freundlich.

Aber da ich einfach nur erleichtert war, grinste ich und sagte: »Ach, das wird schon, solange ich nicht mit dem Küchenmesser auf sein Sofa losgehe.«

Hm, das war jetzt wohl nicht so nett, Melli an ihren Aussetzer zu erinnern, als sie im Alkohol- und Drogenrausch ihr bisher größtes und bestes Gemälde fast völlig zerstört hätte. Ohne Justins Eingreifen wäre bestimmt nichts mehr zu retten gewesen.

»Tut mir leid, Melli«, schob ich schnell entschuldigend hinterher. »Das ... das wollte ich nicht sagen. Ich ... ich bin einfach etwas im Stress. So eine bevorstehende Hochzeit zerrt ganz schön an den Nerven.«

»Passt schon«, sagte sie nur, sprang auf ihre Vespa und fuhr nach hinten auf den Hof, während Alix und ich schon mal die Haustür aufschlossen. Aber als ich die Tür öffnete, traf mich fast der Schlag, und ich stieß einen entsetzten Schrei aus. Auf der Treppe stand ein gruseliges Gespenst in einem langen weißen Gewand und mit offenen wallenden Haaren.

Es schrie im selben Moment auf wie ich!

Grundgütiger!

»Was ... was ist denn? Was hast du denn, Paula?«, fragte Alix hinter mir und schob mich ins Treppenhaus.

»Oh, mein Gott! Frau Waschkowski!«, entfuhr es mir. »Was machen Sie denn hier mitten in der Nacht?«

Sie war zwar leicht verstört, aber nachdem sie Alix und mich erkannt hatte, relativ beruhigt.

»Ich schließe immer abends die Haustür ab. Ich ... ich dachte, ich hätte es heute vergessen, darum wollte ich noch mal nachsehen. Man ist ja heutzutage nicht mehr sicher ... Überall treibt sich ein Gesindel herum ... Da muss man wachsam sein.«

Melli war nun auch im Haus und drehte den Schlüssel mehrmals im Schloss. »Alles in Ordnung, Frau Waschkowski, ich habe zweimal abgeschlossen, da wird uns schon niemand klauen.«

Gemeinsam stiegen wir nach oben. Bevor Frau Waschkowski in ihrer Wohnung verschwand, drehte sie sich jedoch noch mal zu uns um: »Ach, wo ich Sie schon treffe ... Die Wohnung unter Ihrer Wohngemeinschaft ist wieder neu vermietet worden. Nicht die von dem Herrn Jean-Paul, die andere. Morgen sollen die neuen Mieter einziehen.«

Na super! Konnte bis zu meinem Auszug nicht alles so bleiben, wie es war? Ich war kein Freund von Veränderungen, die brachten immer so eine Instabilität ins Leben. Mehr als nötig musste ich davon wirklich nicht haben.

»Na, hoffentlich sind die nett.«

»Gute Nacht, Frau Waschkowski.«

»Gute Nacht, Fräulein Paula.«

»Ach, Frau Waschkowski, ich werde übrigens bald ausziehen.«

»Wirklich, Fräulein Paula, das ist aber schade. Sie waren immer die Einzige, die pünktlich die Treppe gemacht hat.« Neugierig schob sie in verschwörerischem Tonfall hinterher: »Warum wollen Se denn ausziehen? Haben Se Ärger mit dem Herrn Justin?«

Ich schüttelte lachend den Kopf. »Nein, ich habe keinen Ärger. Ich heirate.«

Aber das eine schloss das andere ja nicht aus!

♡ ♡ ♡

Als Karlos aus München zurückkam, überstürzten sich dann die Ereignisse. Seine Mutter hatte eine andere Hochzeitsagentur aufgetan, und da sie Sybille – sicherlich mithilfe einer guten finanziellen Abfindung – überredet hatte, die Verträge zu lösen, konnte selbst meine Mutter nichts dagegen sagen. Also starteten wir einen zweiten Versuch, unsere Hochzeit in die Hände eines Hochzeitsplaners zu legen.

Auch diesmal war es wieder eine Frau, die die Agentur führte. Sogar eine Gräfin von Wolfenstein. Ob das ihr richtiger Name oder ihr Künstlername war, konnte ich auf die Schnelle nicht rausfinden. Jedenfalls war sie eine mittelalterliche, dralle Person, die sehr geschäftig, aber auch effizient zu Werke ging. Als wir diesmal den Brautsalon verließen, hatte ich bereits ein Kleid für die standesamtliche Trauung ausgesucht, während Karlos mit unseren Müttern die Menüfolge festgelegt und die Getränke ausgesucht hatte.

Als ich aus dem Raum für die Anprobe, wo noch ein paar kleine Änderungen am Kleid abgesteckt worden waren, zurückkam, lag eine Mappe mit Mustern für Einladungskarten und Hochzeitsanzeigen in der Zeitung auf dem Tisch.

»Das solltest du aussuchen, Paula«, meinte Karlos, »ebenso wie die Dekoration im Ballsaal.«

»Ballsaal? Welcher Ballsaal?«, fragte ich verblüfft. »Wo ... wo wollen wir die Hochzeit denn überhaupt feiern?«

»Na, auf Schloss Wolfenstein natürlich«, meinte unsere Hochzeitsplanerin. »Mein Familiensitz ist eine gern gewählte Traumkulisse. Wir haben sogar eine eigene kleine Kapelle, wo die kirchliche Trauung vollzogen werden kann.«

Ich schielte zu meiner Schwiegermutter rüber. Das hatte sie doch garantiert gewusst. Aber als ich dann ein paar Fotos des Schlosses sah, das eher ein Schlösschen war, da fand ich es selber ganz entzückend und verspielt-romantisch und genau zu meinem Hochzeitstyp passend – wenn ich Sybille in dem Punkt mal Glauben schenken wollte. Dennoch blieb die Sache mit dem Ballsaal.

»Äh, heißt das, wir müssen auch tanzen?«, fragte ich.

»Ach herrje«, rutschte es meiner Mutter sofort leicht panisch raus. »Da muss ich mit meinem Ernst ja noch einen Tanzkurs machen!«

Nicht nur sie. Karlos und ich hatten noch nie richtig miteinander getanzt, und mein Tanzkurs lag so weit zurück, dass ich von Gesellschaftstanz nicht mehr den blassesten Schimmer hatte.

»Gut«, sagte Frau von Wolfenstein. »Das ist gar kein Problem. Dafür haben wir ja unseren Schnellkurs für Brautpaare und Schwiegereltern. Wann passt es Ihnen denn?«

»Die Frau versteht ihr Geschäft.« Auf der Rückfahrt im Cabrio – mal wieder eingequetscht auf der Rückbank – konnte ich nicht umhin, unserer Hochzeitsplanerin meine Anerkennung zu zollen. Und auch meine Mutter war zufrieden, wobei sie sich besonders auf den Tanzkurs zu freuen schien.

»Ich habe für mein Leben gerne getanzt, aber dein Vater ist ja so ein Tanzmuffel. Aber für deine Hochzeit wird er wohl mal einen Abend seinen Fernsehsessel verlassen können. Wenigstens Walzer und Tango müssen wir mal auffrischen.«

»Ich auch«, sagte Karlos lachend. »Und ehrlich gesagt, freue ich mich schon drauf, mit Paula die ersten Walzerschritte zu probieren.«

Na, da war auch ich gespannt.

Nachdem wir meine Mutter nach Hause gefahren hatten, ging es sofort weiter zum Theaterwall, denn für heute war der alles entscheidende Termin wegen der Wohnung angesetzt.

Ich kontrollierte noch mal rasch mein Make-up im Spiegel, und dann waren wir auch schon da. Herr Reiter stand bereits wartend vor dem schmiedeeisernen Gartentor. Da ich heute in Begleitung von Karlos kam und wegen des vorherigen Termins im Brautsalon etwas schicker zurechtgemacht war als bei unserer ersten Begegnung, trat er mir gleich viel freundlicher entgegen.

Na, dann hoffen wir mal, dass die Verkäufer nette Menschen waren, in deren Vorstellung wir passten. Ich kam ja eigentlich mit jedem aus, wenn es nicht gerade so neureiche Zicken wie meine Schwiegermutter waren. Aber auch mit der würde ich mich noch irgendwie arrangieren.

Ein wenig beklommen war mir dann schon zumute, als wir bei der Erdgeschosswohnung der Hausbesitzer klingelten. Mir lag einfach so viel an der Wohnung, und ich wollte auf keinen Fall, dass Sybille van Straten sie bekam. Nein, wirklich, das hatte sie nicht verdient.

Aber dann erwiesen sich meine Sorgen als völlig unbegründet. Die Hausbesitzer, Herr Dr. Grabow und seine Frau, waren ein ganz reizendes älteres Ehepaar. Offenbar waren sie sehr gebildet, denn sie besaßen ein Klavier im Wohnzimmer und eine Bücherwand, die sich meterlang durch die ganze Wohnung zu ziehen schien. So was hatte ich bisher nur in Büchereien gesehen.

»Äh, und das haben Sie alles gelesen?«, fragte ich erstaunt.

Der alte Herr lachte amüsiert. »Das habe ich alles gelesen, Fräulein Meyer. Aber ich hatte ja auch ein langes Leben Zeit dazu. Sie können gerne mal etwas ausleihen. Meine Frau hat entzückende Liebesromane und eine Sammlung herrlicher Bildbände über alle Länder der Erde.« Er zog ein Buch aus dem Regal und schmunzelte, als er den Titel vorlas: »Traumhochzeiten, wäre das nichts?«

Ich schluckte. Das war ja geradezu magisch. Natürlich griff ich nach dem Buch, und die Worte sprudelten begeistert aus mir heraus, als ich erzählte, dass wir gerade eben bei unserer Hochzeitsberaterin waren, weil wir beabsichtigten, in wenigen Wochen zu heiraten.

»Was für ein reizender Zufall, dass mein Mann gerade dieses Buch aus dem Regal gezogen hat«, sagte Frau Grabow entzückt. »Erlauben Sie mir, dass ich Ihnen das Buch zum Geschenk mache.«

»Aber ... aber das ... das geht doch nicht«, stammelte ich total verunsichert, weil mir noch nie fremde Menschen einfach so ein derartiges Geschenk gemacht hatten. »Das … das kann ich nicht annehmen.«

»Unsinn, Kindchen«, mischte sich jetzt Herr Grabow ein. »Wenn meine Frau es hergibt, dann können Sie es auch annehmen. Betrachten Sie es als vorgezogenes Einstandsgeschenk zu Ihrem Einzug.«

Ich starrte ihn perplex an. Hatte er das jetzt wirklich gesagt oder träumte ich? »Sie … Sie wollen damit sagen, dass … dass wir … Aber Sie haben doch noch gar nicht alle Bewerber gesehen.«

Ich war völlig durch den Wind, und so drehte ich mich hilflos zu Karlos um. Der aber strahlte mich nur zufrieden an. Also war es wahr. Kein Traum. Wir würden die Wohnung bekommen. Meine, nein, unsere Traumwohnung, und das sogar noch vor der Hochzeit. Ich konnte es nicht fassen. Sybille van Straten würden die Gesichtszüge entgleisen.

Champagner wurde geholt, und wir stießen an. Mir war, als schwebte ich auf einem rosa Marshmallow, und davon kam ich den ganzen Abend nicht mehr runter.

»Du lächelst so selig«, sagte Karlos auf der Heimfahrt. »Bist du beschwipst?«

Ich schüttelte den Kopf. »Nicht beschwipst, Karlos. Ich bin besoffen. Ich bin total besoffen vor Glück!«

♡ ♡ ♡

Eine Junggesellin nimmt Abschied!

Effektiv, wie unsere Hochzeitsplanerin war, bestand sie darauf, nun auch endlich mal die Termine festzulegen.

»Und für das Brautkleid für die kirchliche Hochzeit wird es nun auch langsam Zeit«, meinte sie.

Also schleppte ich erst Karlos mit zu ihr, und dann Alix und Melli. Auf der Sitzung mit Karlos schafften wir es tatsächlich, um den schon feststehenden Standesamtstermin alle anderen Events herumzugruppieren. Meine Güte, da kam man ja aus dem Feiern gar nicht mehr raus.

Karlos schluckte, als er auf den nun prall gefüllten Terminkalender starrte. »Da werde ich wohl eine Woche Urlaub nehmen müssen«, meinte er. »Schade, das geht ja dann von den Flitterwochen ab.«

Das fand ich ebenfalls bedauerlich, und so sagte ich grinsend und zum Missfallen unserer Hochzeitsplanerin: »Dann lassen wir die kirchliche Trauung einfach ausfallen.«

»Wenn du willst, dass deine Mutter auf den ganzen Kosten allein sitzen bleibt, gerne. Meine Mutter wird keinen Cent zahlen, wenn sie nicht ihr Event auf Schloss Wolfenstein bekommt.«

Ein erleichtertes Lächeln huschte über das Gesicht von Frau von Wolfenstein.

»War ein Scherz«, sagte ich, denn offenbar gab es wirklich kein Entrinnen mehr.

»Dann sehe ich Sie übermorgen wegen des Hochzeitskleides«, sagte Frau von Wolfenstein zum Abschied zu mir. »Sie werden eine ganz zauberhafte Braut sein, Paula. Warum wollen Sie sich diesen Traum nicht gönnen? Es ist Ihr gutes Recht.« Mit einem Augenzwinkern fügte sie hinzu: »Und wenn doch die gnädige Frau Schwiegermutter zahlt …«

Die gnädige Frau Schwiegermutter! Tzzz!

Die gnädige Frau Schwiegermutter traf ich mit dem noch viel gnädigeren Herrn Schwiegervater in der Tanzschule Kaiser wieder. Der Auffrischungskurs für Brautleute und Schwiegereltern stand auf der Tagesordnung.

Ich war mit meinen Eltern eingetrudelt, und auch meine Schwiegereltern waren schon da. Nur Karlos fehlte. Also hatte ich die ganze Last des Bekanntmachens alleine zu tragen. Mist! Wie ich so etwas hasste. Aber ich war nun mal die einzige Person, die alle Anwesenden kannte, und so gab es kein Entrinnen.

»Äh, ja, also, wenn ich dann mal bekannt machen darf. Die Damen kennen sich ja bereits … und das ist mein Vater, Ernst Meyer … Frau Möllering … Herr Möllering«

Karlos! Warum kam der Typ denn nicht endlich an Land? Sollte ich vielleicht mit einem Besenstiel Tango tanzen?

Mein Handy röhrte: *Anybody there? Anybody there …*

Ja, ja, bin ja schon da. Ich stürzte von der Bar weg in den Flur und nahm den Anruf an.

»Paula, es wird etwas später, ich komme nicht aus der Sitzung raus ... Fangt doch schon mal an. Hab dich lieb!« Ein Schmatzer, und er hatte aufgelegt.

Also doch Tango mit Stiel!

Als ich die frohe Botschaft verkündete, waren die Schwiegereltern natürlich wenig entzückt, aber der inzwischen auch aufgelaufene Tanzlehrer meinte lässig, dass wir ja erst mal mit ein wenig Theorie anfangen könnten. Er hockte sich zu uns an die Bar, schenkte Prosecco ein und gab uns einen Schnellkurs in Etikette. Benimm für die gehobene Lebensart.

Nun gut, das hätte ich auch so noch hingekriegt, und selbst mein Vater hängte sich eine Stoffserviette nicht als Schlabberlatz vor die Brust. Es wäre echt wichtiger, mit dem Tanzen zu beginnen, da waren meine Eltern bestimmt total aus der Übung, während Karlos' Eltern uns vom letzten Hochschulball vorschwärmten, was darauf schließen ließ, dass sie hier offenbar nur saßen, um sich über die Ungeschicklichkeit meiner Eltern zu amüsieren.

Und da gab es leider einiges zu lachen. Besonders, als der Tanzlehrer meinte, dass natürlich die Brautmutter mit dem Vater des Bräutigams tanzen müsse und umgekehrt die Mutter des Bräutigams mit dem Vater der Braut. Äh, ja, deswegen waren wir also wohl hauptsächlich hier: um zusammenzufügen, was nicht zusammengehörte und schlicht und ergreifend auch nicht zusammenpasste. Karlos' Vater mit meiner Mutter war eine Traumpaarung, aber Karlos' Mutter mit meinem Vater ...? Schon der Größenunterschied von fast zehn Zentimetern zuungunsten meines Vaters machte die Sache nicht eben leicht. Und dass mein Vater führen sollte, ging Karlos' Mutter völlig gegen den Strich. In logischer Konsequenz standen sich die beiden ständig gegenseitig auf den Füßen herum, obwohl sie sich kaum von der Stelle bewegten. Meine Mutter hingegen schwebte in den Armen von Karlos' Vater in einem nahezu perfekten langsamen Walzer durch den Saal.

»So, Paula, klatschen Sie jetzt Ihren Schwiegervater mal ab. Sie werden auf der Hochzeit den zweiten Tanz mit ihm tanzen. Das ist Tradition.«

Ich trat also schüchtern aufs Parkett, und als meine Mutter mit Karlos' Vater an mir vorbeirauschte, klatschte ich zaghaft ab. Mein Schwiegervater war entzückt, bedankte sich höflich bei meiner Mutter mit einem richtig netten Kompliment und reichte mir dann seinen Arm. Wir nahmen Tanzhaltung an, und ich kam mir mit meinen ein Meter sechsundfünfzig neben seiner stattlichen Figur von mindestens eins fünfundachtzig wie ein Hobbit vor.

Gut, dass ich die extremsten High Heels trug, die ich besaß. Zum Ausgleichen des Größenunterschiedes waren die hohen Absätze wirklich okay, zum Tanzen eigneten sie sich allerdings weniger. Ich war ohnehin nicht mehr wirklich fit, was die Tanzschritte anging, und leistete mir trotz der exzellenten Führung durch Karlos' Vater viele Patzer. Aber richtig schlimm wurde alles erst durch die blöden Schuhe, in denen ich überhaupt nicht tanzen konnte, und nachdem ich das dritte Mal umgeknickt war, bat ich um eine Pause.

Mist! Da hatte ich mich mal wieder ganz schön blamiert. Nicht mehr als mein Vater zwar, aber zusammen gaben wir ein wirklich peinliches Bild ab.

Wenigstens hatte der Tanzlehrer erkannt, dass mein Hauptproblem die Schuhe waren und nicht meine mangelnde Kenntnis oder gar Begabung. Und so unterbrach er kurz und schleppte mich in einen Materialraum, wo auch eine Reihe von Tanzschuhen in einem Regal standen.

»Suchen Sie sich ein passendes Paar aus, Paula«, sagte er, und fügte leicht ironisch hinzu: »Das kommt immer mal vor, dass jemand den Tanzboden mit dem Laufsteg verwechselt.«

Dann endlich kam auch Karlos. Er war erschöpft und leicht gestresst, und daher zunächst alles andere als locker. Aber als er mit meiner Mutter tanzte, taute er sichtlich auf.

Meine Güte, die startete ja eine richtige Charmeoffensive, neben der Karlos' Mutter wie eine versauerte alte Schachtel wirkte, trotz ihres teuren Kleides und den Massen von Make-up im Gesicht. Tja, ein Lächeln konnte man damit nicht aufmalen, das musste schon von innen kommen.

Ich tanzte nun Wiener Walzer mit Karlos' Vater, und das klappte super, während meine Schwiegermutter erneut einen Kampf mit meinem Vater um die Führungsrolle ausfocht. Der Tanzlehrer betätigte sich schließlich als Schiedsrichter und sprach meinem Vater das Recht zu führen zu. Damit war das Problem aber nicht gelöst. Absolut unmusikalisch wie er war, verpasste er jeden Einsatz, verhaspelte danach die Schrittfolge und schleuderte bei dem Versuch, seine Fehler durch Körperarbeit wieder wettzumachen, meine Schwiegermutter derart rasant durch den Saal, dass einem schon vom bloßen Zusehen übel wurde. Dass sie am Ende des Tanzes mit einem Drehwurm auf dem nächsten Stuhl zusammenbrach, war also kein Wunder.

Der Tanzlehrer empfahl daraufhin, dass die beiden bei der Hochzeit allenfalls einen langsamen Walzer, aber auf keinen Fall einen Wiener Walzer tanzen sollten. Eine sicherlich überflüssige Empfehlung, weil meine Schwiegermutter wirklich nicht so aussah, als wollte sie sich die Erfahrung von eben noch mal geben.

Mit dem Tango erreichten wir dann eine fortgeschrittene Stufe der Tanzkunst, und mein Vater lief zu Hochform auf. Er holte, mitgerissen von der Musik, ganz tief aus dem Bauch Gefühle aus diversen Urlauben auf Mallorca hervor und gab uns mit plötzlich entwickeltem Schwung ein imposantes Schauspiel.

Als Stier und Torero zugleich schwenkte er Karlos' Mutter wie ein rotes Tuch durch die Gegend. Olé! Mir blieb das Herz bei diesem Anblick fast stehen, und als er sie mit einer Drehung rasant von einer Hand in die andere schleuderte, passierte es. Er kriegte sie nicht mehr zu fassen, und Karlos' Mutter segelte durch den halben Tanzsaal, bis sie gegen die Spiegelwand krachte und daran herunter zu Boden glitt.

Oh, mein Gott! Sie würde es niemals zulassen, dass Karlos mich heiratete, und in diesem Moment konnte ich sie sogar fast verstehen.

Es war schlimmer, als es aussah. Sie kam nicht mehr alleine hoch, hatte sich Handgelenk und Knöchel verstaucht und vermutlich auch noch das Steißbein angeknackst. Der Tanzlehrer rief einen Krankenwagen.

Mein Vater entschuldigte sich wohl hunderttausendmal, bis meine Mutter ihn wegzog und sich verabschiedete.

»Wir telefonieren«, sagte sie zu mir. »Jetzt weiß ich

auch wieder, warum ich irgendwann aufgehört habe, mit deinem Vater tanzen zu gehen. Er hat mich beim Rock 'n' Roll auch mal mitten in einer Drehung losgelassen. Ich landete im Salatbüfett. Komisch, dass ich das total verdrängt hatte!«

Tja, wäre ja nicht schlecht gewesen, wenn sie Karlos' Mutter gewarnt hätte. Ich schielte ihr misstrauisch nach und war mir nicht sicher, ob sie es nicht doch absichtlich verschwiegen hatte. Zicke!

Der Krankenwagen kam, und Karlos' Mutter wurde mit einer Trage abtransportiert und von Karlos' Vater begleitet.

»Und jetzt?«, fragte ich Karlos, als wir alleine an der Bar standen.

»Trinken wir doch erst mal einen auf den Schreck«, schlug Karlos vor, und der Tanzlehrer mixte uns zwei Piña Colada.

»Hoffentlich hat sie sich nicht ernsthaft verletzt«, sagte ich mit schlechtem Gewissen.

»Ach«, meinte Karlos gelassen, »wird schon nicht so schlimm sein. Außerdem ist sie zäh. So was steckt das alte Mädchen doch locker weg.«

Na, so locker kam sie mir nicht vor, eher völlig hysterisch.

»Meinst du, es könnte Probleme mit den Hochzeitsterminen geben?«

Karlos schüttelte den Kopf. »Nein, das bleibt jetzt so. Notfalls nimmt sie im Rollstuhl daran teil, das hätte den Vorteil, dass sie nicht mehr mit deinem Vater tanzen muss.«

Ich lachte. Das war mal wieder typisch Karlos! Wo jeder andere Typ mich und meine Familie zum Teufel gewünscht hätte, gab er nur einen lässigen Kommentar ohne jede Schuldzuweisung ab. Was hatte ich doch für einen tollen Mann!

♡ ♡ ♡

Als ich zurück in der WG war, forderten allerdings auch meine Knöchel erst einmal eine Sonderbehandlung mit kühlenden Umschlägen.

Meine Güte, ich musste unbedingt dafür sorgen, dass ich auf Schloss Wolfenstein ein paar ordentliche Tanzschuhe zur Verfügung hatte. Mit den extrem hohen Hochzeitsschuhen, die mir so vorschwebten, würde ich mir garantiert den Hals brechen.

Apropos Hochzeitsschuhe. Morgen war der ultimative Termin, an dem ich mit Melli und Alix Schuhe und Kleid für die kirchliche Hochzeit bei Frau von Wolfenstein im Brautsalon aussuchen wollte. Hach, würde das erhaben werden! Ich hatte ein richtig kribbeliges Gefühl im Bauch. War es nicht einfach unglaublich, dass ich, Paula Meyer, tatsächlich heiraten würde? Und dann noch einen so großartigen Mann wie Karlos.

»Danke, Schicksal!«, flüsterte ich, dann fielen mir die Augen zu.

Ich riss sie Sekunden später wieder auf. Ein kreischender Sound direkt unter meinem Bett ließ mich hochfahren. Was war das? Eine Sirene? Feueralarm?

Ich lauschte in die Dunkelheit. Hm, jetzt war alles wieder still. Sollte ich so lebhaft geträumt haben? Aber ich war doch noch gar nicht eingeschlafen. Na, egal. Ich legte mich wieder hin, schloss erneut die Augen und schreckte Sekunden später wieder auf. Verdammt, was war denn das nur? Wieder dieses Kreischen und wieder genau unter meinem Bett.

Ich machte Licht und beugte mich vorsichtig mit dem Oberkörper runter, um unter das Bett zu schauen, verlor das Gleichgewicht und landete kopfüber auf meinem, Gott sei Dank, weichen Teppich. Knapp am Genickbruch vorbei!

Wieder war es still, und unter dem Bett war nichts Ungewöhnliches zu entdecken. Nur ein paar Wollmäuse signalisierten mir, dass ich mal wieder darunter staubsaugen müsste.

Ich stand auf und ging in die Küche, um mir ein Glas Wasser zu holen. Justin kam grade vom Klo. Ich grinste innerlich. Die Jungs immer mit ihrer schwachen Blase! Aber wo er mir schon über den Weg lief, konnte ich ihn ja auch gleich mal nach dem Geräusch fragen.

»Vielleicht ist es das Baby«, sagte er verschlafen und gähnte. »Die neuen Nachbarn sind unten eingezogen, und das Blag hat den ganzen Nachmittag geplärrt. Eigentlich müsste es ja todmüde sein, aber so wie du es beschreibst ...«

»Die haben ein Baby?«

»Und noch zwei Kinder. Wird lustig werden hier ...«

Wie er das sagte, klang es alles andere als lustig. Hm. Ich wünschte Justin eine gute Nacht und pilgerte zurück in mein Zimmer. Es herrschte Ruhe. Wie schön, dann war das Baby jetzt wohl doch eingeschlafen. Ich schaute auf die Uhr. Fast Mitternacht. Na gut, dann schnell Augen zu und schlafen. Der Tag morgen würde sicherlich anstrengend werden.

Ich hatte kaum die Augen geschlossen, als mich ein schrecklicher Albtraum heimsuchte: Ich sah Karlos und mich auf Schloss Wolfenstein. Der Ballsaal war über und über mit weißen und schwarz gefärbten

Rosen geschmückt. Riesige Kristalllüster hingen von der Decke, und auf den Tischen und an den Rändern des Saales standen siebenarmige Kerzenleuchter. Die Tische waren ebenfalls mit Blumen verschwenderisch dekoriert und die Säulen mit grünen Girlanden aus Efeu umwunden. Alles strahlte in festlichem Glanz. Karlos und ich schwebten zu einem langsamen Walzer über das Parkett, und alles schien perfekt.

Doch dann trat das Verhängnis in den Saal. Mein Vater erschien, ergriff die Hand von Karlos' Mutter und führte sie auf die Tanzfläche, ausgerechnet beim Wiener Walzer. Mein Vater wirbelte mit Frau Möllering durch den Saal, dass mir Hören und Sehen verging, als urplötzlich Sybille van Straten neben ihm stand und meinen Vater abklatschte.

»Ernst, dass wir uns hier wiedersehen!«, sagte sie mit schleimbelegter Stimme, wobei sie meinem zu kurz geratenen Vater ihre Silikonmöpse direkt auf Augenhöhe ins Gesicht hielt. Der versenkte umgehend seinen Riechkolben darin und ließ Karlos' Mutter los. Wie eine aufgezogene Spieldosenfigur drehte sie sich immer schneller in einer schwindelerregenden Pirouette durch den Saal, durchschlug die Fensterfront und taumelte wie ein abschmierender Hubschrauber in den schlosseigenen See. Als sie wieder auftauchte, zierte eine Seerose ihr Haupt.

Panik ergriff mich, und ich blickte mich Hilfe suchend um. Wo steckte denn Karlos nur? Statt seiner entdeckte ich meine Mutter. Sie lag auf einem der Tische zwischen Hummer und Rebhuhn angerichtet, und Karlos' Vater fiel grade über sie her. Ahhh! Ich war im falschen Film!

Aufwachen, dachte ich verzweifelt. Ich musste jetzt

ganz dringend aufwachen, aber ehe ich dazu kam, stürzten vom Luftzug, der durch die zerborstene Fensterfront hereinwehte, sämtliche Kerzenleuchter um und steckten erst die Tischdecken in Brand und dann den ganzen Ballsaal. Die Flügeltüren brannten lichterloh, und beißende Flammen schlugen uns entgegen. Ein Entrinnen war unmöglich.

Nicht für Karlos! Wie aus dem Nichts stand er plötzlich neben mir und griff nach meiner Hand. »Komm, Paula!«, schrie er. »Ich rette dich!« Er zog mich zu der zersplitterten Fensterfront, und bevor ich noch »Nein« schreien konnte, sprang er und riss mich mit in die Tiefe.

Wenige Augenblicke später befand ich mich mit der gesamten Hochzeitsgesellschaft im Schlossgraben und sah zu, wie Schloss Wolfenstein in Flammen aufging.

Unsere Hochzeitsplanerin tauchte kurz neben uns auf, und ehe sie im Weiher weitertrieb, hörte ich ihr herzzerreißendes Jammern: »Mein Schloss, mein schönes Schloss! Ich wusste doch von Anfang an, dass ein Fluch auf dieser Hochzeit liegt.«

Als ich schweißgebadet erwachte, hatte ich ihr schrilles Klagen noch im Ohr.

Oh, nein, das war ja schon wieder dieses Baby! Kein Wunder, dass ich Albdrücken bekam.

Irgendwann kehrte dann doch wieder Ruhe ein, und ich war gerade in einen unruhigen Schlummer gesunken, als ich erneut durch ein befremdliches Geräusch geweckt wurde.

Das bitte nicht auch noch! Mussten die jetzt so lautstark poppen? Da wachte doch garantiert das Baby wieder auf. Tat es auch. Kaum hatten seine Erzeuger ihre letzten Brunftschreie ausgestoßen, fing das Gör wieder an zu kreischen.

Ich werde wahnsinnig, dachte ich. Konnten die nicht wenigstens das Zeugungsgeschäft so lange einstellen, bis der letzte Sprössling aus dem Gröbsten raus war? Also wenigstens bis er nachts durchschlief?

Ich packte mein Bettzeug zusammen und pilgerte in die Wohndiele, wo ich mir auf dem Sofa ein Notbett baute. Hierher drangen die Geräusche nur noch sehr gedämpft. Ich kroch unter die Decke und fragte mich, was das wohl für Leute waren, die unter uns eingezogen waren.

»Ziemlich üble Leute«, sagte Alix beim Frühstück. »Frau Waschkowski hat die, wie es ihre Art ist, aufgefordert, nach dem Umzug das Treppenhaus zu putzen, da hat diese Schnitte doch behauptet, der Dreck wäre vorher schon da gewesen und sie sollte sich doch mal besser mit uns unterhalten.«

»Wie bitte?«

»Ja, das ganze Treppenhaus lag voller Kippen, und wir sollen es gewesen sein!«, empörte sich auch Melli.

»Das kann ja heiter werden«, sagte ich frustriert, denn solche Nachbarn im Haus konnten das ganze Wohnklima versauen. »Und glaubt ihr, das geht mit dem Baby jetzt jede Nacht so weiter?«

Alix zuckte die Schultern. »Ich fürchte, schon. An so einem Kind ist ja leider kein Knopf zum Abstellen.«

»Dann kriegen wir mein Zimmer ja nie vermietet«, stöhnte ich. »Das kann man doch keinem zumuten.«

»Wir müssen es ja nicht unbedingt sofort sagen«, schlug Melli vor.

Aber das fand ich nicht ganz fair.

»Na, ich weiß nicht. Das ist doch ein gravierender Mietmangel, wenn zum Beispiel jemand einzieht, der Examen macht, und deswegen nicht lernen kann. Nee, ich glaube, das müssen wir sagen«, meinte auch Alix.

»Na, toll!« Ich biss frustriert in mein Biobrötchen. »Dann kann ich also noch monatelang die Miete zahlen, oder was?«

»Es sei denn, wir finden jemanden, dem das Geschrei nichts ausmacht«, meinte Alix.

»Den kannst du dir aber selber häkeln!«

»Ich, äh ... hätte da vielleicht wen ...«

»Echt? Wen denn?«

»Also, meine Mutter meint, Robbie hält es mit meinem Vater nicht mehr länger aus, und sie hat Angst, dass er wieder auf Trebe geht. Und weil sie doch weiß, dass du heiratest, Paula, hat sie gefragt, ob Robbie vielleicht ... erst mal nur vorübergehend ...« Alix stockte.

Melli kicherte und sagte: »Sag nicht, du willst dein Brüderchen bei uns einquartieren? Das hier ist eine Frauen-WG.«

Nun, das glaubte Melli ja wohl selber nicht. Ich fand die Idee gar nicht so schlecht. Hauptsache, ich war das Zimmer los. »Und Justin?«

»Der zählt jetzt auch als Frau!«

»Quatsch!«

»Von mir aus gerne«, sagte ich. »Ihr könnt es doch mal probieren.«

»Aber nicht, wenn er den Köter mitbringt«, wandte

Melli ein und lehnte damit Putzis Rückkehr in die WG kategorisch ab.

»Aber ohne Putzi zieht er nicht ein.«

»Dann nicht.«

Ich stand auf und ließ die beiden am Frühstückstisch weiterdiskutieren. »Mir ist es egal. Wenn ihr euch einigen könnt, habe ich nichts dagegen, dass Robbie mit oder ohne Putzi mein Zimmer kriegt. Ich mach mich jetzt fertig. Denkt dran, dass wir in einer Stunde im Brautsalon sein müssen.«

Wir waren pünktlich da. Frau von Wolfenstein bot uns Kaffee an und ließ uns dann in einer kleinen Modenschau drei Hochzeitskleider vorführen – alle romantisch und verspielt.

Zu romantisch und zu verspielt, fand Melli. »Die sehen ja aus wie aus dem neunzehnten Jahrhundert«, mäkelte sie. »Gibt es nicht was Moderneres? Jane Austen war gestern.«

Und selbst Alix meinte, dass so viele Rüschen und Schleifchen bei meiner Größe nicht wirklich vorteilhaft wären. Überhaupt würde ich in so einem gebauschten Rock sicher versinken, und meine tollen Kurven kämen überhaupt nicht zur Geltung. »Du würdest aussehen, als hätte man dich in einen Old-School-Kaffeewärmer gesteckt!«

Danke, war ja mal wieder sehr freundlich. Freundinnen eben. Ich wusste schon, warum ich die beiden mitgenommen hatte. Andererseits waren sie wenigstens ehrlich. Säße ich hier mit meiner Schwiegermutter, hätte sie mir garantiert etwas möglichst Unvorteilhaftes aufgeschwatzt.

Gut, wie sagte ich es jetzt Frau von Wolfenstein?

»Äh, hätten Sie vielleicht etwas, äh … Schlichteres?«, fragte ich vorsichtig.

»Schlicht? Aber, Paula, nur keine falsche Bescheidenheit. Der Rahmen auf Schloss Wolfenstein wird alles andere als schlicht sein, und da sollten Sie schon hineinpassen.«

Ich hatte es befürchtet. Dieses Wolfenstein würde die Katastrophe werden. Dazu noch Karlos' weitläufige Verwandtschaft, Dinner und Ball und sicherlich auch eine bombastische Hochzeitstorte. Ich sah meine Freundinnen flehend an: Rettet mich! Aber sie deuteten meinen Blick wohl falsch oder bezogen ihn zumindest nur auf die Auswahl des Kleides.

Melli jedenfalls sagte: »Wenn meine Freundin was Schlichteres möchte, dann sollte sie auch was Schlichteres bekommen. Oder führen Sie nur Kleider für Rauschgoldengel?«

Das war nicht grade freundlich und auch nicht wirklich konstruktiv, weil es Frau von Wolfenstein natürlich tief in ihrer Ehre kränkte.

Ich versuchte, Mellis Fauxpas wieder auszubügeln. »Ich würde schon lieber ein Kleid haben, das etwas weniger aufträgt. Sie sehen ja, trotz meiner Diät habe ich ein paar Stellen an meinem Körper, die nicht noch zusätzlich ausgepolstert werden müssen … äh … ja …«

»Genau«, stimmte Alix mir zu. »Rüschen an Busen und Po gehen gar nicht, und da Paula nicht gerade eine Riesin ist, sollte das Kleid optisch vielleicht ein wenig strecken.«

»Ich denke«, tat nun auch Melli ihr künstlerisches Fachwissen in Bezug auf Proportionen kund, »eng anliegend mit einem großen Dekollete brächte Paulas

Vorzüge viel besser zur Geltung, und wenn überhaupt Rüschen, dann nur unterhalb des Knies.«

Ich schluckte. Meine Güte, die hatten aber sehr konkrete Vorstellungen. Einen Moment lang hatte ich den Eindruck, sie würden mich besser kennen als ich mich selbst.

Frau von Wolfenstein sah mich fragend an. »Sie sagen ja gar nichts, Paula? Ist das auch Ihre Meinung?«

Ich war unschlüssig, aber da es ja weitergehen musste, nickte ich halbherzig.

Frau von Wolfenstein klatschte in die Hände. »Husch, husch, Mädels«, rief sie ihren Models zu, »dann bitte drei Modelle aus der Kollektion Feretti!« Und zu uns sagte sie: »Das ist ein italienischer Designer, sehr edel. Ich denke, Paula, er kommt Ihrer Figur entgegen, da Italienerinnen ja auch oft klein und … ja … vollschlank sind.«

Klein und vollschlank! Ich? Ja, war ich, und es war wohl auch das Beste, dass ich mich dazu bekannte. Vor meinem inneren Auge tauchten jede Menge vollschlanke Italienerinnen auf, die in schicken Brautkleidern äußerst elegant und sexy um den Trevi-Brunnen tanzten. Doch, das sah toll aus, genauso wollte ich es auch!

Wir waren vom Kaffee zum Prosecco übergegangen, und dann ging die Modenschau noch einmal los. Wow, schon das erste Kleid raubte mir fast den Atem, und so ging es weiter. Jedes der vorgeführten Kleider war atemberaubend schön und sexy. Träume in Weiß!

Ich war meinen Freundinnen dankbar, dass sie die erste Kollektion so geschmackssicher abgelehnt hatten. Das hier war eine ganz andere Liga. Nichts für verspielte Möchtegernromantikerinnen, sondern etwas für Frauen, die sich stilsicher ihrer Reize bewusst waren. Das waren eben Kreationen eines Topdesigners.

Ich konnte es gar nicht abwarten, selbst in eine dieser Traumroben zu schlüpfen. Gleich das erste Kleid war dann das richtige, aber ich probierte auch noch die beiden anderen, um mir wirklich ganz sicher zu sein. Wäre nicht nötig gewesen. Das erste war einfach perfekt. Ein paar winzige Abnäher, eine kleine Kürzung am Saum, und es würde an mir sitzen wie eine zweite Haut.

»Karlos wird dich lieben!«, rief Alix begeistert.

»Doch hoffentlich nicht nur wegen dem Kleid!«

»Nein, natürlich nicht nur deswegen, aber auch, denn es zeigt ihm, dass er wirklich eine Traumfrau bekommt.« Und bei ihren nächsten Worten wischte sie sich eine Träne von der Wange. »Paula, du bist einfach zum Heulen schön!«

Auch Melli war begeistert und sah einen Moment aus, als bereute sie es nun doch, dass sie die Doppelhochzeit wieder abgesagt hatte.

»Großartig«, sagte auch sie neidlos. »Du bist wunderschön, und dabei trägst du noch nicht einmal ein festliches Make-up.«

»Eine natürliche Schönheit«, stimmte auch Frau von Wolfenstein in die Lobeshymnen ein. Man merkte ihr an, dass sie froh war, mit ihrem zweiten Vorschlag so genau ins Schwarze getroffen zu haben. »Ich sage es doch«, meinte sie zu einer ihrer Mitarbeiterinnen. »Diese italienische Kollektion ist unterbewertet. Wir sollten sie öfters anbieten.«

Wir suchten dann noch Schuhe aus der gleichen Kollektion aus, was bei meinen entsprechend kleinen

Füßen ebenfalls Sinn machte, und als ich Melli und Alix auch noch mal das Kleid für das Standesamt vorführte, stellten wir fest, dass es vom gleichen Designer war. Super! Dann passte ja wirklich alles perfekt zusammen, und ich nahm mir vor, mich in Zukunft etwas mehr mit italienischer Mode zu befassen. Die war offenbar ideal für mich.

Ich erkundigte mich ganz beiläufig nach den Preisen und fiel fast in Ohnmacht. Als mir Melli aber die Preise für die romantisch-verspielten Ungetüme zuflüsterte, war ich beruhigt. Da hatte ich meiner Mutter doch eine Stange Geld erspart. Woran man sah, dass nicht alles Gute auch maßlos überteuert sein musste.

Der Spaß ging jedoch noch weiter, als wir die Kleider für die Brautjungfern aussuchten, aber auch da fanden wir für Melli und Alix zwei zauberhafte Stücke, die im Stil hervorragend zu meinen Kleidern passten. Super!

Beschwingt und ein wenig beschwipst verließen wir den Brautsalon und gingen beim Chinesen ein preiswertes Mittagsmenü essen. Ich entschied mich für gebratenen Tofu mit Gemüse. Jetzt durfte ich nämlich wirklich kein Gramm mehr zunehmen.

Ich war immer noch bester Laune, als ich am frühen Abend die Kostümbildnerei im Staatstheater betrat. Dann jedoch stürmte Justin herein und hielt mir seine Perücke unter die Nase.

»Paula! Welcher Idiot hat die zusammengestümpert?«, giftete er. »Die wäre mir heute Abend in der Vorstellung glatt vom Kopf gerutscht, wenn ich sie nicht eben noch mal überprüft hätte.«

»Reg dich ab!«, sagte ich muffig, weil er so eine Show machte und mich dabei nicht gerade gut aussehen ließ. »Das Ding hat eine ganze Saison überstanden, und so wie ihr damit umgeht, ist es ein Wunder, dass sie überhaupt noch zusammenhält. Lass sie hier, ich mache dir ein Update, dann hält sie auch noch die letzten drei Vorstellungen.«

Als ich das sagte, wurde mir bewusst, dass danach für mich wohl endgültig Schluss sein würde. Hm, ob ich Frau von Raven selbst einmal auf eine Vertragsverlängerung ansprechen sollte? Ich würde so gerne bleiben und eine richtige Ausbildung zur Maskenbildnerin machen. Ich seufzte und drehte Justins Perücke in den Händen. Es war einfach ein total interessanter Beruf.

»Na, dann mach was draus«, sagte Justin und war schon aus der Tür, als sein Kopf plötzlich noch mal auftauchte. Er grinste und sagte: »Ach ja, und danke schön, liebste Paula, hab dich lieb!«

Ich zeigte ihm den Stinkefinger. »Ich dich auch!«

Genau in dem Augenblick trat Frau von Raven aus ihrem Büro. Sie schaute mich etwas indigniert an, und ich wünschte mir, dass mein Mittelfinger abbrechen würde. Aber nein, er stand in voller Länge senkrecht in die Höhe. Verlegen schob ich meine Hand hinter den Rücken.

»Paula, kannst du mal bitte zu mir ins Büro kommen«, sagte Frau von Raven und ignorierte den peinlichen Vorfall damenhaft. Ich konnte, auch wenn ich einen total roten Flash vor Verlegenheit hatte.

»Bitte nimm Platz«, bot sie mir den Stuhl vor ihrem Biedermeierschreibtisch an. Ich hockte mich etwas zusammengefaltet hin. Frau von Raven war eigentlich nicht sehr Furcht einflößend, im Gegenteil, sie war sanft und elegant und sensibel. Aber ihre natürliche Autorität war total beeindruckend. Außerdem war sie einfach perfekt, und man kam sich neben ihr immer wie der letzte Bauerntrampel vor. Heute aber war ich besonders nervös, weil ich mir sicher war, eben nicht den besten Eindruck bei ihr hinterlassen zu haben.

»Paula, ich habe dich zu mir gebeten, weil dein Arbeitsvertrag zum Ende der Spielzeit ausläuft. Wie wird denn deine Zukunft danach aussehen?«

Äh, ja, wie würde die aussehen? Darüber hatte ich mir schon so einige Gedanken gemacht, war aber nicht wirklich zu einem Ergebnis gekommen, weil ich ja insgeheim immer noch gehofft hatte, dass ich eine Vertragsverlängerung beim Staatstheater bekommen würde. Sah aber irgendwie nicht so aus.

Ups, da waren meine Gedanken mal wieder schneller über meine Lippen gekommen, als ich sie gedacht hatte, denn Frau von Raven sagte: »Und warum sieht das, deiner Meinung nach, nicht so aus?«

Wusste ich auch nicht. Aber ich hatte selten zweimal hintereinander Glück. Und wo ich nun schon Karlos bekam, da wäre es direkt ein bisschen unverschämt, wenn ich auch noch beruflich vom Schicksal ein Glückslos erwarten würde.

Das konnte ich natürlich nicht sagen, also stotterte ich: »Äh, ja, es ist doch nur eine Projektstelle, und da muss man sich ja keine falschen Hoffnungen machen …« Machte ich mir natürlich trotzdem.

Frau von Raven sah mich eine Weile schweigend und intensiv an. Ich würde die Zusammenarbeit mit ihr wirklich sehr vermissen. Sie hatte mich in so vielen Dingen weitergebracht, von ihrer Persönlichkeit gar nicht zu reden.

»Paula, du musst doch gemerkt haben«, sagte sie schließlich, »dass ich mit deiner Arbeit immer sehr zufrieden war. Du warst pünktlich, fleißig, sehr kreativ und dabei auch noch sehr sorgfältig. Das sind Tugenden, die wir hier natürlich suchen. Leider habe ich tatsächlich keine feste Stelle für dich, denn außer den befristeten Projektstellen gibt es hier nur Stellen für ausgebildete Kostüm- oder Maskenbildner.«

Tja, das hatte ich ja auch schon mitgekriegt, und ich war eben nur eine Friseuse.

»Du bist zwar schon Friseurin«, sagte Frau von Raven, »aber wenn du dauerhaft hier bei mir am Theater arbeiten willst, müsstest du da noch etwas draufsetzen. Ich kann dir einen Ausbildungsvertrag zur Maskenbildnerin anbieten, und es würde mich sehr freuen, wenn du ihn annehmen würdest.«

Ich starrte sie vollkommen ungläubig an. Hatte sie wirklich gesagt, dass sie mir einen Ausbildungsvertrag zur Maskenbildnerin geben würde? Das ... das war ja mein absoluter Traum! Es gab dann zwar wieder nur wenig Geld, aber danach würde ich vielleicht eine richtige Anstellung am Theater bekommen. Das war ja riesig! Großartig! Einfach unglaublich wunderbar! Ich musste an mich halten, um Frau von Raven nicht um den Hals zu fallen.

Und so stammelte ich nur restlos aufgewühlt vor Glück: »Aber ... aber selbstverständlich! Also, es ist mir eine große Ehre, bei Ihnen lernen zu dürfen. Natürlich möchte ich diese Chance ergreifen ... also, ich meine ...«

Sie lächelte ihr einzigartiges Lächeln. »Also, du

bleibst bei mir, Paula. Das ist eine gute Entscheidung. Ich freue mich wirklich sehr, ein so talentiertes Mädchen wie dich nicht zu verlieren. Geh in den nächsten Tagen ins Personalbüro und unterschreib dort den Vertrag.«

Sie stand auf und öffnete die Tür.

Und als ich meinen überschwänglichen Dank stammelte und aus ihrem Büro stolperte, meinte sie immer noch lächelnd: »Der Dank ist ganz auf meiner Seite, Paula. Sei stolz auf dich, ich nehme nämlich nur die Besten.«

»Doch, wirklich, ohne Angeberei, das hat sie tatsächlich gesagt. Sie nimmt nur die Besten!«

Ich hockte in der Kantine des Staatstheaters und trank mit Justin einen Piccolo auf das Ereignis. Er freute sich ehrlich mit mir. Wir stießen auf die nächste Theatersaison an, in die wir uns nun beide mit Verträgen gerettet hatten, und wie aus einem Munde sagten wir: »Ich wünsch dir viel Glück!«

Und ehe ich mich versah, gab Justin mir einen dicken Schmatzer mitten auf den Mund.

Schwuler Schauspieler! Immer dieser Überschwang!

♡ ♡ ♡

Als ich am nächsten Vormittag, endlich mal wieder so richtig rundum gut ausgeschlafen, in die Küche taperte, um mir einen Kaffee zu holen, stolperte ich direkt in die Delikatessenabteilung des KaDeWe. Nun ja, so kam es mir zumindest vor. Unser Küchentisch war über und über mit Köstlichkeiten gedeckt. Sofort lief mir beim Anblick dieser vielen verschiedenen

Leckereien das Wasser im Mund zusammen. Neben dem Tisch standen Melli und Alix und grinsten mich an.

»Was ... was ist denn hier los?«, stammelte ich irritiert. »Hat jemand Geburtstag? Oh, Gott, hab ich irgendwas vergessen?«

Sofort stieg Panik in mir auf. Das wäre aber ultrapeinlich, wenn ich den Geburtstag einer Freundin verbaselt hätte.

Bevor ich im Geiste den Geburtstagskalender durchblättern konnte, sagte Alix kopfschüttelnd: »Nee, hast du nicht. Und damit du uns auch in Zukunft nicht vergisst, werden wir dir heute einen unvergesslichen Junggesellinnenabschied bereiten.«

Junggesellinnenabschied? Oh, Gott, ich sah schlagartig Fabian, den Kumpel von Thomas, in seinem Papieranzug vor mir, dem ich vor Jahren direkt über seinem Hintern ein Herz aus dem Anzug ausgeschnitten hatte. Und dann sah ich mich, wie ich in einem ähnlichen Papieranzug mit blanken Brüsten und nacktem Hintern mit einem Bauchladen durch die Kneipen zog und Kondome, Gleitgel und Tampons verkaufte. Ich schüttelte mich innerlich. Bei Männern hatte ich das ja immer saulustig gefunden, weil die Jungs da immer so schön locker waren, aber selber wollte ich das lieber nicht erleben. Deshalb hatte ich mich mit Karlos doch darauf geeinigt, lieber einen Polterabend zu machen. Damit wollten wir uns dann gemeinsam aus dem Singleleben verabschieden.

Wozu denn noch mal alleine auf den Putz hauen? So eine Feier zusammen war doch viel schöner. Hm, ob meine Freundinnen das vergessen hatten?

Aber ehe ich sie daran erinnern musste, sagte Melli

schon: »Wir wissen ja, dass du den Polterabend mit Karlos und euren ganzen Freunden planst. Aber das ist dann so eine big Party im Irish Pub, wo alle Leute was von dir wollen und wir sicherlich gar nichts von dir haben werden. Doch auch wenn du heiratest, bleiben wir drei beste Freundinnen, und deshalb wird das heute eine reine WG-Frauenpower-Aktion.«

Bei diesen Worten kam sie zu mir und schob mich sanft auf einen der Küchenstühle. Kaum saß ich, drückte mir Alix ein Glas Sekt in die Hand und sagte: »Prost, Paula! Auf dass du heute ein letztes Mal über die Stränge schlägst.«

Und bevor ich mir noch eine Meinung dazu bilden konnte, ob ich denn zwei Wochen vor meiner Hochzeit überhaupt noch mal über irgendwas lang hinschlagen wollte, stießen die beiden mit mir an, und Melli legte mir einen warmen, duftenden Pancake auf den Teller.

Hm, lecker! Meine Geschmackspapillen zogen sich voller Vorfreude zusammen. Das tat schon fast weh. Nach meiner biologisch-dynamischen Adam-und-Eva-Diät waren sie so etwas gar nicht mehr gewöhnt.

»Wenn ich das alles esse, passe ich nicht mehr in mein Hochzeitskleid«, jammerte ich mit einem sehnsüchtigen Blick auf die Pancakes, die Schokocroissants, das Birchermüsli, die Pasteten, die leckere Wurst- und Käseplatte und … »Ist das Kaviar?«, fragte ich verwundert.

»Klar, du musst dich ja langsam dran gewöhnen, wenn du jetzt in den Geldadel aufsteigst«, sagte Alix und schmunzelte, als sie meinen erschrockenen Blick sah. »Keine Angst, ist kein echter. Wir können die Miete noch bezahlen.«

Melli lachte. »Genau, aber wir dachten, so zur Einstimmung müssen Kaviar und Sekt schon sein. Bei Meyer-Möllerings gibt es in Zukunft dann natürlich nur noch Champagner.«

»Ach, nun übertreibt doch nicht so«, wiegelte ich ab. Ich merkte, wie mir die Verlegenheitsröte in die Wangen schoss. »So reich ist Karlos auch nicht. Vor allem lässt er es nicht raushängen.«

Die Mädels kicherten höchst albern, und ich fragte mich, ob sie sich, bevor ich aufgelaufen war, schon innerlich angefeuchtet hatten. Ich schob meine Diätvorsätze beiseite und mir schnell ein Stück Pancake in den Mund. Hm, wie lecker! Die sanfte Süße des Ahornsirups kitzelte meine Zunge, und ich kaute langsam und genüsslich. Himmlisch! Essen war doch fast so schön wie Sex. Ich aß nach dem ersten Pancake noch einen zweiten, und dann probierte ich alles, was meine Freundinnen Leckeres besorgt hatten: Lachs, Garnelen, Eier im Glas und jede Menge frisches Obs – Melonen, Ananas, Erdbeeren, Himbeeren, Kiwis. Hach, die hatten sich aber mal in Unkosten gestürzt!

»Und was habt ihr heute noch mit mir vor?«, fragte ich pappsatt und nun durchaus abenteuerlustig genug, um mich in einen unterhaltsamen Tag zu stürzen. Wenn es so weiterging, war dagegen ja auch nichts einzuwenden, und so hatte ich beim letzten Schluck Sekt beschlossen, dass man durchaus beides haben konnte: Polterabend und Junggesellinnenabschied.

Melli und Alix taten nun sehr geheimnisvoll. »Lass dich überraschen!«, sagte Alix und schenkte mir noch Sekt nach.

»Aber bitte nicht die Papieranzugsgeschichte, oder?« Ich sah die beiden forschend an, aber sie ließen sich nichts anmerken.

»Wer weiß ...« Alix grinste frech. »Auf jeden Fall wirst du jetzt erst mal schick gemacht.«

Oh, nein! Also doch so eine idiotische Kostümierung! Welcher Hirni hatte sich bloß diese dämlichen Abschiedsrituale einfallen lassen? Lebten wir im Kraal oder in der Steinzeit? Ich schickte ein Stoßgebet zum Himmel! Herr, rette mich vor der Zuneigung meiner Freundinnen!

Aber dann war alles ganz anders und einfach nur schön. Meine Freundinnen führten mich ins Bad, wo wie durch Zauberei eine dampfende und nach Rosen duftende Badewanne auf mich wartete. Auf dem Wasser schwammen Rosenblätter und um die Wanne herum waren jede Menge Duftkerzen aufgestellt. Wie romantisch! Jetzt wurde mir auch klar, warum Melli sich vorhin kurz vom Esstisch verdrückt hatte. Ach, waren meine Mädels süß!

Spontan fiel ich ihnen um den Hals und bedankte mich für das sensationelle Frühstück und die herrlich gemütliche Badewanne. Die beiden verkrümelten sich zum Aufräumen in die Küche, und ich ließ mich langsam und genüsslich in die Wanne gleiten. Ah! Das Leben konnte ja wirklich angenehm sein.

Kaum war ich der Wanne mit dem Gefühl, die schaumgeborene Venus höchstpersönlich zu sein, entstiegen, ging es auch schon weiter mit dem Wellness-Verwöhn-Programm.

»Das ist eine Gurkenmaske«, sagte Alix und hielt mir eine Schale mit einer undefinierbaren Pampe hin. »Die besteht aus pürierter Salatgurke und Quark. Sie belebt das Gesicht mit ihrem hohen Feuchtigkeitsgehalt und enthält Vitamin A und C. Genau, was du brauchst.«

Klang ja besser, als es aussah. Ich setzte mich in unseren alten AWO-Sessel, und während Alix mir sanft die Maske aufs Gesicht auftrug, schweiften meine Gedanken in die Vergangenheit ab. Irgendwie war es schon seltsam, dass ich jetzt tatsächlich bald heiraten würde. Und dann noch als Erste von uns Freundinnen! Paula wird solide, dachte ich innerlich grinsend, denn besonders vor meiner Beziehung mit Thomas hatte ich selten etwas anbrennen lassen. Ein Kind von Traurigkeit war ich wirklich nicht gewesen! Ich musste kichern, als mir einige Erinnerungsfetzen durch den Kopf schossen: Quietschende Jugendherbergsbetten, ein österreichischer Kammersänger, spanischer Wein und spanische Boys, dieser unsägliche Typ, der das Kondom falsch herum abrollte ... und ganz plötzlich auch Lars ... unter der Dusche ... Aber den verkniff ich mir, schon wegen der Frauensolidarität. Der Typ gehörte jetzt Melli und hatte in meinen Gedanken nichts mehr zu suchen.

»Still halten!«, ermahnte mich Alix, klatschte noch einen fetten Klecks auf meine Nase und sagte: »So, das muss jetzt noch zwanzig Minuten einwirken.« Dann legte sie noch zwei Gurkenscheiben auf meine Augen. »Entspann dich!«

»Sag mal«, fragte ich, als sie sich neben mich setzte. »Hättest du vor zehn Jahren gedacht, dass ich mit Mitte zwanzig heiraten würde?«

Ich hörte Alix kichern. »Nee, damals bestimmt nicht. Eine Ehe hätte ich dir damals nie zugetraut. Du warst echt wild.« Und nach einer kurzen Pause fragte sie: »Erinnerst du dich noch an den Fußballspieler, der so hin und weg von dir war, dass er eine ganze Saison lang bei seinen Spielen immer einen Slip von dir mit sich rumgeschleppt hat?«

Oh, ja, ich erinnerte mich. Der hatte einen ganz schlimmen Anfall von Glücksbringerfetischismus bekommen. Als seine Mannschaft das erste Spiel der Saison gewann, hatte ich zufällig vorher den Abend mit ihm verbracht. Deswegen glaubte der Typ doch tatsächlich, dass ich ihm vom Himmel geschickt worden wäre. Ich wurde den zuerst überhaupt nicht mehr los, na ja, und den Slip habe ich nie wiedergesehen.

»Ein echt schräger Typ. Ich glaube, er war der Mannschaftskapitän und hat meinen Slip unter der Armbinde getragen.«

»Hast du eigentlich Florian mal wiedergesehen?«, fragte Alix.

»Florian?« Hm, den hatte ich jetzt echt nicht gleich auf dem Schirm.

»Der immer mit diesem Auto herumfuhr, das man mit einem Dosenöffner aufmachen musste. Bist du mit dem nicht nach seinem Abiball abgestürzt?«

Ach Gott, ja! Florian mit dem Fiat! Waren schon echt beengte Verhältnisse gewesen in seiner Karre, und der Junge war nicht wirklich gelenkig.

Ich kicherte dezent unter meiner Gurkenmaske, weil ich ihn nun wieder sehr lebhaft vor mir sah, mit einem Fuß im Lenkrad verhaspelt, den Feinrippslip auf halbmast in der Gangschaltung verhakt und verzweifelt stöhnend: »Paula, ich komm nicht rein. Ich komm da so einfach nicht rein.«

Was bei den Winkelverhältnissen irgendwie einleuchtend war. Schließlich fuhren wir vom Parkplatz weg an den See und verlegten die Aktion ins Freie. Da konnte er dann endlich einstöpseln. Halleluja!

Melli hatte sich zu uns gesellt und brach bei meiner Schilderung in wieherndes Gelächter aus. Ich erzählte noch einige Schwänke aus meiner Jugend, und wir stellten fest, dass ich mich doch ziemlich intensiv ausgelebt hatte und somit getrost in die Ehe gehen konnte. Reif und ohne die Sorge, was verpasst zu haben. Bereits als ich Thomas kennengelernt hatte, war ich nicht mehr so wild nach Sexabenteuern mit wechselnden Männern gewesen, und jetzt wollte ich überhaupt nur noch einen: Karlos, the one and only!

Only you can make my heart sing …

Ich atmete tief und glücklich ein.

Auf die Gurkenmaske folgten noch ein Körperpeeling und eine Entspannungsmassage. Melli und Alix machten das super. Es hätte in keinem Spa besser sein können. Ich genoss die Verwöhneinheiten und freute mich, dass ich solche Freundinnen hatte. Danach bedienten wir uns alle noch mal ausgiebig an den Köstlichkeiten in der Küche, hörten Musik und schauten Fotos an, vom Anfang unserer Freundschaft bis jetzt. Das war sehr lustig, besonders die alten Bilder, die Alix aus unserer Kindergarten- und Grundschulzeit ranschleppte, waren zum Schlapplachen, und wir mussten Melli, die ja erst im Studium zu uns gestoßen war, jede Menge erzählen. Darüber verging die Zeit so rasend schnell, dass es schon früher Abend war, als Melli sagte: »So, Paula, jetzt mach dich schick, es geht weiter.«

Da war ich aber neugierig. Was hatten sie vor? Theater oder Musical? Essen gehen? Nee, das wohl eher nicht. Vielleicht eine Vernissage eines Künstlerkumpels von Melli? Oder gar eine Edelstripbar?

Erst mal jedoch stand Justin plötzlich in der Küche. Ach ja, dachte ich, den gab es ja auch noch. Er hatte, dezent von Melli und Alix dazu genötigt, das Feld geräumt, um uns einen ungestörten Weibertag zu ermöglichen. Sehr rücksichtsvoll.

Nun aber stand er in der Küche und mixte uns Cocktails. Hm, da sollte ich vielleicht ein wenig auf der Hut sein. Als ich das letzte Mal Cocktails von Justin getrunken hatte, war ich drauf und dran gewesen, ins Wasser zu gehen. Aber Cocktails waren andererseits das ultimativ beste Mittel, um schnell in Partylaune zu kommen.

Als ich mir dann aber den dritten Cocktail reinziehen wollte, meinte Alix warnend: »Bevor du dich unter den Küchentisch säufst, wollen wir mal lieber den Abflug machen. Die Sause sollte hier eigentlich losgehen und nicht schon enden.«

Sie reichte mir meine Jacke, und wir starteten durch. Zur Feier des Tages wartete unten ein Taxi auf uns.

Vor der Tür traf ich auf Thomas. Lungerte der etwa schon wieder hier rum? Schlagartig verging mir die gute Laune.

»Was willst du denn hier?«, pampte ich ihn an

»Dich sehen, Paula. Ich bin heute total motiviert und hab voll Lust auf dich.« Der Typ hatte doch echt 'nen Radschaden.

»Wie oft habe ich dir in letzter Zeit gesagt, dass zwischen uns nichts mehr laufen wird?«

Er kratzte sich am Kopf. »Öfters, aber das meinst du nicht ernst.«

»Und ob ich das ernst meine«, schnauzte ich ihn

an. »Ich meine das so ernst, dass ich das nächste Mal die Bullen rufe, wenn du in meiner Nähe aufkreuzst! Geht das jetzt verdammt noch mal in deinen Schädel rein? Ich werde in Kürze heiraten, Thomas, und zwar nicht dich! Also zieh Leine, damit ich meinen Junggesellinnenabschied feiern kann!«

Das war brutal, musste aber sein. Der führte sich ja auf wie ein Stalker! Grausam! Und in so einen Typ war ich mal verliebt?

»Gräm dich nicht«, sagte Alix, als wir im Taxi saßen. »Sei einfach froh, dass du noch rechtzeitig aus der Sache mit dem rausgekommen bist. Es hätte schlimmer kommen können.«

Das Taxi fuhr uns in die Innenstadt, aber in eine Gegend, in der wir uns eher selten aufhielten. Alix setzte mir eine Schlafbrille auf und half mir dann aus dem Taxi.

Sie führte mich ein paar Schritte, rief laut: »*Tataaam*!«, und zog mir die Brille von den Augen.

Himmel!

»Da wollt ihr rein?« Ich starrte meine Freundinnen total verblüfft an. Na, das war ja eine Überraschung! Wir standen nämlich direkt vor dem ... Casino.

Ich erinnerte mich, dass wir hier schon immer mal hin wollten. Aber weder ich noch meine Freundinnen hatten jemals das Geld übrig gehabt, und so war es immer nur bei dem Plan geblieben.

»Wann denn, wenn nicht jetzt?«, sagte Melli, als hätte sie meine Gedanken erraten. »Schließlich kostet so ein Junggesellinnenabschied auch ein bisschen was.«

Ich verstand nicht gleich, was sie damit meinte und guckte wohl ziemlich verwirrt aus der Wäsche.

»Ohne Moos, ohne Moos nix los!«, sang Alix, und Melli meinte trocken: »Na, ohne Kohle keine Party.«

Aha, und was wollte mir das jetzt sagen?

Alix erklärte: »Da wir ja wissen, dass du nicht mit einem Bauchladen rumrennen willst und wir dir auch anderweitige Bettelaktionen ersparen wollen, müssen wir eben das Geld zum Feiern im Casino gewinnen.«

»Ihr spinnt!«, rief ich lachend und lief, mein Einverständnis demonstrierend, auf die Eingangstür zu. »Und woher nehme ich das Startkapital?«

»Das sponsern wir«, riefen die beiden wie aus einem Mund und wedelten mit zwei Fünfzigeuroscheinen.

Man sah ihnen die Freude über die gelungene Überraschung deutlich an. Und ich fühlte vor lauter Aufregung mein Herz bis zum Hals schlagen. Ein paar Zweifel plagten mich aber doch. Wenn wir die hundert Euro nun verspielten, hatten wir am Ende gar kein Geld mehr zum Feiern. Das wäre echt schade. Andererseits ... Wer nicht wagt, der nicht gewinnt! Und wenn ich schon über die Stränge schlug, dann doch bitte richtig und mit Stil! Ich hakte mich bei meinen Freundinnen unter und zusammen durchschritten wir das Eingangstor.

Für Alix und mich war es der erste Casinobesuch. Melli hatte schon öfter mit Lars einen Abstecher hierher gemacht, aber immer nur Kleinigkeiten gewonnen.

»Also wird's langsam mal Zeit für den Treffer ins Schwarze«, sagte sie und steuerte zielstrebig durch die Eingangshalle auf die Spielautomaten zu.

Ich schluckte. So viele Automaten auf einen Haufen – krass. Alix stellte sich an einen einarmigen Banditen, und Melli und ich spielten virtuelles Poker. Leider ziemlich glücklos. Nachdem wir unser Kleingeld verspielt hatten, beschlossen wir uns den richtigen Casinospielen zuzuwenden. Ich hatte mich schon gefragt, warum wir uns so aufgebrezelt hatten, denn hier in der Automatenhalle waren die Leute eher unspektakulär, wenn nicht gar unstylish gekleidet, und so manchem Gast konnte man schon an seinen Klamotten das jahrelange vergebliche Hoffen auf den großen Wurf ansehen. Schon Scheiße.

Ich verdrängte das unangenehme Gefühl, das mich beschlich, und bestieg mit meinen Freundinnen den gläsernen Fahrstuhl, der uns in eine andere Welt entführte. Gleich, als wir den Aufzug verließen, kontrollierten zwei bullige Türsteher unsere Taschen, dann mussten wir an einem Tresen unsere Ausweise vorzeigen, und die Mitarbeiter checkten unsere Daten im Computer und machten sich Notizen.

»Was schreiben die sich denn auf?«, flüsterte ich Melli zu.

»Hab keinen Plan«, wisperte sie zurück. »Die wollen sicher gerne wissen, wer sich hier rumtreibt. Die bunkern schließlich Unmengen Schotter. Aber vor allem gucken sie, ob man Hausverbot oder so was hat.«

»Hausverbot?«, wiederholte ich fragend.

»Klar, irgendwelche Spielsüchtigen oder Choleriker«, gab Melli zurück und fügte mit einem Augenzwinkern hinzu: »Keine Angst, wir kommen schon rein. Ich hab mich immer gut benommen.«

Und dann waren wir auch schon drin. In der glitzernden Welt der Träume vom schnellen Reichtum durch bloßes Glück. Ein Hauch von Las Vegas umwehte mich. Zumindest bildete ich mir das ein. Da ich ja noch nie in Las Vegas war, ließ ich meiner Fantasie freien Lauf. War schon irgendwie erhaben, in dieser angespannten, schweigsamen Atmosphäre zwischen all diesen edel gekleideten Menschen zu wandeln.

Wir wechselten die hundert Euro in Jetons um und teilten die Chips unter uns auf. Während Melli bereits zielsicher einen der sechs Roulettetische ansteuerte, sahen Alix und ich uns erst mal um. Überall an den Spieltischen saßen Männer mit dicken Zigarren und nicht minder dicken Brieftaschen. Dicke Hosen, wie man so sagt. Aber auch die Frauen im kleinen Schwarzen und mit Champagnergläsern in der Hand zählten, ihrem Behang nach zu urteilen, kaum zu den Hartz-IV-Empfängern. Auch wenn nicht jeder Couture trug, mit Turnschuhen lief hier keiner rum, dafür sorgten schon die Türsteher, die auf Abendgarderobe oder doch formelle Kleidung achteten. In meinen High Heels, dem figurbetonten bordeauxroten Kleid aus dem Designer-Outlet-Center und mit meinem frisch gepeelten und gepflegten Körper brauchte ich mich wirklich nicht verstecken. Ja, ich fühlte mich direkt ein bisschen glamourmäßig, so als spielte ich grade an der Seite von James Bond in Casino Royal. Meinen Freundinnen sei Dank!

Ich stand inzwischen mit Alix beim Black-Jack-Tisch. Hm, ich kannte die Regeln der ganzen Spiele überhaupt nicht. Nachdem wir ein paar Runden zugesehen hatten, leuchtete uns zumindest ein, dass das Spiel verloren war, wenn man am Ende mehr als einundzwanzig Punkte hatte.

»Los, komm«, sagte Alix, setzte sich und legte ihren Einsatz auf den Tisch.

»Ich … ich weiß nicht«, stotterte ich. »Ich hab die Regeln noch nicht ganz verstanden.«

Plötzlich hörte ich eine dunkle Stimme nah an meinem Ohr. »Kein Problem, meine Teuerste, die kann ich Ihnen gerne erklären.«

Erschrocken drehte ich mich um. Hinter mir stand ein Mann, Mitte dreißig, mit schwarzen Haaren und ebensolchen Augen. Ich verlor bei diesem Anblick fast das Gleichgewicht. Himmel, war der Typ umwerfend! Vielleicht lag es aber auch nur an meiner ruckartigen Drehung auf den High Heels. Zum Glück konnte ich mich grade noch abfangen, bevor ich in den Armen des Typen landete. Holla! Der schien ja direkt aus dem fernen Orient hierhergebeamt worden zu sein. Garantiert so ein steinreicher Scheich und Ölmillionär. Wow!

»Sie wollen Black Jack spielen?«, fragte er mich, während ich ihn nur ehrfürchtig anstarrte.

»Äh, ja, also, ich weiß nicht. Äh, wie genau ist das denn, also ich meine, äh … ist das denn, äh … kompliziert?«

Himmel, dachte ich, wieso legte der bloße Anblick dieses Mannes mein Sprachzentrum derart lahm, dass ich nur noch so ein Kauderwelsch rausbekam? Aber einem Mann, der aussah wie ein Prinz aus Tausendundeiner Nacht, begegnete man schließlich nicht alle Tage.

Er lachte angesichts meines geistigen Totalausfalls und begann, mir die Regel zu erklären. Ich hörte irgendwas von Bilderkarten und Assen, von der Zahl Einundzwanzig und dem Black Jack, von der Bank und vom Überkaufen, was man wohl vermeiden sollte. Seine Worte schwappten über mich hinweg wie eine weiche, warme Welle des Persischen Golfs. Seine samtige Stimme brachte Zonen in mir zum Vibrieren, die besser unberührt geblieben wären. Grundgütiger!

Er merkte wohl, dass ich der Theorie nicht folgen konnte, und schlug daher vor: »Kommen Sie, wir spielen eine Partie. Es lernt sich am besten beim Spiel selbst.«

Völlig in seinen Bann gezogen, folgte ich ihm. Alix hatte ich total vergessen. Wir machten unsere Einsätze. Vorsichtig setzte ich erst mal nur fünf Euro. Die Jetons gab es ja zum Glück in unterschiedlichen Werten. Wir hatten uns viele niedrige rausgeben lassen. Als ich sah, welchen Einsatz der Typ hinlegte, blieb mir fast die Spucke weg. Meine Güte, davon konnten wir locker einen Monat die Miete zahlen. Und zwar alle zusammen.

Der Croupier teilte jedem Spieler zwei Karten aus und legte eine der Bank hin. Nun fing mein Begleiter wieder an, mich zu beraten. Er erzählte was von Versicherung abschließen, Verdoppeln oder Karte kaufen. Ich entschied mich dafür, noch eine weitere Karte zu kaufen. Schließlich war ich ja hier zum Spielen. Eine Versicherung war da fehl am Platz. Wir hatten jedoch beide kein Glück. Ich spielte noch ein paar Runden, allerdings ohne Erfolg.

»Lassen Sie uns zum Roulette gehen«, sagte der dunkle Prinz irgendwann.

Ich fragte mich, warum er sich mir nicht vorstellte. Aber vermutlich machte man das unter Spielern nicht, auch wenn es nicht grade höflich war. Dadurch umwaberte ihn natürlich noch zusätzlich eine umwerfend geheimnisvolle Aura. Fasziniert folgte ich ihm. Auf dem Weg packte mich plötzlich jemand am Arm.

»He, Paula, was für einen Ölscheich hast du dir denn da angelacht?« Es war Alix. »Guck mal, ich hab tatsächlich zweimal einen Black Jack gehabt.« Sie hielt mir ihre Jetons hin.

»Super! Komm schnell!« Ich schnappte mir ihren Arm und schleppte sie hinter dem Typ her zum Roulettetisch. »Irgendwas an ihm zieht mich magisch an«, flüsterte ich Alix ins Ohr.

»So, so.« Alix grinste breit und zwinkerte mir zu. »Dann genieß mal deinen Junggesellinnenabschied. Ich schaue kurz, wo Melli steckt. Nicht, dass die schon völlig pleite ist.« Mit diesen Worten drehte sie sich um und verschwand zwischen den Schönen und Reichen.

Mein arabischer Prinz verteilte auf dem Roulettetisch eine Unmenge an Jetons. Ich warf einen Blick auf den kläglichen Rest in meiner Hand. Oje, ich hatte beim Black Jack wohl doch etwas zu viel gesetzt. Fünfzehn Euro waren noch übrig geblieben.

»Suchen Sie sich aus, was sie möchten. Sie können eine Zahl spielen oder mehrere gleichzeitig. Oder Sie setzen auf Rot oder Schwarz.«

Das erschien mir zunächst das Einfachste. Da gab es immerhin eine Fünfzig-fünfzig-Chance. Ich nahm einen Fünf-Euro-Jeton und legte ihn auf Rot. Wie peinlich! Der Typ musste ja denken, ich wäre arm wie eine Kirchenmaus. Aber alles wollte ich auch nicht setzen, denn dann konnte es ja mit einem Schlag futsch sein, und der Abend wäre zu Ende. Spielfieber hin, Spielfieber her, das war mir zu riskant.

»Faites vos jeux«, hörte ich den Croupier sagen und dann folgte ein bestimmtes »Rien ne vas plus!«.

Er warf die Kugel ins Roulette, und ich beobachtete sie gespannt. Sie landete auf einem ... schwarzen

Feld. Mist! Ich stieß einen leisen Fluch aus und hoffte sofort, dass meine Begleitung es nicht gehört hatte.

Aber er hatte. »Meine Liebe, Sie dürfen dieses Spiel nicht so ernst nehmen.«

Na, der hatte gut reden. Vermutlich schwamm er zu Hause jeden Morgen durch seinen Geldspeicher wie Dagobert Duck. Ich hingegen war eine Theaterfriseurin, die nicht mal eben ein paar Tausender locker sitzen hatte. Aber darum schien es ihm gar nicht zu gehen.

Er sah mich mit seinen schwarzen Augen intensiv an und sagte dann plötzlich: »Sie haben doch die Zahlen in sich. Sie müssen nur ganz tief in sich hineinhorchen. Dann wissen Sie, auf welches Feld Sie setzen müssen.«

Hm, klang irgendwie nach Esoterikberatung im Nachtfernsehen. Aber er hatte recht. Hätte ich vorher gewusst, dass meine Freundinnen mich ins Casino schleppen würden, dann hätte ich natürlich die Karten befragt.

So sagte ich: »Ich ... ich glaube, meine hellseherischen Fähigkeiten sind heute nicht so wahnsinnig aktiv.«

Doch urplötzlich begann es, in meinem Bauch zu kribbeln und in meinem Kopf zu brizzeln, als hätte ich Dutzende von Fehlzündungen in meinem Hirn. Und schlagartig stand eine Zahl vor meinem inneren Auge. Es war das Datum meiner Verlobung mit Karlos. Warum mir gerade das jetzt so aufdringlich in den Sinn kam, war mir komplett schleierhaft. Aber irgendwie war der ganze Augenblick seltsam magisch, und so setzte ich die letzten Jetons, die ich noch hatte, auf diese Zahl. Rien ne vas plus!

»Sie müssen mehr Vertrauen zu sich haben«, hörte ich die Stimme des Ölprinzen wie aus weiter Ferne. »Nur so gewinnen Sie – im Spiel wie im Leben.«

Und dann standen plötzlich Melli und Alix wieder neben mir. »Wir sind blank«, sagten sie beide mit enttäuschten Gesichtern.

Die hatten dann wohl ein bisschen zu viel Vertrauen zu sich gehabt! Oh je, hoffentlich passierte mir jetzt nicht das Gleiche.

Die Kugel rollte. Wie gebannt starrte ich auf das Roulette. Ich klammerte mich an Alix und Melli fest und konnte kaum noch atmen vor Aufregung. Als die Kugel langsamer wurde, begann sie vor meinem inneren Auge zu wachsen. Sie wurde größer und größer, erreichte den Umfang einer Billardkugel und war schließlich so groß wie eine Bowlingkugel, als sie aus dem Roulette sprang, über den Tisch hüpfte und einem Spieler nach dem anderen an den Kopf donnerte. Ausgeknockt sanken sie vom Hocker. Nur ich saß noch, und plötzlich begann die Kugel wieder zu schrumpfen, sprang ins Roulette zurück, holperte über ein paar Zahlen hinweg und blieb dann liegen.

»Oh, du liebes Lieschen!« Während ich noch völlig stumm und schockgefroren auf die Kugel starrte, kreischte Alix hysterisch auf.

Melli begann mich zu schütteln. »Paula, deine Zahl! Du hast gewonnen! Das heißt: fünfunddreißigfachen Gewinn!«

»Wie viel?«

Ich traute meinen Ohren nicht. Alix hüpfte wie ein Flummi vor dem Roulettetisch auf und ab und raffte die Jetons an sich, die der Croupier mir rüberschob.

»Der Typ muss mich hypnotisiert haben!«, stammelte ich immer noch völlig von der Rolle. »Keine Ahnung, wie er das gemacht hat, aber das war Zauberei.«

Äh, ja. Wo war er denn überhaupt, mein geheimnisvoller Märchenprinz aus Tausendundeiner Nacht? Nirgends mehr zu sehen. Er war so geheimnisvoll verschwunden, wie er aufgetaucht war. Schade eigentlich! Ob er wenigstens noch gesehen hatte, dass ich tatsächlich gewonnen hatte?

Meine Freundinnen jedenfalls strahlten, denn nun war der Abend ja gerettet. Wir hatten jetzt genug Schotter, um es partymäßig noch mal kräftig krachen zu lassen.

Alix stürzte als Erste auf mich zu, um mich zu umarmen, riss die Arme hoch und schleuderte dabei – typisch Alix – einer älteren Dame ihren Schampus aus der Hand. Der Inhalt verteilte sich über einige Cocktailkleider, und das Glas landete mitten auf dem Roulettetisch, wo es unglücklicherweise auch noch in tausend Stücke zersprang. Alix hatte bei der Aktion laut aufgekreischt und komplett die Aufmerksamkeit der Umstehenden auf uns gezogen. Die Leute starrten uns mit missbilligendem Blick an. Sofort fiel mir wieder das Hausverbot ein, von dem Melli erzählt hatte.

»Schnell weg hier!«, flüsterte diese geistesgegenwärtig.

Sie packte Alix und mich am Arm, und während Alix der älteren Dame noch ein »Entschuldigen Sie vielmals« zuwarf, hörte ich, wie der Croupier den Tisch vorübergehend schloss und die Gäste bat, an einem der anderen Tische weiterzuspielen. Melli schleppte uns zur Kasse, um dort unsere Jetons einzutauschen.

Oh je, daneben saßen die Leute an ihren Monitoren.

Die hatten Alix' Aktion doch bestimmt mitbekommen. Mir begannen die Knie zu zittern, weil jetzt sicherlich unweigerlich das Hausverbot kam.

Aber nichts dergleichen geschah. Man zahlte uns anstandslos die dreihundertfünfzig Euro aus. Als wir uns an der Garderobe noch über Alix' Malheur unterhielten und uns fragten, warum uns niemand deswegen angemault hatte, meinte die Garderobiere nur locker, dass so etwas häufiger passiere und wirklich nicht der Rede wert sei. Puh, Glück gehabt.

Auf der Straße machte sich unsere Anspannung dann erst mal in einem großen Lachanfall Luft, und immer noch kichernd warfen wir uns in das Nachtleben der City, wo wir dann unseren Gewinn in diversen Edelclubs durchbrachten. Grundgütiger, was hatten wir für einen Spaß!

♡ ♡ ♡

Es poltert gewaltig!

Als wir sternhagelvoll in der WG ankamen, saß Justin in der Küche und heulte. Grundgütiger, was war denn mit dem passiert?

Ich pflanzte mich auf einen Stuhl zu ihm und fragte mit schwerer Zunge, aber noch in bester Laune: »Schä... Schätzele, was machsn du hier so alleine? Du ... du ... heulst doch nich etwa?« Und einer inneren Eingebung folgend, fügte ich hinzu: »Du hassoch nich etwa Liebeskummer?«

Hatte er doch. Aber das kam erst heraus, nachdem er eine Reihe hochdepressiver Monologe rezitiert hatte, von Macbeth über König Lear und Hamlet bis hin zum Fliegenden Holländer.

Grundgütiger, ich hatte ja keine Ahnung, dass die dramatische Literatur nur so von Wahnsinnigen wimmelte!

Danach verfiel er in besten Kinski-Manierismus und brachte Schillersche Balladen als Grusical zu Gehör. »*Und schauerlich gedreht im Kreise, beginnen sie des Hymnus Weise, der durch das Herz zerreißend dringt, die Bande um den Sünder schlingt ... doch wehe ... wehe ...*«

Melli und Alix hatten ihn inzwischen in die Wohndiele gezerrt und es sich in unseren alten Polstermöbeln bequem gemacht. Ich hockte im AWO-Sessel und wusste nicht, ob ich ebenfalls das Schauspiel einfach nur genießen sollte oder ob ich, ganz die Mutter Teresa der WG, der Ursache von Justins dramatischen Ausfallerscheinungen auf den Grund gehen sollte, um ihm gegebenenfalls seelischen Beistand leisten zu können.

Inzwischen war er bei François Villon angekommen und klagte wirklich herzerweichend: »... *mein Bruder hör, warum bist du so stolz auf einen Thron gesetzt, wenn du wie Holz dich anfühlst und nicht schreist: ›Schafft den Villon mir her, zieht ihm ein Kleid von Seide an. Es ist höchste Zeit, dass die Durchlaucht mit mir zu Abend speist!*‹«

Dabei lag er vor mir auf den Knien und rüttelte an meinem Sessel, als wäre dieser der Thron von Frankreich und ich der herzlose König, der ihn nicht an seinen Tisch bat.

Nun gut, dachte ich, dem Knaben konnte geholfen werden, und in meinem besoffenen Kopf zeichnete sich eine ziemlich konkrete Lösung seines Problems ab. Hatten wir nicht noch einiges zu Essen im Kühlschrank?

Ich stand auf, zog ihn hoch und sagte: »Mein ga... ganz un gar ge... geliebter Freund! Es is mir eine Freude un Ehre – ja wohl isses! –, Euch an meine Tafel einsuuladen, lassst uns sssogleich in den Spei... Speisesaal hinüberschr... schreiten.« Ich wankte mit ihm in die Küche, riss den Kühlschrank auf und räumte alles, was sich darin befand, auf den Küchentisch. »La... la... langt sssu un la... labt Euch ... nach He... Herzens ... lust. Bon appétit!«

Nur weil Justin ebenfalls nicht mehr nüchtern war, funktionierte mein Illusionstheater. Er sank auf den

Stuhl am Tisch nieder, starrte gerührt auf unsere Wochenverpflegung, die aus rohen Eiern im Karton, Milch- und Safttüten, Joghurt, Tofu, Quark, Tomaten, Gurke, einem Ring Fleischwurst, Paprikaschoten, angetrocknetem Scheibenkäse, einer angebrochenen Packung Aldi-Lachs, ein paar Gläsern Marmelade und den wenigen exklusiven Überresten des lukullischen Junggesellinnenabschieds-Brunchs bestand.

Die Tränen liefen ihm übers Gesicht, als er dankbar stammelte: »Ma... Ma... Majestät, Ihr ... rührt mich zu Tränen! So tragt Ihr doch ein Herz in Eurer Brust ... ein menschlich Herz ... anders als Didi, dieser Verräter!«

Äh, ja ... und dann brach ganz plötzlich sein ganz persönliches Leid aus ihm heraus. Didi, dieser herzlose, charakterlose Schmierlappen, dieser Strichjunge, hatte mit ihm Schluss gemacht.

»Ich habe ihm mein Herz geöffnet, und er hat mich verraten! Mit einer Tunte habe ich ihn erwischt! Und statt sich zu entschuldigen, mich um Verzeihung zu bitten, da gibt er mir den Laufpass! Ich bin in meinem ganzen Leben noch nie so verletzt worden ...« Und leise und schmerzvoll stimmte er wie in Trance einen Song aus seinem Musical an: »*How can people be so heartless? How can people be so cruel? How can they ignore their friends ... easy to say no ...*«

Das fragte ich mich auch. Was war diesem Didi bloß in den Kopf gekommen? Oder besser in den Schwanz gefahren? In einem derart aufgelösten Zustand hatte ich Justin ja noch nie erlebt. Wo war sein Humor geblieben, mit dem er stets über den Dingen stand und allen Fährnissen des Lebens trotzte? Was hatte ihm dieser Didi nur angetan?!

Ich holte ein Messer und begann, so gut es in meinem Zustand ging, die Gurke zu schälen, in Scheiben zu schneiden und ihn damit zu füttern. Als die Gurke aufgegessen war, kam die Fleischwurst dran, dann die Paprika und der Tofu. Danach standen wir beide gleichzeitig auf und stürzten ins Klo, wo sich einer in die Toilettenschüssel und der andere ins Waschbecken übergab. Danach nahmen wir uns in die Arme und hielten uns eine Weile ganz fest umschlungen.

»Ich liebe dich, Paula«, sagte Justin schließlich.

»Ich dich auch, Justin.«

Wie jeder dann in seinem Zimmer landete, wusste ich nicht mehr. Am nächsten Morgen jedenfalls erwachte ich angezogen auf meinem Bett. Als ich an Justins Zimmer vorbei zur Toilette ging und durch den Spalt der leicht angelehnten Tür hineinlinste, sah ich ihn ebenfalls auf seinem Bett liegen. Alix und Melli hingegen schliefen eng aneinandergekuschelt auf dem Sofa in der Wohndiele.

Bei einem Blick in die Küche kriegte ich voll den Föhn. Grundgütiger, was war denn hier passiert? Welche Vandalen waren denn über unseren Kühlschrank hergefallen? Aber ehe ich noch Robbie, Jenna und Putzi falsch verdächtigen konnte, stiegen in meiner Erinnerung verschwommene Bilder der nächtlichen Fressorgie auf.

Hm, dann musste Majestät wohl gleich mal Klarschiff machen. Ich nahm eine Dusche, kochte mir einen Kaffee und begann, die Küche aufzuräumen. Der arme Justin, dachte ich dabei, was für ein Arsch musste dieser Didi doch sein, einen so tollen Typen wegen einer Tunte sitzen zu lassen!

Als ich mit allem fertig war, kochte ich einen Tee für Justin und brachte ihn an sein Bett. Ich streichelte ihm grade mitleidig über seinen straßenköterblonden Haarschopf, als er aufwachte.

»Paula?«, fragte er orientierungslos.

»Ich ... ich habe dir Tee gekocht«, sagte ich und fühlte mich einen Moment lang unwohl.

Sicher war es ihm nicht recht, dass ich so einfach in sein Zimmer gekommen war. Außerdem schmerzte mein Kopf, und meine Denke war auch noch nicht wieder richtig in Schwung. Keine idealen Voraussetzungen, um einen Liebeskranken zu trösten. Am besten machte ich ganz schnell den Abflug.

Aber Justin setzte sich auf, trank dankbar den Tee und sah mich fragend an. »Was weißt du?«, sagte er schließlich.

Ich zuckte die Schultern. »Alles.«

»Ah ja. Alles? Auch von Didi?«

Ich nickte. »Tut mir echt leid.«

»Hm.«

»Er ist ein Arsch. Jemanden wie dich verlässt man doch nicht.«

»Das dachte ich auch. War wohl ein Irrtum.«

»Justin, es gibt Bessere. Der hat dich gar nicht verdient.«

»Hm.«

»Du kommst drüber weg.«

Eine Weile herrschte gepflegtes Schweigen.

»Danke, Paula«, sagte Justin dann unvermittelt. »Ich danke dir.« Und in leicht ironischem Tonfall fügte er hinzu: »Es war mir eine Ehre, mit Euch, Durchlaucht, zur Nacht zu speisen.«

Als ich ihn verließ, lag ein schwacher Abglanz des

lustigen Captain-Jack-Sparrow-Grinsens auf seinem Gesicht.

Das würde schon wieder werden.

♡ ♡ ♡

Als ich am späten Vormittag hinunterging, um nach der Post zu sehen, lag ein Brief von der Hausverwaltung im Kasten. Hm. Weder Alix noch Melli hatten eine Ahnung, was der wohl enthalten konnte.

»Die Nebenkostenabrechnung wahrscheinlich«, meinte Melli schließlich und presste die Hand auf ihre schmerzende Stirn. »Mach schon auf, dann haben wir den Schock hinter uns.«

Ein Schock kam dann tatsächlich auf uns zu, aber anderer Art, als wir gedacht hatten. Der Umschlag enthielt nämlich eine Abmahnung unserer Hausverwaltung, mit der wir bisher nie Probleme gehabt hatten. Nicht mal wegen Putzi. Ganz offensichtlich hatten sich die neuen Mieter über uns beschwert. Das war ja wohl die Höhe!

Das fand Alix auch. Sie wuselte wie ein aufgescheuchtes Rebhuhn durch die Wohnung und schlug sich immer wieder mit den Händen an den Kopf. »Ich glaub's ja nicht!« Klatsch. »Wie kommen die auf die Idee, so einen Mist über uns zu verbreiten? Wir sind doch wohl eine absolut ordentliche und leise WG. Ich raste aus.« Klatsch.

»Alix, hör auf damit, du machst mich noch ganz irre. Setz dich! Wir müssen überlegen, was wir tun sollen.« Melli hockte sich an den Küchentisch und goss sich ein Glas Wein ein.

Puh, ich bekämpfte meinen Nachdurst lieber weiter

mit Kaffee. Obwohl ich mir auf den Schock auch liebend gerne eine kleine Dröhnung verpasst hätte. Aber Wein? Nee, so ein Wasserglas Maria Cron von Frau Waschkowski wäre bei dem Anlass wohl mindestens angebracht. Wenn schon, denn schon! Da war ich nicht pingelig. Nur gut, dass wir so etwas nicht im Angebot hatten.

»Sind die bescheuert? Was bilden die sich eigentlich ein? Sind kaum eingezogen und dann gleich so was!« Alix war nicht zu beruhigen.

Ich nahm mir noch mal den Brief vor und las erneut die ungeheuerlichen Anschuldigungen. Uns wurde vorgeworfen, dass wir ständig laute Partys feiern würden, vor allem auch im Treppenhaus. Außerdem würden wir das Treppenhaus täglich mit Zigarettenkippen und -schachteln verdrecken. Lächerlich, unserem Nichtraucherhaushalt so etwas anhängen zu wollen. Von Mellis gelegentlichen Ausrutschern mal abgesehen. Aber selbst sie hatte noch nie im Hausflur geraucht, geschweige denn ihre Kippe dort weggeworfen. Außerdem hätte der Hund ans Treppengeländer uriniert und einen Haufen vor ihre Türe gekackt. Unglaublich! Der war doch in der ganzen Zeit nur ein einziges Mal mit Robbie und Jenna zu Besuch gewesen und litt kein bisschen an Inkontinenz. Aber unsere Nachbarn hatten die wohl im Gehirn! Ganz dicht waren die jedenfalls nicht mehr.

»Die stellen uns dar wie die letzten Penner!« Alix goss sich auch ein Glas Wein ein und leerte es fast in einem Zug.

Das Heftigste war jedoch der Vorwurf, dass bei uns ständig wechselnde Männerbekanntschaften ein und aus gingen, sodass Grund zu der Annahme bestehe, wir würden die Wohnung illegalerweise gewerblich nutzen. Allein schon die Formulierung war der Witz schlechthin.

»Ich lass mich doch nicht als Hure bezeichnen. Wo leben wir hier eigentlich? Wie kommen die überhaupt zu so einer Behauptung? Spionieren die uns nach? Das ist ja wohl der Gipfel!« Alix genehmigte sich noch einen großen Schluck Wein und sah zu Melli rüber. »Jetzt sag doch auch mal was! Oder findest du das okay, dass die deinen Lars und Karlos als Freier diffamieren?«

Melli schwenkte den Wein in ihrem Glas und starrte grübelnd hinein wie in ein Orakel, dann meinte sie: »So eine blöde Tusse! Die beschwert sich doch nur über uns, damit wir uns nicht über sie beschweren. So wie die beim Sex rumkreischt, könnte man eher bei der einen beruflichen Hintergrund vermuten.«

Da konnte ich ihr nur zustimmen. In meinem Zimmer war das Schlafen geradezu unmöglich geworden. Entweder das Gör plärrte, oder die Alte poppte lautstark mit ihrem Typ. Ich hatte eigentlich weder was gegen Babys noch gegen die Lust anderer Leute, aber ich musste wirklich nicht jede Nacht an den damit verbundenen Geräuschen teilhaben. Hin und wieder war ja okay, aber nicht permanent. Gut, die letzte Nacht war sicherlich auch von unserer Seite nicht völlig geräuscharm über die Bühne gegangen, aber das war eine Ausnahme. Wir feierten schließlich nicht jeden Tag Junggesellinnenabschied. Das Baby aber und seine sexbesessene Mama unter uns waren täglich in Aktion.

Auch Alix nickte. »Die Alte ist krank«, sagte sie. »Das fing doch schon gleich nach dem Einzug an, als die sich darüber beschwert hat, dass wir absichtlich mit High Heels durch die Wohnung laufen würden, um sie zu ärgern. Die leidet doch an Paranoia!«

»Und was machen wir nun? Das können wir doch nicht so im Raum stehen lassen.« Wenn ich irgendwas auf den Tod nicht abkonnte, dann waren es Menschen, die über andere Menschen Lügen verbreiteten. »Das ist im Grunde genommen üble Nachrede«, sagte ich wütend. »Die müsste man direkt verklagen.«

Aber davon wollte Alix nichts wissen. »Komm, fang du nicht auch noch an, aus einer Mücke einen Elefanten zu machen. Ich schlage vor, wir gehen zu Frau Waschkowski und besprechen das mal mit ihr. Die hat die Neuen doch auch gefressen, weil die ihren dreckigen Kinderwagen im Flur stehen lassen und sich nie an die Hauswoche halten.«

»Na ja«, sagte ich unentschlossen, »irgendwo müssen die ja den Kinderwagen hinstellen, und Justin nimmt sein Fahrrad auch mit ins Haus. Sauber ist das auch nicht immer.«

Ausgerechnet unseren Hausdrachen als Verbündete auszusuchen, war wirklich nicht die Art von Solidarisierung, die ich schätzte. Ganz unabhängig davon, dass sie mir mit ihrem Maria Cron in einer kritischen Lebenslage Beistand geleistet hatte. Aber das machte sie ja nicht zwangsläufig zu einem sympathischen Mitmenschen.

Doch auch Melli meinte, es könnte nicht schaden, Frau Waschkowski einzubeziehen, weil sie uns vielleicht als Zeugin nützlich sein könnte. Schließlich hatte sie uns seit unserem Einzug überwacht und uns selber das Leben mit ihrem Ordnungstick nicht unbedingt leicht gemacht. Aber illegales Gewerbe?! Darauf war noch nicht mal sie gekommen.

Also gingen wir hinunter zu ihrer Wohnung. Auf unser Klingeln hin machte sie sofort auf, als hätte sie bereits hinter ihrem Türspion gelauert.

»Wollen Se reinkommen?«, fragte sie ausnehmend gastfreundlich, was bei mir sofort ein gewisses Misstrauen weckte.

Zu Recht, denn es stellte sich heraus, dass sie an der Abmahnung nicht ganz unschuldig war. Sie hatte sich nämlich zuerst bei der Hausverwaltung über die neuen Mieter beklagt und zwar anonym. Den Rest konnten wir uns denken. Vermutlich hatten die gedacht, *wir* hätten uns beschwert und sofort eine Retourkutsche gestartet. Na, sauber!

Wir redeten Frau Waschkowski ins Gewissen.

»Gegen eine Beschwerde ist nichts einzuwenden«, sagte Melli, »aber nicht anonym! Warum haben Sie denn nicht Ihren Namen angegeben?«

Sie druckste herum und gestand schließlich, dass sie Schiss gehabt hatte. Nun ja, das war ein verständlicher Grund.

»Der Mann is mir gleich dumm gekommen, und die Frau ... die is kein bisschen besser. Frech is die, sach ich Ihnen ...«

Tja, da hatte sie wohl recht. Auf jeden Fall bestätigte sie uns, dass wir angenehme und saubere Mieter wären.

»Dat sach ich auch, wenn man mich fragen sollte«, versicherte sie uns zum Abschied. »Und von wegen diesem Unsinn mit dem illegalen Gewerbe ... Da machen Se sich mal keine Gedanken, ich weiß doch, dass Se beide verlobt sind, Fräulein Paula und Fräulein Melli.«

Woher sie das von Melli wusste, war mir dann allerdings ein Rätsel. Nun ja, sie hörte ja die Flöhe husten, und vielleicht hatte es ihr einer aus Putzis Fell gesteckt.

»Okay, dann wollen wir uns mal die Neuen zur Brust nehmen«, sagte Melli. »Wie heißen die überhaupt? Die haben bisher nicht mal ein Namensschild angebracht.«

»Vielleicht sind es Mietnomaden«, spekulierte Alix. »Die machen hier so lange Terror, bis man sie rauswirft, und bleiben dann die Miete schuldig.«

Das wäre es ja noch! Und das in unserem schönen Jugendstilhaus. Wir klingelten. Sofort brüllte das Baby wieder los. Die Tür wurde aufgerissen.

»Wat wollen Se?«, fragte eine ungepflegte, nach Rauch stinkende Frau, die nicht viel älter war als wir. Sie hielt das schreiende Baby im Arm und versuchte, ihm einen Schnuller in den Rachen zu schieben.

»Äh, ja, Frau … Wie war noch gleich Ihr Name?«, sagte Alix völlig überrumpelt.

»Tut der wat zur Sache?«

»Nee, eigentlich nicht«, sagte Melli. »Wäre nur höflicher, sich mit Namen anzureden. Ist aber auch egal.«

Ich merkte, dass sie auf hundertachtzig war. »Wir wollten ohnehin nur sagen, dass wir Ihre Diffamierung bei der Hausverwaltung reichlich unverschämt finden. Wie kommen Sie dazu, so etwas zu behaupten?«

»Darüber rede ich mit Ihnen nicht!«, sagte die Tusse und knallte die Tür schneller zu, als wir mit den Augenlidern klimpern konnten. Jesses!

Wir schauten uns perplex an.

»Das war's dann wohl«, meinte Melli schließlich.

»Da müssen wir uns in nächster Zeit ganz schön warm anziehen.«

Was war ich froh, dass eine wunderschöne Eigentumswohnung auf mich wartete, und ich in wenigen Wochen ausziehen konnte.

♡ ♡ ♡

In der Tat waren Karlos und ich mit der Einrichtung der Wohnung inzwischen ein ganzes Stück weitergekommen. Die Küche war eingebaut, und die ersten Möbel waren geliefert worden. Unser Traumschlafzimmer nahm Gestalt an, und in meinem Zimmer waren bereits die Wände in einem warmen Orange gestrichen. Melli hatte mir wieder ein Wandbild nach dem Vorbild einer Tarotkarte gemalt, was Karlos irritiert, aber ansonsten unkommentiert hingenommen hatte.

Ich fand es übrigens süß von ihm, dass er mir eins der kleineren Zimmer überlassen hatte, so als meinen ganz privaten Rückzugsraum, wo ich meine indischen Möbel unterbringen konnte, ohne seine unplüschige Ästhetik zu stören. Die Vorstellung, in unserem neuen Designerwohnzimmer mit meinen Freundinnen die Shisha zu rauchen, war irgendwie absurd. Nein, war schon besser so, wenn kein Räucherstäbchenduft Karlos' Nase reizte. Und da Karlos abends oft noch arbeitete, war es schon gut, dass auch er ein eigenes kleines Arbeitszimmer hatte. Wirklich schön hätten seine Computer im Wohnzimmer oder im Wintergarten ja auch nicht ausgesehen.

»Für jeden ein Zimmer, das schont die Nerven«, hatte auch Alix bei ihrer ersten Besichtigung gemeint.

Es war wirklich eine traumhafte Wohnung! Wenn

sich allerdings mal ein kleiner Karlos oder eine kleine Paula anmelden würden, müsste einer von uns wohl sein Zimmer als Kinderzimmer hergeben. Aber bis dahin würde noch viel Wasser den Rhein runterfließen. Das schreiende Baby unter der WG hatte mir die Lust auf Nachwuchs erst mal gründlich verdorben.

Meine Möbel würde ich dann am Tag vor dem Polterabend rüberbringen. Melli, Alix und Justin hatten mir ihre Hilfe angeboten.

Natürlich wollte auch meine Schwiegermutter die Wohnung unbedingt noch vor der Hochzeit besichtigen, und so verabredeten wir uns mit ihr zum Tee. Ich schleppte Teekanne, Teeschälchen und Stövchen in die neue Wohnung und war grade dabei, einen aromatischen Chai zu kochen, als sie klingelte.

»Ich habe nicht viel Zeit«, sagte sie gleich beim Eintreten und legte gar nicht erst ab. »Machen Sie sich keine Umstände, Paula. Karlos, wenn du mich schnell mal herumführen würdest.«

Sie rauschte im Intercitytempo durch die Räume und ließ sich dann kurz auf einem Hocker an der Essbar nieder.

»Sehr schön«, sagte sie. »Ein sicher nicht ganz billiges Objekt. Ich gehe wohl recht in der Annahme, Karlos, dass ausschließlich du es finanziert hast?«

Ich fühlte, wie mir die Röte ins Gesicht schoss. Was sollte denn diese Perfidie nun wieder? Natürlich hatte Karlos die Finanzierung geregelt. Wo sollte ich schließlich Geld hernehmen? Alles, was ich gespart hatte, war zudem für den sündhaft teuren Verlobungsring draufgegangen. Ich kam nun mal nicht aus einem derart begüterten Elternhaus wie Karlos und hatte auch keinen hoch dotierten Posten bei einer Bank, sondern nur einen schlecht bezahlten Ausbildungsvertrag am Staatstheater. Musste sie mir das jetzt unbedingt unter die Nase reiben?

Karlos war von der Frage seiner Mutter wohl auch nicht sehr angetan, denn er blockte sogleich ab: »Mutter, das tut jetzt wirklich nichts zur Sache. Schön, dass dir die Wohnung gefällt. Wo, sagtest du, wolltest du noch so dringend hin?«

Sie sprang auf und sah mich wieder besonders arrogant über ihre Nasenspitze hinweg an. »Nun gut, wenn man mich hier rauswirft. Aber vergiss nicht, mein Sohn, dass es auch unser Geld ist, das in diese Wohnung fließt und für das wir selbstverständlich eine Sicherheit möchten.« Sie nickte mir mit den Worten »Ich darf mich empfehlen« zu und rauschte davon. Grundgütiger!

Ich war zwar erleichtert, dass sie weg war, aber sie ließ mich ziemlich verunsichert zurück. Ich goss uns Tee ein und fragte Karlos dann, ob sie wirklich Geld in die Wohnung gesteckt hatte und was das mit der Sicherheit bedeuten sollte.

Aber er lachte nur und drückte sich um eine konkrete Antwort. »Ein kleines zinsloses Darlehen«, sagte er, »um kurzfristig eine Finanzierungslücke zu decken. Die Bankzinsen sind selbst für Mitarbeiter im Moment horrend. Warum soll ich einen Kredit aufnehmen, wenn meine Familie das Geld auf der Bank liegen hat?« Das war alles, was er bereit war, zu sagen. »Komm, lass uns zu mir fahren und kuscheln«, meinte er stattdessen.

Aber nach diesem erneuten Stress mit seiner Mutter hatte ich gar keine Lust – jedenfalls nicht auf Sex mit ihm. Garantiert würde ich auch dabei noch an meine Schwiegermutter denken. Total abtörnend!

Ich erschrak bei diesem Gedanken, denn er erinnerte mich nur zu gut an meinen Ex. Und dabei hatte ich gedacht, dass der Tag nie, niemals kommen würde, an dem mir der Appetit auf Sex mit Karlos vergehen würde. Jedenfalls in hundert Jahren nicht. Und nun lag ich auf dem schicken Doppelbett in seinem Apartment, dachte an seine schreckliche Mutter und daran, dass er auch mit Sybille van Straten hier gepoppt hatte und wäre am liebsten aufgestanden und in die WG gefahren.

Aber ich riss mich am Riemen. Das waren nun wirklich keine passenden Gedanken so kurz vor der Hochzeit. Nicht mal die übelste Schwiegermutter konnte so übel sein, dass sie einen derartigen Pessimismus rechtfertigte. Also ließ ich mir von Karlos Stück für Stück die Klamotten vom Leib ziehen und sagte Ja, weil es einfacher war, als Nein zu sagen. Es war das erste Mal, dass ich ihn über meine Lust belog. Ich spielte ihm einen Orgasmus vor und war froh, dass er relativ schnell kam und dann scheintot neben mir wegsackte.

Irgendwann richtete er sich noch einmal leicht auf, küsste mein Gesicht und grunzte: »Du bist so großartig! Hat es dir Spaß gemacht?«

»Hat es, Schatz«, seufzte ich zurück, »wie immer. Du bist so wundervoll.«

Mehr brauchte es nicht. Zufrieden und relaxt schlief er ein. Ich betrachtete ihn und fand ihn süß, wie er da so entspannt und mit sich zufrieden schlummerte. Aber eigentlich ärgerte es mich, dass ich mich von ihm hatte benutzen lassen, denn im

Grunde war es doch nichts anderes. Nur um einen weiteren Konflikt zu vermeiden, hatte ich ihm vorgespielt, er wäre der tollste Hengst der City, statt ihn ehrlich mit meinem Nullbock zu konfrontieren.

Aber er hätte das ja vermutlich ohnehin nicht akzeptiert. Männer kannten dieses Gefühl offenbar gar nicht. Die hatten immer Bock, und wenn eine Frau sagte, dass sie ausnahmsweise mal keinen hatte, dann taten sie es als Ziererei ab, die wir doch nur einsetzten, um ihre Lust und Begierde noch mehr anzustacheln. »Du willst es doch auch« war die Standardfloskel, mit der sie einen dann rumkriegen wollten. Und dann besorgten sie es uns immer besonders engagiert, kitzelten hier, leckten da, drückten, zupften, sabberten, was das Zeug hielt, und brachten nur einen wirklich in Fahrt: sich selbst. Meine Güte, wenn ich daran dachte, welche Bäche von Schweiß Thomas bei solchen Gelegenheiten abgesondert hatte ... Waren Männer und Sex nicht manchmal echt eklig?

»Doch, sind sie«, hatte Alix gesagt, als ich kurz vor der Trennung von Thomas dieses Thema mal angeschnitten hatte. »Ganz schön eklig sogar, also wenn keine Liebe im Spiel ist. Sex ohne Liebe ist einfach scheiße. Ohne Emotionen ist das alles nichts. Also, wenn ich da an den ein oder anderen Quickie denke ... Selbst mit Lars damals ... Das war total perfekt, aber es reichte nicht im Geringsten an das ran, was ich mit Jean-Paul zusammen fühle. Das ist Liebe, Paula. Das ist wirkliche Befriedigung für Körper und Seele.«

»Paula, wenn du keine Lust auf Thomas hast, dann musst du dazu stehen«, hatte auch Melli gesagt. »Sonst bist du dir selbst gegenüber unehrlich. Du erniedrigst deine Weiblichkeit, wenn du dich so von ihm benutzen lässt. Das hält eine Beziehung auf Dauer nicht aus, weil du ihm unbewusst vorwirfst, dass du nur für seine Triebabfuhr herhalten musst.«

»Genau«, stimmte Alix ihr zu. »Da fragst du dich doch, warum kann der Typ nicht in eine Flasche onanieren?!«

Sie nun wieder! Aber Melli meinte es ernst und schien ein Kolloquium über das Thema halten zu wollen. »Ehrlich, du nimmst es ihm auf jeden Fall unbewusst übel, und jedes Mal, wenn du es mit ihm getan hast, ohne dass du Bock drauf hattest, wird ein bisschen von eurer Liebe verbraucht. Der Ärger, den du auf ihn und auch auf dich selbst hast, knabbert jedes Mal ein Stückchen von der Liebe weg.«

Ja, das hatte Melli damals wirklich so gesagt. Ich schaute Karlos an, wie er ruhig atmend neben mir lag. War unsere Liebe nun auch angeknabbert? Ich war verunsichert. Andererseits war es ja auch eine Ausnahmesituation. Ich war permanent unausgeschlafen und darum total gestresst. Vermutlich sah ich alles viel zu schwarz, interpretierte in ganz harmlose Dinge zu viel hinein und war einfach zurzeit nicht wirklich zurechnungsfähig.

Aber eins musste ich für mich doch klarstellen. Ich hatte mich von Karlos nicht benutzen lassen, sondern ich hatte ihm den Sex heute geschenkt. Es kam schließlich darauf an, wie ich mich subjektiv dabei fühlte, und darum war es auch dieses eine Mal okay. Schließlich wussten wir doch beide, dass unsere Liebe mehr war als Sex und dass das Herz genauso wichtig war wie das Becken. Glück entstand schließlich nicht allein durch den gleichartigen Rhythmus der Körper.

Ich strich Karlos über die noch feuchte Stirn, küsste ihn sachte, kuschelte mich an ihn und entspannte nun endlich auch. Ich schloss die Augen und dachte, dass ich ihn trotz seiner Mutter gerne heiratete, einfach, weil ich ihn liebte.

Als ich jedoch Alix in einem schwachen Augenblick davon erzählte, fand sie das sehr alarmierend. Nicht, dass ich mal keinen Bock auf Karlos hatte, so was kam vor, meinte sie locker, sondern, dass mich seine Mutter so sehr stresste.

»Diese Frau ist eine Hexe, ich habe es immer gesagt«, meinte sie. »Die hat sich noch längst nicht geschlagen gegeben. Die kriegt es fertig und schmeißt dir noch auf dem Weg zum Traualtar einen Stock zwischen die Beine.«

Ich winkte genervt ab. Nicht schon wieder dieses Horrorszenario von der bösen Schwiegermutter!

»Was heißt Horrorszenario?! Als deine beste Freundin möchte ich einfach nicht, dass du sehenden Auges in dein Unglück rennst. Man darf sich einem Mann nicht so sehr anpassen, dass man dafür seine eigene Persönlichkeit völlig umkrempeln muss, und man darf auch nicht in Kauf nehmen, von so einer neureichen Tante derart mies behandelt zu werden.«

Auch Melli schüttelte den Kopf. »Nee, Paula, das ist echt nicht sexy!«

Ich fuhr wütend hoch. »Das muss auch gar nicht sexy sein! Es ist vernünftig und erwachsen! Man kann nicht alles haben. Meine Schwiegermutter hat nun mal das Geld. Nur von Romantik kann man sich keine Eigentumswohnung kaufen!«

»Das sagst ausgerechnet *du*, Paula?« Es war Justins Stimme, die ungläubig von der Dielentür herüberdrang.

Ich drehte mich im Sessel um und sah ihn attraktiv und lässig am Rahmen lehnen, ein verschmitztes Lächeln auf den Lippen. Na, dem ging es wohl wieder ziemlich gut. Da war er ja schnell über seinen Liebeskummer hinweggekommen.

»Dabei habe ich dich immer für die personifizierte Romantik gehalten. *Von Apfelblüten einen Kranz … ah!«* Er schmetterte uns die Arie aus *Das Land des Lächelns* entgegen, dass das Schmalz an den Wänden der Wohndiele heruntertropfte.

»Warst du in *Kirschblüten – Hanami?*«, fragte Melli fies.

Justin schüttelte den Kopf. »Das hebe ich mir für den Eintritt ins Rentenalter auf. Da stoße ich mit Doris Dörrie dann auf die Lola für ihr Lebenswerk an.« Er ging an uns vorbei in die Küche, wo er hörbar seine beiden Einkaufstüten auf den Tisch donnerte. »Nein, ich war im Fischladen, heute gibt es Sushi.« Er summte eine weitere Melodie aus der Operette und schien sich gleich ans Werk machen zu wollen.

»Ich wette, Justin hält sich selbst mal wieder für so genial, dass er sich am liebsten klonen lassen würde«, muffelte Melli angesichts seiner blendenden Laune.

»Na ja«, sagte ich und versuchte, seinen Frohsinn zu erklären, »entweder ist er über seinen Liebeskummer hinweg oder er hat sich mit Didi wieder versöhnt.«

Letzteres schien Melli gar nicht zu gefallen. »Ich

geh dann mal wieder an die Arbeit«, sagte sie kurz angebunden und stand auf. Während sie zu ihrem Atelier ging, rief sie Justin in Richtung Küche zu: »Hast du mal Sushi vom Fugu-Fisch probiert? Kann ich sehr empfehlen, ist fast so spannend wie Russisches Roulette!«

Sie grinste frech, als Justin den Kopf aus der Küche steckte und sagte: »Danke, habe grade keinen Bedarf, aber falls du deine selbstmörderische Ader nicht mehr mit Opiaten und Alkoholexzessen ausleben willst, kann ich gerne mal nachfragen, ob es irgendwo ein Fugu-Menü gibt. Das spendiere ich dir gerne. Vielleicht kriege ich dafür ja dann die Verlängerung meines Mietvertrags.«

»Arsch!«, war alles, was Melli als Kommentar dazu einfiel.

Hm, sie war auch schon mal schlagfertiger.

♡ ♡ ♡

Am Freitag hatte ich dann meinen ersten Termin als Hochzeitsfriseurin. Die Anfrage war ganz überraschend gekommen, denn ich hatte zwischenzeitlich überhaupt nicht mehr daran gedacht, dass ich mich auf der Hochzeitsmesse ja in eine Kartei bei einer Hochzeitsagentur hatte eintragen lassen. Aber nachdem ich jetzt nur noch einen schlecht bezahlten Ausbildungsvertrag am Theater hatte, war dieser Nebenjob natürlich richtig wichtig geworden. Gut, dass ich vormittags oft frei hatte. So auch diesen Freitag, und da passte das prima.

Frau von Raven hatte auch nichts dagegen. »Solange es unsere Arbeit nicht stört, gerne, Paula«, hatte sie gesagt und mir damit ihre Genehmigung gegeben. »Ich weiß ja, dass du finanziell etwas knapp bist.«

Also machte ich mich voller Elan auf den Weg zu meinem ersten Auftrag als Hochzeitsfriseurin. Die Adresse sagte mir zunächst nichts, aber als ich die Braut sah, fiel ich aus allen Wolken.

»Susi!«, rief ich vollkommen verblüfft aus, als sie vor mir stand.

Das war ja vielleicht lustig, denn Susanne war eine ehemalige Schulkameradin von mir, die ich eigentlich immer sehr gerne gemocht hatte. Allerdings hatten wir uns nach dem Abitur schnell aus den Augen verloren, weil sie in die Schweiz gegangen war, um zu studieren. Dass sie nun fast zur gleichen Zeit heiratete wie ich und ich auch noch ihre Hochzeitsfriseurin war, fanden wir beide total spaßig.

Allerdings merkte ich sehr bald, dass zwischen meiner Hochzeit und ihrer nicht nur Welten, sondern Zeitalter lagen, als wäre ich in eine andere Epoche versetzt worden. Pilgerväter oder so. Das lag nicht nur daran, dass ihr Hochzeitskleid, welches sie mir sofort stolz zeigte, noch von ihrer Großmutter aus den Dreißigerjahren stammte, sondern vor allem an dem ganzen Drumherum. Alles war einerseits irgendwie ländlich-rustikal, andererseits aber auch reichlich esoterisch angehaucht.

Susanne wünschte sich ihre langen rotblonden Haare in einem geflochtenen Kranz um den Kopf gelegt und mit Margeriten besteckt, was ich schlichtweg für eine geschmackliche Zumutung hielt, ihr aber dennoch nach bestem Wissen und Gewissen frisierte.

Spiel ich die Unschuld vom Lande, so still bescheiden und rein ... tralala!

»Du musst unbedingt zur Trauung bleiben«, meinte sie, und da ihr Vater der Vorsteher irgendeiner exotischen Glaubensgemeinschaft in unserer Stadt war, fand die gleich nebenan in deren Gemeindehaus statt.

Da es mich natürlich brennend interessierte, wie so eine Hochzeit ablief, ließ ich mich nicht lange bitten. Auch wenn ich nicht ganz passend gekleidet war, war ich doch viel zu neugierig, um die Einladung auszuschlagen.

Sehr spannend war es dann allerdings nicht. Der Vater der Braut führte Susanne zum Altar und der Vater des Bräutigams den zukünftigen Ehemann. Der Prediger hielt eine ziemlich lange Predigt, dann spielte ein Streicherquintett, danach las der Bräutigam ein paar Stellen aus der Bibel. Dann knieten die Brautleute nieder, und der Prediger band eine Schärpe um ihre Hände und erklärte sie zu Mann und Frau. Dann traten die Mütter von Braut und Bräutigam zu ihnen und legten ihre Hände auf die Köpfe der Braut. Tja, und dann machte ich schleunigst den Abflug, denn es fielen Worte wie »Sei seine treue Dienerin«, »Dein Leib sei gesegnet und fruchtbar«, »Schenke ihm viele Kinder« und so weiter.

Als ich Alix davon erzählte, nickte sie nur bestätigend. »Genau das habe ich auch von Susi erwartet. Wetten, dass sie in neun Monaten Zwillingen das Leben schenkt und in weiteren neun Monaten der nächsten Niederkunft entgegensieht?«

Ich schüttelte den Kopf, weil ich es einfach nicht wahrhaben wollte. Zugleich war ich mir aber leider ziemlich sicher, dass Alix recht hatte.

»Nimm's leicht«, meinte Melli am Abend. »Du musst ihr ja nicht nacheifern. Das Schöne an unserer

Gesellschaft ist doch, dass heute jeder nach seiner Fasson selig werden kann. Also darf auch jeder Hochzeit und Ehe nach seinen individuellen Bedürfnissen gestalten. Wenn es für Susi passt, okay, lass sie. Du kannst es ja anders machen und tust das hoffentlich auch.«

Ich grinste. »Eine Sache wird ganz bestimmt anders sein«, sagte ich grinsend. »Bei mir gibt es garantiert keinen Linseneintopf aus der Gulaschkanone als Hochzeitsessen.«

♡ ♡ ♡

Ein paar Tage später kam Robbie mit Jenna und Putzi, um noch einmal über seinen Einzug in mein Zimmer zu reden. Alix' Mutter wollte die Miete übernehmen, und so wäre eigentlich alles in Ordnung gewesen. Aber es gab ja noch Putzi. Und Putzi war nun mal ein ziemlich großer Hund, und Melli behauptete nach wie vor steif und fest, dass sie auf Hunde allergisch reagierte. Ich hatte zwar bei den zahlreichen Besuchen, die Putzi bereits in der WG gemacht hatte, und auch während der Zeit, als er vorübergehend bei Justin einquartiert war, an Melli keine besonderen Krankheitszeichen entdeckt, aber wir kamen um ihre Einwilligung nicht herum. Ohne Melli kein Putzi, ohne Putzi kein Robbie. Eine vertrackte Situation.

Ich holte Melli dazu. »Guck doch mal«, sagte ich, »der Putzi ist doch *so* lieb.«

»Ich habe auch nie etwas anderes behauptet«, sagte sie, »aber ich kann nun mal keine Hunde ab, egal, ob sie lieb sind oder fiese Bestien.«

»Aber Putzi bleibt in meinem Zimmer«, bettelte

Robbie. »Wenn du das willst, dann mache ich das so, Melli. Echt! Wir sind doch gute Kumpel, du und ich, und Putzi tut echt nix.«

»Es ist doch auch nur vorübergehend«, sagte Alix. »Über die Semesterferien. Bis wir dann eine Nachmieterin für Paula gefunden haben.«

Justin kam hinzu und schlug sich ebenfalls auf die Seite von Putzi. Der hatte an dem Vieh ohnehin einen Narren gefressen. Es ging noch eine Weile heftig hin und her, und dann schlich sich Putzi zu Melli und legte seinen Kopf auf ihre Knie und sah sie unverwandt mit seinen großen braunen Augen an. Ganz still saß er und guckte nur.

»Also meinetwegen«, sagte sie schließlich und sprang auf. »Wie soll man eurem versammelten Psychoterror widerstehen? Aber wehe, der Köter taucht in der Küche oder im Bad auf, dann liefere ich ihn eigenhändig ans Tierheim aus! Verstanden?«

Der Jubel bei Robbie und Jenna war riesengroß. Ich erklärte ihnen, dass ich am Tag vor dem Polterabend meine Möbel zum Theaterwall rüberbringen würde, und sie boten mir sofort ihre Hilfe beim Umzug an. Prima! Natürlich nahm ich die gerne an.

»Dann gebe ich dir schon mal einen Schlüssel, Robbie, und ihr könnt ein bisschen streichen und am Monatsersten einziehen.«

Ich begleitete die beiden hinunter, weil ich noch mal kurz in die Stadt wollte. Robbie war total glücklich. Und dann passierte es.

Genau vor der Wohnung der neuen Mieter setzte Putzi einen gewaltigen Haufen ins Treppenhaus. Ach, du liebes bisschen!

Aber als Jenna und Robbie panisch nach Papier und

Plastiktüte in ihren Taschen kramten, sagte ich mit einem fiesen Grinsen: »Lasst liegen, Leute, den Haufen hat Putzi gut, denn die Beschwerde dafür haben wir schon vor ein paar Tagen bekommen.«

Tja, und dann ging plötzlich alles rasend schnell. Wie verabredet erschienen Jenna und Robbie am Tag vor dem Polterabend, um bei meinem Umzug zu helfen. Karlos hatte sich freigenommen und einen kleinen Möbelwagen organisiert, mit dem wir mit nur einer Fuhre alles in die neue Wohnung transportieren konnten. Als meine Möbel dort in meinem Zimmer standen, war ich total glücklich.

Zurück in der WG beseitigte ich die letzten Umzugsspuren, wischte und verschmierte ein paar Löcher in der Wand, und plötzlich überkam mich doch das heulende Elend, denn immerhin ließ ich ja meine besten Freundinnen zurück. Und nicht nur sie ... Irgendwie ging nun endgültig meine Jugend zu Ende. Paula würde nun plötzlich ganz richtig erwachsen sein. Ich schluckte.

»Komm, Paula, die Würstchen sind heiß«, rief Justin aus der Küche, wo auch schon Kartoffelsalat und Kaffee standen.

»Na, Paula, ein bisschen Abschiedsschmerz?«, fragte Alix.

Ich nickte betrübt. »Ich will euch nicht verlassen«, jammerte ich. »Ich möchte weiter Spaß mit euch haben.«

Alix knuddelte mich lachend. »Den werden wir haben, Süße«, sagte sie. »Wir bleiben doch beste Freundinnen. Versprochen ist versprochen und wird auch nicht gebrochen! Klar?«

Ich nickte und biss in mein Würstchen. Klar!

♡ ♡ ♡

Polterabend! Ich hätte ja darauf verzichten können und Karlos, glaube ich, auch, aber meine Freundinnen nicht.

Alix bestand auf diesem Event. »Paula, der Polterabend ist das lustigste Fest bei einer Hochzeit. Alles locker, ganz zwanglos und wirklich mit den Leuten, die dir wichtig sind: deine richtigen Freunde, die Leute, mit denen du arbeitest und zusammenwohnst, Menschen, mit denen du tagtäglich zu tun hast, die aber bei dem steifen Empfang nach der standesamtlichen Trauung oder gar beim Dinner am Tag der kirchlichen Hochzeit völlig deplatziert wirken würden.«

Ich kicherte. Na, da wüsste ich einige, die das auch tun würden und dennoch genau an diesem Dinner oder diesem Empfang teilnehmen würden. Aber im Prinzip hatte sie ja recht, allein, wenn ich an ihren Bruder Robbie dachte, mit dem mich ja dadurch, dass wir ihn eine Weile in der WG einquartiert hatten, auch einiges verband. Es war eine wirklich tolle Gelegenheit, mit Menschen zu feiern, die meinen Schwiegereltern garantiert nicht ins Konzept passten. Natürlich dachte ich auch an Mellis Kumpel von der Kunsthochschule, die immer für Überraschungen gut waren, wie zum Beispiel Boris.

Und nun war es so weit. Pat hatte uns wirklich den Irish Pub am Freitagabend zur Verfügung gestellt, und es konnte nach Herzenslust gepoltert werden. Ein riesiger Scherbenhaufen hatte sich inzwischen vor dem Eingang aufgestapelt, und immer noch brachten Freunde von mir oder Karlos kartonweise Porzellan an, um es unter lautem Gejohle zu zerdeppern.

Himmel, die hatten wohl im Kaufhaus sämtliche Sonderangebote aufgekauft. So viel altes Geschirr hatte doch niemand zu Hause. Obwohl … Als Boris mit Kurtchen ankam, taten beide sehr geheimnisvoll, zogen dann ein paar Sake-Schälchen heraus, gossen Reisschnaps hinein und sprachen ein paar rituelle Beschwörungsformeln. Dann legten sie mir und Karlos eine Seidenschärpe mit japanischen Zeichen um, streuselten uns etwas Reis aufs Haupt und donnerten dann die Sake-Schälchen auf die Erde, wo sie natürlich auch gleich zu Bruch gingen.

»Und?«, fragte ich. »Was war das jetzt, Boris?«

»Jetzt seid ihr nach japanischem Brauch Mann und Frau.«

»Geil«, kicherte ich, »dann können wir ja den Rest der Hochzeit absagen.« Was für ein herrlicher Gedanke – die Hochzeit ganz ohne Schwiegermutter.

Aber Karlos meinte ehrlich bedauernd: »Aber dann sehe ich ja dein tolles Hochzeitskleid gar nicht. Du hast mir doch so davon vorgeschwärmt. Nein, Paulchen, das kannst du mir nicht antun. Ich würde mein Leben lang das Gefühl haben, bei meiner Hochzeit etwas ganz, ganz Wichtiges versäumt zu haben.«

»Ach, geh!«, neckte ich ihn. »Was kann wichtiger sein als unsere Liebe, und die braucht doch kein Hochzeitskleid, wenn sie von Boris, dem Erleuchteten, mit Reiskörnern gekrönt wird.«

Karlos lachte, wir knutschten und begrüßten dann die nächsten Gäste. Unglaublich, wer alles mit uns poltern wollte. Und dabei hatten wir gar nicht mal offiziell eingeladen, sondern ganz auf die Mund-zu-Mund-Propaganda vertraut.

Ein leichter Schlag traf Alix, als sie plötzlich Professor Kiesling erspähte. Der musste sich aber wirklich hierher verlaufen haben. Hatte er nicht! Er war vielmehr mit unserem Hausbesitzerehepaar erschienen und stellte sich als der Professor heraus, der in dem kleinen Dachapartment über unserer Wohnung wohnte.

Er begrüßte Alix ausgesucht höflich und meinte dann mit einem ironischen Lächeln: »Tja, die Welt ist klein, Fräulein Auwald, falls Sie mal wieder Interesse an einem Kolloquium zur Examensvorbereitung haben sollten, privatim et privatissime, Sie wissen ja nun, wo ich wohne.«

Ganz schön unverschämt, fand ich, aber Alix schaute ihm mit faszinierten Stielaugen hinterher, als er mit wiegendem Schritt in den Pub ging.

»Okay, er sieht aus wie George Clooney, aber er ist ein Arsch! Lass die Finger von ihm«, riet ich ihr.

Gott sei Dank tauchte in dem Moment Jean-Paul auf, nahm Alix in den Arm und knutschte ihr Kiesling aus dem Hirn.

Wieder ging eine ordentliche Ladung Porzellan zu unseren Füßen zu Bruch. Diesmal hatten Sophya und Sean sich ausgetobt, und so ging es noch eine ganze Weile weiter. Drinnen schienen sich alle sauwohl zu fühlen, und nachdem reichlich Guinness geflossen und das kalte Büfett nahezu abgeräumt war, löste eine spontane Karaokerunde die irischen Geiger ab, die Pat tatsächlich engagiert hatte.

Natürlich musste ich auch ein paar meiner Lieblingslieder singen, und die Stimmung war einfach super, bis plötzlich Thomas auf der Bühne stand und den Elvis-Hit *Love me tender* anstimmte. Er war voll wie eine Strandhaubitze, und es war nicht nur peinlich, sondern absolut eklig, wie er plötzlich anfing, sich Stück für Stück die Klamotten vom Leib zu reißen und einen Striptease hinzulegen. Mir wurde echt übel.

»Ich kotze gleich«, zischte ich Melli zu. »Mach die Karaokemaschine aus! Das ist ja grausam!«

Aber es war zu spät. Schon schob er seinen Slip runter und schmachtete dabei ins Mikro: »Oh, Paula, komm her und besorg es mir!«

Das tat dann aber jemand anders. Karlos hatte nun wohl endlich gerafft, dass diese bemitleidenswerte Kreatur dort auf der Bühne nicht irgendein Not leidender Stripboy war, sondern mein Ex, den er ohnehin gefressen hatte. Er stürmte auf die Bühne, riss Thomas das Mikro aus der Hand und schubste ihn in die johlende Menge.

»Geht sanft mit ihm um«, sagte er anschließend ins Mikro, »ihr habt ja gehört, er liebt es *tender*!«

Lautes Gewieher erschallte ringsum, als Thomas von einem zum anderen durchgereicht wurde. Als ich ihn noch einmal sah, schlich er sich mit einem Socken über der Nudel und ein paar von seinen Klamotten unter dem Arm ins Herrenklo. Am besten spülte er sich da gleich runter, dachte ich mitleidlos und beschloss, ihn nun für immer und ewig zu vergessen.

Diesen peinlichen Auftritt von Thomas verbuchte ich unter der üblichen Dosis Chaos, die zu einer solchen Veranstaltung einfach dazugehörte. Er hatte mich persönlich zwar sehr getroffen, aber der allgemein ausgelassenen Stimmung hatte die Aktion keinen Abbruch getan. Pats Geiger fiedelten nach diesem kleinen ungeplanten Zwischenspiel wieder ihre traditionelle irische Folklore, und das Bier floss weiter in Strömen. Irgendwann gegen Morgen würden wir vermutlich alle schnarchend unter den Tischen liegen.

Aber jetzt war der Abend ja noch relativ jung, und weil Karlos sich an einen Tisch zu seinen Kumpels gesetzt hatte und ich nur wenige von denen kannte, gesellte ich mich auf ein Schwätzchen zu Sophya und Sean, die klammheimlich vor Kurzem auf ihrer Indienreise geheiratet hatten, und eine ziemliche Zufriedenheit, wenn nicht gar Glück ausstrahlten.

»Paula, ich freue mich ja so für dich«, meinte Sophya strahlend. »Und ich habe gehört, ihr habt auch schon eine schöne Wohnung. Dazu kann ich dich nur beglückwünschen. Du glaubst gar nicht, wie toll es für uns war, endlich in eine gemeinsame Wohnung ziehen zu können.«

Doch, das konnte ich mir schon sehr schön vorstellen, und ich freute mich darum auch riesig darauf. Obwohl meine Schwiegermutter diesen Stunk mit der Sicherheitsleistung gemacht hatte. Was sie damit gemeint hatte, war mir immer noch nicht ganz klar.

Sollte es aber bald werden. Denn als ich ganz beiläufig zur Tür schaute, stand sie plötzlich da: meine Schwiegermutter! Echt und leibhaftig, wie der Belzebub persönlich. Es fehlten nur noch Pulverdampf und Schwefelduft, um ihrem Auftritt den perfekten höllischen Rahmen zu geben.

Was zum Teufel wollte die denn hier? Wir hatten unseren Eltern doch ausdrücklich gesagt, dass dies eine Party für junge Leute sein würde, sehr zwanglos, und dass darum Eltern und Schwiegereltern nicht wirklich erwünscht waren. Meine Eltern jedenfalls hatten sich daran gehalten, und obwohl meine Mutter hier sicherlich gut hergepasst hätte, sah sie ein, dass sie dieses Opfer für mich bringen musste, um mir wenigstens eine Feier ohne Schwiegermutter zu ermöglichen. Und nun schien dieses Opfer völlig umsonst gewesen zu sein. Wie ärgerlich! Na, vielleicht rief ich sie nachher einfach mal an und fragte, ob sie noch Lust hätte vorbeizukommen.

»Was will denn deine Mutter hier?«, fragte ich Karlos aber erst mal. Denn, dass sie ohne einen handfesten Grund und nur so zum Spaßvergnügen hier auflief, glaubte ich nun doch nicht.

Karlos zuckte die Schultern, murmelte: »Keine Ahnung«, und ging dann wenig erfreut über ihr plötzliches Auftauchen zu ihr rüber, um sie zu begrüßen.

Alix raunte mir ins Ohr: »Pass auf die Alte auf, die führt doch bestimmt wieder was im Schilde.«

Tat sie. Zwar setzte sie sich erst eine Weile an einen Tisch und beobachtete mit einem leicht angewiderten Ausdruck im Gesicht das ausgelassene Treiben, aber als dann Pats irische Geiger für Karlos und mich einen Hochzeitstanz spielten und sich dabei das halbe Lokal in Riverdance verwandelte, stand sie abrupt auf und verließ das Lokal.

Ich atmete erleichtert auf und tanzte weiter mit verschränkten Armen Karlos an, der sich ganz gut als steppender Ire machte. Als dann die Geigen mit einem irren Gefiedel zum Höhepunkt kamen, konnten wir einfach nicht mehr mithalten und taumelten keuchend und schwitzend vor die Tür.

Der Schock warf mich fast um, denn ich wäre um ein Haar in meine Schwiegermutter hineingestolpert, die draußen offenbar die ganze Zeit auf uns gewartet hatte.

»Karlos, ich gehe dann«, sagte sie auch sofort, als sie uns erblickte. »Ach ja, was ich noch sagen wollte: Dein Vater hat den Ehevertrag mit unserem Notar aufgesetzt. Ihr könnt ihn morgen um elf Uhr in der Kanzlei unterschreiben.«

»*Ehevertrag*?!« Ich stieß das Wort aus wie einen obszönen Schrei. »Was für ein Ehevertrag?« Ich drehte mich zu Karlos herum. »Du willst einen Ehevertrag mit mir machen?«

Ich konnte es nicht fassen. Warum sagte er denn nichts? Er stand nur stumm und blöd in der Gegend herum. Das hatten sich die Möllerings ja fein ausgedacht. Fünf Minuten vorm Standesamt konnte man der dummen Paula ja noch rasch einen Ehevertrag unterschieben.

»Was für einen Ehevertrag?«, fragte ich noch einmal aufgebracht. »Was für einen verdammten fucking Ehevertrag?«

Nun mischte sich Karlos' Mutter ein. »Aber ich muss doch sehr bitten. Etwas Contenance. Oder schwimmen Ihnen nun Ihre Felle weg, Sie kleine Mitgiftjägerin? Von Karlos' Erbe jedenfalls werden Sie keinen Cent durch diese Heirat bekommen. Traurig, nicht wahr? Aber Sie haben doch nicht allen Ernstes geglaubt, dass wir tatenlos zusehen, wie Sie sich das Vertrauen unseres Sohnes erschleichen, ihn ausnehmen wie eine Weihnachtsgans und dann nach einer von Ihnen provozierten Scheidung mit der Hälfte seines Vermögens verschwinden. Nein, meine Liebe, das hat mein Karlos wirklich nicht verdient.«

Ich starrte *ihren* Karlos an, den ich noch vor wenigen Augenblicken für *meinen* Karlos gehalten hatte. Warum sagte er denn nichts, sondern stand nur rum wie ein Ölgötze?

Doch, jetzt machte er endlich den Mund auf, aber nur, um ein halblautes »Mutter!« zu stöhnen.

Danke, Mutter! Hau ab, Mutter! Du hast recht, Mutter! Lass uns in Ruhe, Mutter? Wie kannst du Paula das antun, Mutter? Was denn nun! Mutter! Mutter! Mutter! War das vielleicht eine klare Stellungnahme?

Meiner Schwiegermutter reichte es offenbar. »Gut, dann vergiss es nicht, Karlos. Morgen um elf. Dein Vater wird ebenfalls dort sein.« Und bevor sie in das Taxi stieg, das offenbar die ganze Zeit auf sie gewartet hatte, nahm sie eine feine Porzellanteetasse aus ihrer Handtasche und warf sie in einer symbolischen Geste auf den Scherbenhaufen. »Nun schauen Sie nicht so verschreckt, Paula«, sagte sie mit einem intriganten Lächeln. »Sie können sich doch freuen. Solange Sie sich gut benehmen und Karlos mit ihnen zufrieden ist, werden Sie auch ohne sein Vermögen ein angenehmes Leben haben. Wir sehen uns zur kirchlichen Hochzeit auf Schloss Wolfenstein. Guten Abend.«

»Kirchliche Hochzeit?! Eine Hexe wie Sie hätte die Kirche früher verbrannt, aber bestimmt nicht eine kirchliche Hochzeit ausrichten lassen! Mit mir müssen Sie nicht rechnen!«, schrie ich dem abfahrenden Taxi nach.

Einen Moment lang stand ich wie versteinert am Rand des riesigen Scherbenhaufens, den die Gäste unseres Polterabends angerichtet hatten. Er war nichts gegen das Porzellan, das meine Schwiegermutter grade zerschlagen hatte, und ich meine damit nicht nur ihre Teetasse.

♡ ♡ ♡

Highway to Heaven – Achtung! Umleitung!

Ich drehte mich um, stürzte an dem bestürzten Karlos vorbei in den Pub, riss meine Jacke und meine Handtasche aus der Garderobe und rannte wieder nach draußen. Diesmal lief ich genau in Karlos rein, der nun ebenfalls aus seiner salzsäulenhaften Erstarrung erwacht war.

Er hielt mich fest. »Wo ... wo willst du denn hin, Paula?«, fragte er und wirkte dabei irgendwie apathisch. »Ich ... äh ... Hör mir doch mal zu!«

Aber ehe er noch anfangen konnte, das Geschehene schönzureden, riss ich mich von ihm los und semmelte mich vor dem Eingang erst mal in den Scherbenhaufen. Karlos half mir auf, aber ich stieß ihn mit meinen aufgeschürften Händen zurück.

»Lass mich!«, kreischte ich. »Fass mich ja nicht an! Geh zu deiner geldgeilen Sippe, aber lass ja deine Finger von mir!«

»Aber ich ... ich will dir doch nur helfen, Paula. Du ... du blutest ...«

Ich schlug ihm mit meiner Handtasche auf die Hand, die meinen Arm festhielt. »Deine Mutter hat so unglaublich viel Porzellan in meiner Seele zerschlagen, da machen die paar Kratzer jetzt auch nichts mehr!«, schrie ich ihn dabei an.

Im selben Augenblick schickte mir das Schicksal freundlicherweise ein Taxi vorbei, das auch noch leer war. Ich stolperte so plötzlich auf die Straße, dass der Fahrer nur durch eine Vollbremsung verhindern konnte, mich über den Haufen zu fahren. Mit quietschenden Reifen rutschte der Wagen direkt vor meine Füße. Ich riss die Beifahrertür auf und warf mich auf den Sitz.

»Fahren Sie!«, schrie ich. »Fahren Sie, um Gottes willen, geben Sie Gas, Mann!«

Der Typ war offenbar ziemlich abgeklärt, denn er tat genau das, was ich von ihm verlangte. Wie eine Rakete zischte das Auto davon, und der noch an der Beifahrertür rüttelnde Karlos wurde wie von einer riesigen Faust einfach zur Seite geschleudert.

»Und wo soll es hingehen, schöne Frau?«, fragte der Taxifahrer, nachdem wir erst mal ein paar hundert Meter auf dem Ring gefahren waren.

Ja, wohin? In die WG? Mein Zimmer dort war leer geräumt. In die neue Wohnung am Theaterwall? Sie gehörte mir nicht und würde mir auch in Zukunft nicht gehören, wie ich grade erfahren hatte. Was also sollte ich dort noch?

»Zum Bahnhof«, hörte ich mich sagen. »Meinen Sie, es geht noch ein Zug ins Ruhrgebiet?«

Er dachte kurz nach. »Früher gab es den Warschauexpress, der fuhr bis Paris durch. Ich glaube, der ging auch durch den Ruhrpott.«

Toll, früher nützte mir jetzt nichts. »Und heute, fährt heute noch ein Zug?«

»Keine Ahnung, aber wenn Se selber mal gucken wollen? Wir sind da. Macht sechs Euro fuffzig.«

Ich gab ihm sieben und stürzte zum Infotresen. Ich

hatte Glück. Auf Gleis sieben lief grade eine Regionalbahn ein, mit der ich in der nächsten Stadt einen ICE nach Amsterdam erreichen konnte, und der fuhr sogar über Recklinghausen. Ich erwischte den Zug tatsächlich noch, und als ich mich nach dem Umsteigen in den Polstersitz des Abteils fallen ließ, begannen mir die Tränen haltlos übers Gesicht zu laufen. Ich schloss die Augen und sah das liebe Gesicht meiner Oma aus Wanne-Eickel vor mir. Meine einzige Zuflucht in dieser bösartigen Welt, die keine Liebe mehr kannte, sondern nur noch Geld und Besitz. Sollten Karlos und seine Familie doch auf ihrem Geldsack hocken bleiben. Ich wollte davon nichts haben. Sie würden schon noch merken, dass man sich damit keine Liebe kaufen konnte. Jedenfalls nicht die Liebe von Paula Meyer, der kleinen Friseurin mit dem großen Herzen, das grade zerbrach.

Gib mir mein Herz zurück, bevor es auseinanderbricht …

Natürlich war ich reichlich alkoholisiert, und so nickte ich wohl trotz meines Schmerzes ein wenig ein. Denn als ich die Augen wieder öffnete, saß mir ein Mann gegenüber, der vorher nicht dort gewesen war. Na, egal.

Mir war schlecht. Nicht so sehr im Magen, sondern von der Seele her. Das gab es, dass einem bis ins allertiefste Innere alles zuwider war, dass man meinte, man könnte sich die Seele auskotzen …

Polterabend! Der hatte seinem Namen, weiß Gott, alle Ehre gemacht und wie es gepoltert hatte. Erst war das billige Warenhausgeschirr zu Bruch gegangen, dann meine Nerven und schließlich mein Herz.

Le cœur est fragile – drive carefully!

Natürlich war das mal wieder eine typisch paulanische Kurzschlusshandlung, einfach nach Wanne zur Oma abzuhauen, aber konnte mir vielleicht mal jemand sagen, wo das hinführen sollte, wenn ich Karlos unter solchen Umständen heiratete? Mit Thomas war ich ja noch fertig geworden, aber musste auch noch Karlos' Mutter diese Menagerie absonderlicher Persönlichkeiten mit ihrem Auftritt bereichern?

Ehevertrag! Das hatte sie sich fein ausgedacht, und Karlos hatte auch noch mitgespielt! Mich so zu überrumpeln, drei Tage vor der standesamtlichen Trauung. Was für eine bodenlose Gemeinheit. Und was hatte Karlos getan? Er hatte danebengestanden und seine Mutter machen lassen. Sie durfte mich seelenruhig eine Mitgiftjägerin nennen, und er tat nicht mal was! Ein Wunder, dass er mich nicht auch noch in den Scherben hatte sitzen lassen. Konnte ich so einen Typ heiraten? Nein! Sein Geld war mir egal, sein Charakter nicht. Und ein Mann, der sich so kurz vor der standesamtlichen Trauung, an seinem eigenen Polterabend, von seiner Mutter derart zum Esel machen ließ, der war doch überhaupt nicht ehetauglich.

Wenn sie verlangte, dass er ihr die Pumps leckte, dann tat er das garantiert auch noch. Das war doch total erniedrigend! Wenn ich es genau betrachtete, dann war Karlos kein bisschen besser als Thomas. Klar, im Bett schon, aber so als Mann, also als Ehemann, da ließ er mich doch genauso im Stich, wie Thomas es getan hatte. Heiraten? Wozu?

Ich dachte an meinen neuen Ausbildungsvertrag bei Frau von Raven, der es mir erlaubte, auch weiter wirtschaftlich auf eigenen Füßen zu stehen. Also brauchte ich die Ehe nicht mal als Versorgungsinstitut. Gut, die schöne Eigentumswohnung ... aber den Vertrag hatte Karlos ja ohnehin allein unterschrieben. Um die tat es mir schon leid, aber vielleicht konnten wir dort trotzdem zusammenleben – ohne Trauschein. Das war doch sowieso viel praktischer und verursachte keine Scheidungskosten, wenn es dann doch auseinanderging. Jedenfalls war mit dieser Art des Zusammenlebens nicht zwangsläufig die Verwandtschaft zu Karlos' Familie hergestellt, und zu meiner auch nicht. Da konnte er doch eigentlich nur froh drüber sein. War doch alles viel praktischer ohne Heirat. Oder?

Ich kehrte mit meinem Blick von der vorbeisausenden Landschaft zurück ins Abteil und stellte fest, dass mich der ältere Herr, der mir gegenübersaß, offenbar schon die ganze Zeit beobachtete. Gott, wie peinlich.

Ich bekam einen roten Kopf, und er lächelte.

»Ich hätte ja gerne Ihre Gedanken gelesen«, meinte er mit angenehm sanfter Stimme. »Demnach zu urteilen, was sich alles in Ihrem Gesicht abgespielt hat, haben Sie grade eine seelische Achterbahnfahrt hinter sich.«

Das konnte man wohl sagen. Verblüfft starrte ich mein Gegenüber an. »Oh, pardon, hat ... äh ... hat man das wirklich so deutlich gesehen?«

Er nickte. »Nicht jeder vielleicht, aber ich schon. Das Lesen in menschlichen Gesichtern gehört zu meinem Beruf. Ich bin Filmregisseur.«

Ups. Ich schluckte und wurde noch mehr verlegen. »Äh, ja, da haben Sie richtig, äh ... gelesen. Mein Leben gleicht im Moment wirklich einer, äh ... Achterbahn. Meine Gefühle auch … alles … alles Achterbahn.«

»Und wenn ich nicht irre, sind Sie grade ziemlich tief unten angekommen.« Er lächelte mitfühlend. »Aber keine Sorge, dann kann es ja nur noch aufwärtsgehen.«

Na, wenn er meinte. Schön wäre es ja. Aber ich konnte noch nicht an diese Trendwende in meinem Leben glauben. Vermutlich war Karlos stocksauer und wollte von mir überhaupt nichts mehr wissen. Männer fühlten sich ja meist vor ihren Kumpels blamiert, wenn die Braut vor der Hochzeit abhaute, und nichts konnte ein Mann schwerer verzeihen, als eine Blamage vor seinen Freunden.

»Ich habe Montag meinen Hochzeitstermin beim Standesamt. Wir … wir hatten Polterabend, heute Abend, äh, ja, und nun bin ich hier, und Montag wird nicht geheiratet … Es wird überhaupt nicht geheiratet … ja … Achterbahnfahrt zu Ende, ich bin ausgestiegen.«

»Oh, das tut mir leid für Sie. Klingt nach einer hochdramatischen, verzeihen Sie, Liebeskomödie.«

Häh? Was ging denn mit dem? Liebeskomödie? Der Typ schmunzelte tatsächlich. He, hallo, mein Leben war ein Drama, eine Tragödie! Wie konnte er es zu einer Komödie degradieren? Musste ich mich erst vor die Schwebebahn werfen, bevor jemand kapierte, was mir Schreckliches passiert war? So ein dämlicher Filmfuzzi!

Der dämliche Filmfuzzi lächelte immer noch und wirkte dabei wie ein ostindischer Guru auf einem Seelentrip. He, Meister, hier sitzt Paula in den Scherben ihres Lebens, und das ist wirklich nicht witzig.

»Nein, witzig ist das für Sie sicherlich nicht, Paula. Ich darf Sie doch so nennen? Aber so wie Sie auf mich wirken, kann ich nichts Tragisches in Ihrer Person erkennen. Was immer Sie getan haben, Sie haben es doch aus freien Stücken getan. Eine Tragödie ist dadurch gekennzeichnet, dass man sich aufgedrückten Zwängen eben nicht entziehen kann. Man erkennt, dass alles, was man tun würde, egal, was es ist, zwangsläufig in einer Katastrophe enden würde. Sie, Paula, haben das Gesetz des Handelns selber in die Hand genommen, weil Sie erkannt haben, dass es nicht irgendwelche Schicksalsmächte sind, die für Ihr Leben verantwortlich sind, sondern nur Sie selbst. Wenn Sie im Moment nicht heiraten wollen, dann lassen Sie es doch. Die Ehe, mit diesem oder einem anderen Mann, läuft Ihnen doch nicht weg.« Er studierte wieder mein Gesicht. »Wie alt sind Sie? Dreiundzwanzig, vierundzwanzig, fünfundzwanzig? Warum haben Sie es denn so eilig? Ich bin fünfzig und habe erst vor drei Jahren die Frau meines Lebens kennengelernt. Jetzt erwarten wir ein Kind. Sie werden sagen ›So spät noch?‹, aber ich antworte Ihnen: ›Jedes Ding hat seine Zeit, und für mich ist es jetzt genau richtig.‹ Festina lente, sagt der Lateiner.«

Ich nickte. »Eile mit Weile.«

Er lächelte. »Nur net hudeln, sagt man bei uns in Österreich. Und grade, was das Heiraten angeht, sollte man wirklich nichts überstürzen.«

Er erhob sich und zog einen Trenchcoat an. Wie ein Commissario im Film sah er jetzt aus.

»Alles Gute, Paula«, sagte er, als er aus dem Abteil trat und sorgfältig die Tür wieder zuschob. »Haben Sie Vertrauen zu sich selbst, dann kommt der Mut zum Leben von alleine wieder zurück. Sie packen das schon.«

♡ ♡ ♡

Die Sonne ging grade im Dunstschleier, der über dem Ruhrgebiet lag, auf. Vom Bahnhof lief ich zu Fuß in die Zechensiedlung, in der Omas Häuschen lag. Ich hatte als Kind manchmal die Sommerferien dort verbracht, hatte Möhren geerntet und Tauben gefüttert und mit anderen Enkelkindern auf der Straße Badeanstalt gespielt. Mit Wasserschlauch und alten Zinkwannen, wie es meine Mutter in den Fünfzigerjahren getan hatte.

»Hier ist die Zeit stehen geblieben«, hatte sie gesagt, während sie uns zusah. »Mir ist, als wäre ich erst gestern weggegangen.« Darum fiel ihr wohl auch das Wiederkommen immer so leicht. »Wenn ich zur Oma fahre«, sagte sie jedes Mal, »dann komme ich nicht zu Besuch, sondern nach Hause.«

Als ich an den roten Backsteinhäuschen vorbeiging, die sich unter mächtigen Kastanien duckten, hatte ich das Gefühl, dass ich viel lieber in so einem Haus leben würde, als in einer schlossähnlichen Fertighausvilla, in der Karlos seine Kindheit verbracht hatte. Und wieder dachte ich, dass wir eigentlich gar nicht zusammenpassen konnten.

Ein paar Hähne krähten in der Nachbarschaft, als ich bei Oma klingelte und sie mir öffnete. Wie bei meinem letzten Besuch nach dem Abitur stand sie in ihrer bunten Kittelschürze vor mir und strahlte trotz ihres offensichtlichen Erstaunens die gleiche Wärme und Zuneigung aus, die ich von ihr seit meinen Kindertagen erfahren hatte.

»Oma!« Ich fiel ihr um den Hals und brach in Tränen aus.

»Paulinchen, mein Mädchen, wo... wo kommst denn du her, in dieser Herrgottsfrühe?«

Ich heulte weiter und war überhaupt nicht in der Lage, etwas zu sagen. Oma führte mich in die Küche, wo ich mich an den Tisch mit der Wachstuchdecke setzte und meinen Kopf auf die Arme sinken ließ. Sie streichelte meinen Rücken.

»Kindchen, Kindchen ...«, murmelte sie. Dann kochte sie Kaffee, und ich wusste, dass ich zu Hause war.

»Aber ich kann Karlos nicht heiraten! Seine Mutter hasst mich, weil sie mich für eine Schwindlerin und Mitgiftjägerin hält. Unsere Familien passen einfach nicht zusammen. Mama und Karlos' Mutter kratzen sich gegenseitig die Augen aus, und wo soll das hinführen, wenn wir mal Kinder haben?!«

Oma holte die Likörflasche und goss uns ein Gläschen ein. Ihre Augen glänzten, als sie fragte: »Dann bist du also guter Hoffnung, Paula?«

Ich verstand sie nicht. Hatte sie nicht zugehört?

»Nein, bin ich ganz und gar nicht! Ich habe, ehrlich gesagt, überhaupt keine Hoffnung, dass sich das jemals ändern wird. Eine Friseurin und ein neureiches Irgendwas passen als Schwiegermütter einfach nicht zusammen!«

»Ja, ja, mag sein, Paula, aber nun sag schon«, drängelte Oma, »bist du in anderen Umständen?«

»Unter anderen Umständen auch nicht... äh?« Ich stockte. Was hatte Oma da eigentlich eben gesagt? Andere Umstände? Ich? Sie glaubte doch nicht ...?

»Nein, Oma, tut mir leid, aber ich bin nicht schwanger, und mit so einer Familie werde ich es auch nie werden. Das kann man einem Kind ja gar nicht zumuten. Die würden sich um das arme Gör streiten wie die Fischweiber, und kein weiser Salomon könnte da etwas ausrichten. Sie würden es zerreißen!«

Oma schüttelte den Kopf. »Ach, Kinder können viel aushalten. Sie sind cleverer, als man denkt. Die arrangieren sich …«

»Opportunisten!«

Oma kicherte und nippte am Kirschlikör. »Überlebenskünstler wäre ein treffenderer Ausdruck.«

Ich seufzte. Tja, das müssten sie in einer solchen Verbindung, weiß Gott, auch sein. Ich persönlich schien dazu nicht das Zeug zu haben. Ich wollte heiraten, um Ruhe und Frieden zu haben, nicht ständigen Kampf.

»Aber das Leben ist immer ein Kampf, Paula. Ob verheiratet oder nicht. Du glaubst doch nicht, du könntest dich mit deinen vierundzwanzig Jahren nach der Hochzeit zurücklehnen und das Leben vor der Wohnungstür aussperren?!«

Hm, nicht? Ein wenig hatte ich es mir schon so vorgestellt. Zumindest die anstrengenden und nervenden Seiten des Lebens wollte ich ausblenden. Wozu hatte ich Karlos? Der konnte sich damit auseinandersetzen, während ich mich gemütlich in mein indisches Zimmer zurückzog, Wasserpfeife rauchte, Tarotkarten legte und am Vorabend in meiner Lieblingssoap schwelgte. Perfekt! Absolut stressfrei, meditativ, seelengesund. Ausgehen war natürlich auch gut, regelmäßig zu Melli in den Irish Pub, etwas Karaoke singen – völlig okay. Auch mal Kino, Disko, eine Theaterpremiere oder ein tolles Konzert von Grönemeyer oder einer angesagten Band ... Das machte ja auch voll Spaß.

Aber schon ein Sonntagsbesuch bei den Schwiegereltern würde wieder alles ruinieren und mein ganzes Leben, meine bloße Existenz infrage stellen. Meine Schwiegermutter würde mir immer und immer wieder vor Augen führen, dass ich ein Nichts gewesen war, als ihr Sohn mich heiratete, dass die Heirat daran nichts geändert hatte und dass ich auch immer und ewig ein Nichts bleiben würde. Allenfalls als Brutkasten für ihre Enkelkinder fand sie mich noch ganz nützlich.

»Ich hätte natürlich auch gerne ein Urenkelchen«, sagte Oma in meine deprimierenden Gedanken hinein. »Aber mein Wunsch ist ja nicht wichtig. Alles, was zählt, ist, was *du* willst und ob du deinen zukünftigen Mann liebst und er dich.«

Tja, so einfach war das im Grunde, wenn man so eine klare Haltung wie meine Großmutter hatte. Und obwohl ich meine Ausheulphase eigentlich schon hinter mir hatte, traten mir bei ihren schlichten Worten wieder die Tränen in die Augen.

»Ich liebe ihn ja«, schniefte ich. »Aber er ... er kann mich doch gar nicht wirklich lieben, wenn seine Mutter keine Gelegenheit auslässt, mich schlecht zu machen. Sie ... sie ist ein Teufel!«

»Ach, Paula!« Oma seufzte nun auch und begann, mitleidig meine Hand zu tätscheln. »Du bist immer so ein kleiner Sonnenschein gewesen, so positiv und lebensfroh, so offen allen Menschen gegenüber! Ich erkenne dich gar nicht wieder!«

»Ich mich auch nicht. Und das ist es ja, was mir Angst macht. Früher sind meine Freunde mit ihren

Sorgen zu mir gekommen, jetzt heule ich ihnen ständig die Ohren voll und strapaziere ihre Nerven. Nichts hilft gegen diesen ständigen Stress, nicht mal über meinen neuen Ausbildungsvertrag kann ich mich wirklich freuen. Immer habe ich Panik, irgendetwas falsch zu machen. Meine Schwiegermutter sitzt mir wie ein riesiger Krake mit tausend Fangarmen auf der Seele und drückt mir alle Lebensenergie ab. Ich habe Angst, dass sie auch die Liebe zu Karlos töten wird.«

Oma sah nun alarmiert aus. »Und was sagt er? Dein Karlos?«

»Er meint, ich soll mich mit seiner Mutter arrangieren. Er sieht nicht, dass sie mich nur wegekeln will!«

»Und? Hat sie es geschafft? Bist du zu mir gekommen, um aufzugeben? Was mache ich dann mit meiner Hochzeitseinladung? Soll ich sie wegwerfen?« Oma sah mich mit ihren kleinen Glitzeraugen herausfordernd an.

»Äh, nein, ja ... Ach, Oma, ich weiß einfach nicht weiter!«

Oma schüttelte den Kopf, und was sie nun sagte, klang eher so, als spräche sie mehr zu sich selbst als zu mir. Jedenfalls schienen ihre Gedanken weit fortzuwandern.

»Ich verstehe euch nicht«, sagte sie nachdenklich. »Ihr jungen Leute habt es doch so gut. Warum lasst ihr euch von Kleinigkeiten so beeinflussen? Als dein Opa und ich uns verliebt haben, da war Krieg, und wir hatten gar keine Zeit, über unnütze Dinge nachzudenken. Wir haben von morgens bis abends gearbeitet, und wenn wir zusammen waren, haben wir uns geliebt und aus jeder Liebesnacht wieder Kraft für den nächsten Tag geschöpft. Dein Großvater hat unter Tage malocht, ich habe Munition in einer Fabrik verpackt. Er bekam den Kohlenstaub nicht mehr vom Körper und ich die Schuldgefühle nicht von der Seele. Das Leben hatte uns bis dahin nichts geschenkt, und wir erwarteten auch nichts für die Zukunft. Das hat es uns leicht gemacht, das Glück im Augenblick und in uns selber zu entdecken. Wenn du gar nichts erwartest, dann nimmst du das, was du hast, ganz anders wahr. Wir haben uns so viel Kraft gegeben und so viel Überlebenswillen aus unserer Liebe gezogen, dass wir alles überstanden haben: Bombennächte, das Ruhrgebiet in Flammen, Hunger, Kälte, Wiederaufbau … Wir hatten nichts zu verlieren, nur unser Leben und unsere Liebe, und weil wir beides gerettet haben, haben wir immer nur gewonnen.« Oma stand auf. »Ich muss die Tauben füttern. Die haben ihre Zeit. Alles hat seine Zeit.«

Sie ließ mich am Küchentisch mit der Wachstuchdecke sitzen, und mir fielen fast die Augen zu. Eine bleierne Müdigkeit überkam mich.

Wir hatten nichts und konnten darum nur gewinnen, hatte sie gesagt, und vor meinem inneren Auge sah ich eine traumhafte Eigentumswohnung, einen florierenden Frisiersalon, einen Brillantring samt Eheversprechen, einen wunderbaren, wohlhabenden Mann … Ich hatte so viel, und doch war es so viel weniger als das, was Oma und Opa gehabt hatten. Denn mir fehlte das Vertrauen in dieses Glück, und darum war es letztlich keinen Pfifferling wert. In diesem Augenblick konnte schon alles vorbei sein. Man konnte das Leben nicht verplanen oder Liebe in Bausparverträgen, Riesterrente, Pflegeversicherung definieren. Wo blieb denn da die hölderlinsche Freiheit des Menschen, aufzubrechen, wohin auch immer man wollte?

Mehr als je zuvor hatte ich das Gefühl, mich mit meinem Heiratswunsch verrannt zu haben. Nur, weil sich Lars mit Melli verlobt hatte, hatte ich plötzlich diesen Druck verspürt, unbedingt vor ihr heiraten zu müssen. Wie ganz und gar bescheuert war denn das? Ja, ich liebte Karlos, und er war ein echter Traumtyp, aber um mit ihm das Leben zu genießen, musste ich doch nicht mit ihm verheiratet sein. Gerade, weil ich keine Erbschleicherin war, konnte es mir doch schnuppe sein, ob wir verheiratet waren oder nicht!

Ich stand auf und folgte Oma in den Taubenschlag, wo die Tauben sie gurrend umflatterten und das Futter aus ihrer Hand pickten.

»Und warum habt ihr dann doch geheiratet?«, schrie ich ihr ins Ohr.

Sie stellte die Schüssel mit den Körnern ab und setzte sich auf die kleine Holzbank, die direkt neben der Hintertür an der Hauswand in der Sonne stand. Ich hockte mich zu ihr. Sie wischte die Hände an der Kittelschürze ab und legte sie dann in ihren Schoß. Sie waren klein, mager und von einem langen Arbeitsleben gezeichnet.

»Es war eine andere Zeit damals«, sagte sie leise. »Ein Mädchen war nicht ehrenhaft, wenn es ohne Trauschein mit einem Mann zusammen war. Zudem war Opa ein polnischer Fremdarbeiter, es gab viele von denen hier im Ruhrpott. Die Hochzeit war wichtig für ihn, danach haben sie ihn eingedeutscht. Wer weiß, was sonst aus ihm geworden wäre … So viele wurden damals deportiert … Viele, die sich liebten, wurden auseinandergerissen, und wir hatten Glück.«

Wir saßen schweigend in der Sonne und waren uns so nahe wie seit meinen Kindertagen nicht mehr.

Als ich abends zeitig in mein Bett in der Kinderkammer stieg, machte ich zum ersten Mal seit meiner Flucht das Handy wieder an. Im Posteingang waren unzählige SMS, aber ich wollte sie nicht lesen. Nicht jetzt.

Ich rief stattdessen Alix an. »Sag nichts, ich will nichts hören. Ich wollte dir nur sagen, dass ich bei meiner Oma in Wanne bin. Sag allen, dass es mir gut geht. Ich melde mich, wenn ich so weit bin.«

»Aber was machst du im Ruhrgebiet? Wieso bist du nicht hier und heiratest? Wir haben dich überall gesucht! Du weißt, dass übermorgen eure standesamtliche Hochzeit ist!?« Alix klang total durch den Wind.

»Die sag mal am besten ab«, sagte ich ruhig. »Ich brauche noch Zeit. Ich muss über einiges nachdenken.« Und ehe sie noch etwas sagen konnte, machte ich das Handy wieder aus. Ich wollte im Moment nur eins: meine Ruhe.

In dieser Nacht träumte ich, ich wäre meine Oma und Karlos wäre mein Opa in jungen Jahren. Er war schwarz bis unter die Fingernägel vom Kohlenstaub, aber wir liebten uns unendlich zärtlich und bedingungslos.

Aber plötzlich ging die Tür auf, und jemand brüllte: »Hier ist noch so eine Polensau und schwängert ein deutsches Mädchen!«

Karlos wurde von mir weggerissen und aus dem Raum gezerrt, und als ich ans Fenster trat, sah ich, wie er auf einen offenen Pritschenwagen geschubst wurde, auf dem schon andere Menschen hockten.

»Gute Fahrt in die Heimat!«, brüllte jemand in brauner Uniform, als der Wagen losfuhr. Ich stand am Fenster und weinte.

»Paula, Zuckerschnute, Paula, meine Süße …«

Ich wachte auf, weil Küsse mein Gesicht bedeckten, und starrte völlig verständnislos in Karlos Augen. Träumte ich immer noch?

Ich träumte nicht. Ein total übernächtigter Karlos hockte auf meinem Bett in der Kinderkammer und sah mich mit Tränen in den Augen an.

»Was machst du denn nur?«, stammelte er und hatte offenbar vollkommen die Fassung verloren, weil er so froh war, mich wieder in den Armen zu halten.

Und weil er so müde aussah, schlug ich die Bettdecke etwas zurück und sagte einladend: »Komm.«

Diese kleinen Holzbetten in den Kinderkammern der Bergarbeiterhäuschen waren nun wirklich nicht für einen Kerl wie Karlos gemacht und für die Liebe auch nicht.

Als wir später am Vormittag zu Oma in die Küche heruntergingen, musste ich ihr beichten: »Das Bett, Oma, es ist kaputt … zusammengebrochen … einfach so … na ja, fast einfach so …«

Oma grinste schelmisch. »Habe ich euch Kindern nicht immer gesagt, ihr sollt nicht so darauf herumtoben?!« Sie drohte mit dem Zeigefinger. »Das wird der Karlos aber reparieren!«

Karlos lachte. »Ja, werde ich, aber erst, wenn wir das nächste Mal herkommen. Wir müssen nämlich ganz schnell zurück, der Standesbeamte wartet.«

Oma goss Kaffee auf und legte uns frisch gebackene Waffeln auf die Teller. »Gut, akzeptiert. Ausnahmsweise. Dann esst euch satt, damit ihr die lange Fahrt übersteht.«

Ich aß und schielte zu Karlos rüber. Im Grunde fand ich es schon ganz schön dreist, wie er einfach voraussetzte, dass ich ihn immer noch heiraten wollte. Hm? Na gut, dachte ich, fahren wir erst mal wieder nach Hause, ewig konnte ich ja auch nicht bei Oma bleiben. Alles Weitere würde sich schon finden. War ja eine lange Fahrt, da konnte man vieles besprechen, zum Beispiel, wie sich ein Leben mit Karlos ohne Heiratsurkunde und vor allem ohne Schwiegermutter gestalten ließ. Es würde sich schon finden.

Es fand sich – alles. Wir sprachen uns aus, und Karlos konnte alle meine Ängste und Vorbehalte verstehen und akzeptierte sogar die damit verbundenen Konsequenzen für unsere geplante Hochzeit.

»Du musst das verstehen, Karlos. Ich liebe dich, und genau aus diesem Grund kann ich dich nicht heiraten. Liebe braucht keine Eheverträge und auch keinen Stempel vom Standesamt. Lass uns so lange glücklich zusammenleben, wie es schön ist zwischen uns. Wir haben als Symbol unserer Zusammengehörigkeit unsere Verlobungsringe. Das reicht doch an Formalität. Es ist mehr als viele andere Paare haben. Wozu also noch diese dumme Hochzeit?«

Aus Karlos' Worten war zwar herauszuhören, dass er eine Heirat nach wie vor nicht dumm fand, aber er stimmte dennoch allem zu. »Hauptsache, wir bleiben zusammen«, sagte er nur.

»Und die teure Hochzeitsfeier?«, fragte ich und hatte nun doch ein schlechtes Gewissen, denn zumindest meiner Mutter würde das Ganze ein gigantisches

Loch in die Haushaltskasse reißen. Und wofür? Für nix!

»Das regeln wir schon. Die Kosten für Schloss Wolfenstein übernimmt garantiert komplett meine Mutter.«

Na ja, dachte ich und kicherte innerlich ein wenig bei dem Gedanken an meinen makaberen Traum. Die Hütte war ja eh abgebrannt!

Irgendwo zwischen Bielefeld und Herford rief ich Alix aus dem Auto an. »Sag den Termin beim Standesamt ab! Ich habe mich mit Karlos darauf geeinigt, dass wir nichts überstürzen wollen.« Ich summte ihr einen Song aus der Kurt-Weill-Revue ins Gehör, die wir im Musikleistungskurs vor dem Abi einstudiert hatten: »*Liebe, die ist doch an Zeit nicht gebunden …*«

Karlos grinste zu mir rüber, und Alix sagte nur trocken: »Na, wenn du meinst … Aber ich denke, Liebe ist, wenn man sich traut! Ciao!«

Aber im Grunde waren wir nun wieder da, wo wir vor meiner dummen Idee mit dem Heiratsantrag gewesen waren, nämlich auf dem Highway to Heaven. Erschöpft und erleichtert sank ich auf dem Beifahrersitz in einen leichten Schlaf.

Und wieder einmal träumte ich: Karlos und ich lebten unverheiratet glücklich zusammen bis an unser Lebensende. Er wurde älter, ich wurde älter, und irgendwann hatte er einen langen weißen Bart, und ich ging, von Arthritis gebeutelt, am Stock, als plötzlich der Hochzeitsmarsch ertönte und Mellis und Alix' Enkelkinder Blumen auf unseren Weg in die Hochzeitskapelle streuten …

Las Vegas, 7. Mai 2051, 11.15 a. m. stand auf einer blumenumkränzten Tafel neben der Eingangstür und unter dem Termin in schönen Lettern: Trauung von Karlos Möllering und Paula Meyer.

Verstört wachte ich kurz vor unserer Autobahnabfahrt auf.

»Was ist?«, fragte Karlos. »Schlecht geträumt?«

Ich schüttelte den Kopf. »Ne... nein, passt schon.«

Dennoch hatte mir der Traum zu denken gegeben. Melli und Alix mit Enkelkindern ... Und auch was Oma und Opa anging ... Was wäre ohne Hochzeit aus ihrer Liebe und aus Opas Leben geworden? Irgendwie bedauerte ich nun doch, dass wir uns gegen die Hochzeit entschieden hatten, und insgeheim befielen mich Zweifel, ob ich das Richtige tat.

Es wurde bereits dunkel, als wir zu Hause ankamen, und ich ließ mich von Karlos in die WG fahren. Auch wenn ich dort auf dem Sofa schlafen musste, weil es in meinem Zimmer keine Möbel mehr gab, war es mir lieber so.

Als Gentleman, der Karlos nun einmal war, brachte er mich noch nach oben. Ich war erschöpft und schon wieder komplett verunsichert und wünschte mir eigentlich nur Ruhe.

Schon als ich die Tür aufschloss, hatte ich ein seltsames Gefühl im Bauch. Irgendetwas war anders. Tatsächlich, als wir in den Eingangsflur traten, sah ich dort einen Garderobenständer, der sonst nicht dort stand. Und an diesem Ständer hingen ein dunkler Anzug und – Halt mich bitte jemand fest, sonst falle ich in Ohnmacht! – mein Hochzeitskleid, das wunderschöne cremefarbene, sexy Kleid, das ich mir für die standesamtliche Trauung ausgesucht hatte.

Hm, dann war das andere wohl Karlos' Hochzeitsanzug. Einen Moment versanken wir beide andächtig in dem Anblick der edlen Klamotten. Gott, was hätten wir darin toll ausgesehen! Dann seufzte ich. War ja schon traurig, aber wieso hatten die überhaupt geliefert? Ich hatte Alix doch gebeten, alles abzusagen und abzubestellen. Hatte ich doch?

»Ja, hast du«, beruhigte mich Alix sogleich, als sie in den Flur trat und mich lachend in den Arm nahm. »Aber die Sachen waren schon geliefert, und da haben wir uns gedacht, dass es nun auch egal ist. Also falls ihr es euch doch noch mal überlegen wollt…« Sie schaute mich und Karlos erwartungsvoll an. »Wollt ihr?«

»Äh… eigentlich… nicht…«, stotterte ich. »Oder doch?« Ich starrte Karlos völlig verunsichert an.

Er grinste. »Das entscheidest allein du, Paula. Was immer du willst, ich bin dabei.«

Na, der machte es sich ja leicht, jetzt hatte ich komplett den Schwarzen Peter.

»Aber der Termin beim Standesamt ist doch eh schon abgesagt«, meinte ich schließlich resignierend. Vielleicht war ich ja doch ein wenig voreilig gewesen. Die Hochzeit war jedenfalls erst mal vermasselt.

Ich schob Karlos aus der Tür. »Danke fürs Bringen, äh, ja… auch fürs Abholen aus Wanne. Danke und… ach, danke für alles… Ich liebe dich!«

Wir küssten uns, als wäre es das letzte Mal. *Besame, besame mucho,* ging es mir durch den Kopf.

»Ich liebe dich auch«, sagte Karlos, dann zog er leise die Tür zu.

»Warum tust du das?!«, schimpfte Alix total aufgebracht mit mir, als ich deprimiert in die Wohndiele schlurfte und mich in den AWO-Sessel fallen ließ.

»Warum stößt du diesen tollen Mann derart vor den Kopf? Warum, zum Kuckuck, heiratest du ihn nicht?«

»Weil, weil ... Ich weiß es auch nicht. Seine Mutter, meine Mutter, seine Familie, meine Familie ... Es ist alles so verworren ... und dann noch dieser Ehevertrag! Es ist so erniedrigend, wie seine Mutter mich behandelt!«

Alix sah aus, als würde sie jeden Augenblick explodieren. »Kannst du mir vielleicht mal *einen* Grund nennen, der bei dir und Karlos liegt, und nicht bei seiner Familie? Willst du seine Mutter heiraten oder ihn?«

Ich schwieg, denn mir fiel keiner ein.

»Ist der Sex mit ihm schlecht?«

»Nein!«

»Schlägt er dich?«

»Um Himmels willen, nein, tut er nicht! Im Gegenteil!«

»Häh?«

»Vergiss es.« Wie abartig war allein schon der Gedanke.

»Säuft er, geht er zu Nutten, pokert er die Nächte durch, ist er ein Kulturbanause?«

»Nein, nein, nein! Nichts davon!«

»Hasst er Friseurinnen?«

»Hör auf, Alix! Karlos ist völlig okay.«

»Aber?«

»Nichts aber.«

»Aber warum könnt ihr dann nicht heiraten?«

»Können wir eben nicht ... Liegt dann wohl an mir.«

Alix kratzte sich heftig am Kopf, was ihre schönen blonden Haare total durcheinanderbrachte.

»Jetzt komm mir nicht mit einer Hochzeitsphobie!«

Ich musste grinsen. »Nee, diesmal ist es allergisch bedingt. Schwiegermutterallergie.«

»Paula, du spinnst!«

»Hilfst du mir, auf dem Sofa ein Bett zu bauen?«, fragte ich.

Am liebsten hätte ich Alix jetzt einfach rausgeschmissen. Ich war erschöpft und frustriert und wirklich nicht mehr zu solchen Gesprächen aufgelegt. Das brachte doch im Moment eh nichts mehr. Die Sache war gelaufen, und zwar aus dem Ruder. Keine Chance, da noch etwas zu retten. Irgendwann musste man die Fakten einfach mal akzeptieren.

Ich wollte Alix also grade bitten, mich schlafen zu lassen, als sie mit geheimnisvollem Tonfall sagte: »Wirst du Karlos heiraten, wenn ich dir jetzt was verrate?«

»Natürlich nicht. Warum sollte ich? Hat sich doch nichts geändert.«

»Warte es ab. Also, ich verrate dir jetzt, warum der Anzug und das Kleid dort im Flur hängen ...«

Sehr aufregend!

»... weil es zu spät war, die Klamotten abzubestellen.«

Alix kicherte albern, und ich fand, dass das der Situation überhaupt nicht angemessen war.

»Ich habe es nicht vergessen, sondern absichtlich nicht abbestellt, weil ich nämlich meine wankelmütige Paula kenne und dir noch eine Chance geben wollte.«

»Das ist nett«, sagte ich, »nützt aber nichts, weil ja der Termin beim Standesamt eh abgesagt ist.«

Alix kicherte immer noch so kindisch, dann aber sagte sie: »Paula, du bist ja wirklich völlig durch den Wind. Weißt du eigentlich, welcher Tag heute ist?«

»Sonntag?«

»Genau. Und glaubst du ernsthaft, dass deutsche Standesämter am Sonntag Bürobetrieb haben? Wo, bitte schön, hätte ich denn euren Termin absagen sollen?«

»Du hättest auf den Anrufbeantworter sprechen können …«

»Das traust du mir zu?«

Ich schüttelte den Kopf. Nein, man sagte einen Termin beim Standesamt wohl wirklich nicht per Anrufbeantworter ab. Hm, ich grübelte. Was hieß das denn jetzt genau?

»Das heißt, dass der Termin nicht abgesagt ist«, stieß Alix jubilierend hervor. »Wenn ihr nicht wollt, dann geht ihr einfach nicht hin, und es ist okay, aber wenn ihr wollt, dann wartet morgen um elf Uhr der Standesbeamte auf euch. Voilà!«

»Da… da… das ist jetzt aber nicht wahr, Alix?!«, stammelte ich völlig von der Rolle und zitterte vor Aufregung an allen Gliedern. Oh, mein Gott! Ich hatte noch eine Chance – alles konnte gut werden.

»Und Karlos? Weiß er es?«, fragte ich hektisch. »Glaubst du, er … er würde es noch wollen?«

»Na, was glaubst du denn? Weswegen, denkst du, ist er wie der Teufel auf Deutschlands Autobahnen unterwegs? Doch nur, um dich noch rechtzeitig nach Hause zu bringen.«

Alles hat seine Zeit, hatte Oma gemeint. Okay, dann musste ich mich jetzt aber sputen!

»Sag ihm, wir sehen uns morgen.«

Alix tippte schon seine Nummer ins Handy. »Und wo?«

Ich schluckte noch einmal, räusperte mich und sagte dann mit geschlossenen Augen, vor denen Karlos' lachendes Gesicht erschien: »Beim Standesamt!«

♡ ♡ ♡

Ich schlief nach einem Blick in mein leer geräumtes Zimmer bei Alix im Bett, denn sie meinte, das Sofa wäre doch viel zu unbequem. Irgendwann ganz früh am Morgen kam ein Bote, brachte einen wunderschönen Brautstrauß und nahm Karlos' Anzug mit.

Alix stellte die Blumen in eine Vase auf ihren Schreibtisch, zog die Vorhänge zurück und sagte gut gelaunt: »Aufstehen, du Murmeltier, heute wird geheiratet!«

Ich rieb mir die Augen. Konnte sie es vielleicht noch mal sagen, damit ich es glauben konnte? In dem Moment betrat Melli mit einer Tasse Tee das Zimmer.

»Hier, trink mal einen Tee, Paula«, sagte sie, »und dann hopp, hopp, heute wird geheiratet!«

Mein Magen krampfte sich zusammen. Sie hatten es beide gesagt, also gab es keinen Zweifel mehr. Oh, mein Gott!

Ich sprang mit beiden Beinen gleichzeitig aus dem Bett. »Leute! Wisst ihr, was heute los ist?!«, kreischte ich leicht hysterisch. »Ich heirate!«

Ich grapschte nach Melli und Alix, wirbelte sie im Zimmer herum und machte dann eine Polonaise durch den Flur zu Justins Zimmer und wieder zurück in die Küche. Dort brachen wir in völlig schwachsinniges Gelächter aus, sodass Justin, als er den Kopf zur Tür hereinsteckte, uns nur einen Vogel zeigte und dann ganz schnell wieder den Abflug machte. Das war auch besser so, denn hier störte er jetzt nur. Ich war ohnehin schon total nervös.

»Was ... was muss ich denn jetzt tun?«, fragte ich völlig verstört.

»Nichts – also nur das, was ich dir sage«, meinte Alix gelassen. »Jetzt gehst du erst mal unter die Dusche und wäschst dir die Haare. Alles Weitere danach.« Sie zog mich vom Stuhl hoch und schob mich ins Badezimmer.

»Hat der Brautstrauß auch genug Wasser? Nicht, dass er verwelkt«, fragte ich völlig überflüssigerweise.

»Alles okay«, sagte Alix und klang dabei, als würde sie mit einer Psychiatriepatientin sprechen. »Geh duschen!«

Ich ging, und als ich dampfend aus der Dusche stieg und vor dem großen Spiegel neben der Tür stand, sah ich gar nichts, weil er so beschlagen war. Ich blies ihn mit dem Fön wieder frei und betrachtete mich dann kritisch. Die Adam-und-Eva-Diät hatte nicht wirklich angeschlagen, was bei der ganzen Fresserei der letzten Zeit ja kein Wunder war. Aber egal, besser etwas rundlich und glücklich als schlank und unglücklich. Eigentlich sah ich so schlecht auch nicht aus. Ich würde schon in das schicke Hochzeitskleid reinpassen.

Als ich sauber und duftend im Bademantel und mit einem Handtuch um die nassen Haare wieder in die Küche trat, hockte dort meine Mutter.

»Mama?! Was ... was machst du denn hier?«

Sie lachte. »Natürlich deine Haare. Glaubst du, ich lasse jemand anderen deine Hochzeitsfrisur machen?«

Ich nahm sie in den Arm und gab ihr spontan ein

Küsschen auf die Wange. Das hatte ich seit einer Ewigkeit nicht mehr getan. Entsprechend erschrocken starrten wir uns nach dieser überraschenden Geste an.

Dann aber bekam meine Mutter einen ganz warmen Glanz in den Augen, und ich fand, dass sie meiner Oma in dem Moment total ähnelte.

»Paula, ich wünsche dir alles Glück dieser Welt«, sagte sie, räusperte sich und schob mich ins Bad. »Los jetzt, wie willst du die Haare? Runter oder hoch?«

Ich schickte sie kurz in den Flur, wo sie sich das Kleid ansehen sollte. Als sie zurückkam, war ihre Entscheidung gefallen. »Hoch«, sagte sie, schleppte einen Küchenstuhl ins Badezimmer, stellte ihn vor den hohen Spiegel neben der Tür und begann ihr Werk.

Meine Mutter war bereits gegangen, als meine Freundinnen mir in mein Hochzeitskleid halfen. Als ich darin vor dem Spiegel im Bad stand, tickte ich fast aus, so toll fand ich mich. Und auch Justin, der einen neugierigen Blick ins Badezimmer warf, pfiff anerkennend durch die Zähne.

Ich drehte und wendete mich und musste schließlich einfach singen: »*I feel pretty, oh, so pretty, I feel pretty and witty and gay, and I pity any girl who isn't me today.*«

Ausgelassen wie die Maria in der *West Side Story* tanzte ich durch die Wohnung, und als ich wieder vor dem Spiegel ankam, stimmte Justin natürlich ein: »*See the pretty girl in that mirror there? Who can that attractive girl be? Such a pretty face, such a pretty dress, such a pretty smile.*«

Und ich jubelte: »*Such a pretty me*!«

Erneut wirbelte ich durch die Wohnung, noch einmal an meinen Freundinnen vorbei. Ich tanzte herum, sang auch noch die nächsten Strophen und sank schließlich lachend auf dem Sofa in der Wohndiele nieder. »*For I´m loved by a pretty wonderful boy*!«

»Los, Paula«, drängte Melli nun, »gib Gas, es wird Zeit.«

Noch einmal stürzte ich ins Bad und kontrollierte das Make-up, das meine Mutter mir gemacht hatte. Kein Lippenstift auf den Zähnen? Okay, alles perfekt. Die Hochzeit konnte steigen. Im selben Moment klingelte es an der Tür.

»Das wird das Taxi sein«, meinte Alix, warf sich einen Mantel über und drückte mir den Brautstrauß in die Hand. »Willst du wirklich?«, fragte sie dabei und sah mich ernst an.

Ich nickte. »Ja, ich will!«

»Dann komm.«

Wir eilten nach unten, und als ich aus dem Haus trat, blieb mir doch tatsächlich die Spucke weg. Da stand kein Taxi, sondern eine weiße Kutsche mit zwei Apfelschimmeln und einem livrierten Kutscher auf dem Bock. Nein, wie romantisch! War das das Werk von Frau von Wolfenstein?

Melli schüttelte den Kopf. »Nee, haben wir auf ausdrückliche Bitte von Karlos noch schnell bei der Konkurrenz besorgt.«

»Bei Sybille van Straten?« Wenn da mal nicht gleich die Achse brach.

Aber Melli lachte nur. »Die weiß doch, dass sie aus dem Rennen ist. Man muss auch verlieren können, und schließlich ist sie Geschäftsfrau.«

Na dann. Hatte ja was, in einer Kutsche von der Ex seines Lovers zur Hochzeit zu fahren. Besser als der Strip von Thomas war es allemal.

Wir zuckelten gemütlich zum Rathaus. Nach der ersten überschwänglichen Freude griff nun die Nervosität mit kalten Fingern nach mir und ließ mich bibbern. Hoffentlich ging alles gut … und hoffentlich machte ich keinen Fehler …

»Unsinn«, sagte Alix, weil ich wohl mal wieder laut gedacht hatte. »Karlos ist genau der Richtige für dich, und nun freu dich wieder.«

Vor dem Rathaus hatte dann die Agentur von Frau von Wolfenstein gewirkt, der natürlich auch niemand gesagt hatte, dass die Trauung zumindest auf der Kippe gestanden hatte. Rosen- und Lorbeerbäumchen säumten einen roten Läufer, der bis zum Eingang führte.

Und da stand er: Karlos! Wow, was sah der toll aus, so elegant in seinem Hochzeitsanzug und dennoch so männlich. Ich musste schon sehr an mich halten, um ihn nicht mit der Kutsche zu entführen und jenseits der Landesgrenzen in mein Prinzessinnenschloss zu bringen, um ihn dort nie wieder rauszulassen. Nun gut, heutzutage machte man das etwas anders. Passte ich mich also an.

Wir begrüßten uns ganz züchtig mit Küsschen, und auch Karlos fragte mich noch einmal flüsternd, ob ich wirklich wollte.

»Ja«, sagte ich spontan und viel zu laut, worauf einige der Anwesenden spontan klatschten.

Ach ja, die Anwesenden. Erst jetzt hatte ich Augen für die Umstehenden und musste schmunzeln. Das war doch nicht mein Vater, der da mit frischem Haarschnitt und schick herausgeputzt im Anzug stand? Mama hatte sich noch mal umgezogen und sah richtig klasse aus.

Sie nahm mich kurz in die Arme und hatte ebenfalls einen Last-Minute-Rat für mich: »Halt jetzt bloß durch!«, wisperte sie mir ins Ohr, »so einen Mann kriegst du nie wieder.«

Na, wenn sie es sagte! Im Moment war mir allerdings grade mal wieder richtig schwummerig, denn wo meine Eltern waren, konnten Karlos' Eltern nicht weit sein. Ich schluckte, denn ich war mir sicher, dass ich eine Krise kriegen würde, wenn mir meine Schwiegermutter unter die Augen kam und womöglich doch noch mit dem Ehevertrag herumwedelte. So viele Tibeter, wie es gebraucht hätte, um ihr gelassen entgegenzutreten, konnte ich nicht mal im Geiste turnen.

Und dann sah ich Karlos' Vater. Er stand alleine neben einem Lorbeerbäumchen.

»Äh, wo … wo ist denn deine Mutter?«, fragte ich Karlos vorsichtig, weil ich mein Glück noch gar nicht fassen konnte.

Aber da trat sein Vater schon mit einem herzlichen Lächeln und einem tiefen Blick in mein Dekolleté auf mich zu und sagte nach ein paar netten Worten: »Ich muss meine Frau leider entschuldigen. Sie liegt mit einer schrecklichen Migräne im Bett.«

Ach, Gott, tat mir die Arme leid! Ein zentnerschwerer Stein plumpste von meiner Seele, und nun war ich mir sicher, dass der heutige Tag wirklich der schönste und glücklichste meines Lebens werden würde.

Der feierlichste Moment war dann natürlich, als Karlos und ich die Frage der Standesbeamtin, ob wir miteinander den Bund der Ehe schließen wollten, jeweils mit einem klaren Ja beantworteten und uns gegenseitig die Ringe ansteckten, die Alix uns auf einem kleinen Samtkissen hinhielt. Und das Schönste war der anschließende Hochzeitskuss, der alles besiegelte und die Spannung endlich löste. Ganz besonders aufregend war es dann noch einmal, als wir die Heiratsurkunden unterschreiben durften und den Familiennamen festlegten: Meyer-Möllering.

Meine Schwiegermutter, die alte Hexe, würde, wenn sie davon erfuhr, vermutlich unter Absonderung von Pech und Schwefel, wutschnaubend auf ihrem Besen zum Blocksberg düsen. Natürlich erst, wenn ihre Migräne vorbei war.

Nachdem Alix reichlich Fotos gemacht hatte, starteten Karlos und ich mit der Kutsche zu einer Fahrt ins Blaue. Jedenfalls wusste ich nicht, wo es hinging. Hoffentlich nicht in den Garten einer stadtbekannten schlossähnlichen Fertighausvilla, aber dahin ging es mitnichten. Auch nicht zu einem Notar, um einen Ehevertrag zu unterschreiben, denn davon hatte Karlos seine Eltern offenbar abgebracht. Sehr vernünftig, denn ich hätte ihn ohnehin nicht unterschrieben. Nein, wirklich, bei aller Liebe nicht!

Nachdem wir gemütlich durch die halbe Stadt gezuckelt waren und uns viele Menschen vom Straßenrand aus zugewinkt und beklatscht hatten, hielten wir schließlich vor Mellis Galerie.

Nein, wie schön! Da hatten meine Freundinnen tatsächlich noch ganz spontan einen Hochzeitsempfang für mich organisiert. Ich nahm sie gerührt in die Arme, nachdem ich aus der Kutsche gestiegen war.

Im großen, mit Blumen geschmückten Brunnenraum war eine Tanzfläche eingerichtet und in einem der Nebenräume stand ein traumhaftes Büfett. Ein Alleinunterhalter intonierte auf seiner Elektroorgel den Hochzeitsmarsch, als wir eintraten, und alle Freunde klatschten Beifall, sobald Karlos meine Hand ergriff, mich in die Mitte des Raumes führte und rief: »Darf ich euch meine Frau vorstellen? Voilà, sie hat sich getraut – Paula Meyer-Möllering!«

Dann schwebte ich in seinen Armen zu den Walzerklängen von der schönen blauen Donau ins Paradies.

Ein paar Stunden feierten wir ausgelassen mit unseren Freunden in der Galerie, wobei ich natürlich auch mit meinem Schwiegervater und meine Mutter mit Karlos tanzte. Mein Vater war noch mal davongekommen. Irgendwann warf ich dann den Brautstrauß in die Menge und hoffte so sehr, dass ihn Alix oder Melli fangen würden, stattdessen hielt Jenna ihn plötzlich in der Hand.

Ach, du liebes bisschen! Alix wurde total blass, und sie schnauzte sofort ihren Bruder an: »Nimm ja Kondome! Nicht, dass ihr wegen eines Betriebsunfalls heiraten müsst.«

Er raunzte sie daraufhin muffig an: »Liebe kannste dir als Heiratsgrund bei uns wohl gar nicht vorstellen, oder was?«

Dann schlichen Karlos und ich uns nach einem kurzen Abschied fort. Wir fuhren zum Theaterwall, wo Karlos mich über die Schwelle unserer Traumwohnung trug, um mich dort sofort auf das Traumbett zu werfen und mit mir traumhaften Sex zu haben.

Als wir relaxt nebeneinanderlagen, meinte er jedoch enttäuscht: »Hat deine Mutter ihr Hochzeitsgeschenk vergessen?«

Ich war nicht sofort im Bilde, aber dann wurde ich rot. Er spielte doch jetzt nicht auf die Intimrasur an? Doch, das hatte er natürlich getan.

Aber dann küsste er mich schnell und sagte lachend: »Passt schon! Vielleicht nehmen wir auch lieber ein Arschgeweih!«

Am späten Nachmittag packten wir unsere Sachen und starteten in die Flitterwochen. Die kirchliche Trauung auf Schloss Wolfenstein hatte Karlos wunschgemäß abgesagt. Vielleicht war auch das ein Grund für die verschärfte Migräne seiner Mutter gewesen. Angesichts der hohen Kosten, die dadurch auf seine Familie zukommen würden, bot ich an, auf eine Hochzeitsreise zu verzichten, aber Karlos bestand darauf.

»Es ist doch schon alles arrangiert«, sagte er, verriet mir aber auch jetzt noch nicht das Ziel unserer Reise, das für mich traditionell bisher ein Geheimnis geblieben war. Ich war total gespannt. Anders als ich es erwartet hatte, fuhren wir jedoch nicht zum Flughafen in unserer Nachbarstadt, sondern düsten auf der Autobahn nur daran vorbei.

»Willst du die Hochzeitsreise mit dem Auto machen?«, fragte ich verwundert und überlegte, was da wohl infrage kam. Paris, Nizza, Rom?

Karlos lachte. »Warte es ab«, meinte er weiterhin geheimnisvoll.

Immer diese Überraschungen! Ich schloss eine Weile die Augen, denn ich war wirklich rechtschaffen müde. Aber als ich sie wieder öffnete, war mir ziemlich unheimlich. Das sah mir doch verdammt nach Ruhrpott aus. Musste man da denn durch, wenn man ans Mittelmeer oder nach Paris wollte?

»Karlos? Sag mir jetzt sofort, wo du hin willst!«

Er grinste. »Kannst du dir das nicht denken? Ich muss da noch so ein Bett in einer Kinderkammer reparieren.«

»Nein!«

»Doch!«

Dieser verrückte Kerl fuhr doch tatsächlich zu meiner Oma nach Wanne. Liebes Lieschen, die war ja so was von entzückt, dass sie sich schier wegfreute.

»Dann habt ihr also doch noch geheiratet! Nein, wie mich das freut«, beteuerte sie ein ums andere Mal. Sie stellte die Hochzeitseinladung auf die Anrichte und war nicht einmal traurig, dass die kirchliche Trauung auf Schloss Wolfenstein ausfallen würde. »Dann muss ich nicht die weite Reise machen«, sagte sie. »Es ist immer schlecht, wegen der Tauben.«

So hatte Karlos uns beiden mit seinem überraschenden Abstecher nach Wanne eine riesige Freude gemacht. Er setzte dem Ganzen noch die Krone auf, als er Champagner, Blinis und Kaviar aus dem Kofferraum holte. Wir setzten uns in den Garten zum Taubenschlag, und als Oma den Kaviar aß, lief ihr eine kleine Träne über ihr runzeliges Gesicht, denn es erinnerte sie an ihre Hochzeit, zu der ein Freund von Opa ein ganz winziges Döschen Kaviar organisiert hatte.

»Er hat es bestimmt in einem Feinkostladen geklaut, aber es war so lieb gemeint, und wir fühlten uns einmal in unserem Leben wie wirklich reiche Leute«, sagte sie und schmunzelte nun. Dann stand sie auf und holte eine weiße Taube aus dem Schlag. »Die schenke ich euch«, sagte sie. »Das ist Gertrude, sie ist eine Brieftaube. Sie fliegt bis zu einem Schlag in Polen, wo Freunde von uns leben. Wenn ihr wollt, könnt ihr der Taube eine Botschaft mitgeben, dann trägt sie euer Glück in die Welt hinaus.«

Natürlich wollten wir, und so schrieben wir auf einen Zettel, den wir dann in einem Röhrchen am Fuß der Taube befestigten: *Wir senden unsere Liebe allen Liebenden dieser Welt! Paula und Karlos*

Oma gab mir die Taube, ich drückte ihr einen Kuss auf und ließ sie dann aus meinen erhobenen Händen in den Abendhimmel flattern.

»Wird sie zurückkommen?«, fragte ich.

»Das wird sie«, sagte Oma, »und ich werde sie dann so lange für euch versorgen, bis ihr das nächste Mal kommt.«

Beim unglaublichsten Sonnenuntergang der Welt, wie es ihn nur in Wanne gibt, standen wir später am Abend an der kleinen Frittenbude an der Ecke und fütterten uns gegenseitig mit Currywurst. Das gehörte einfach zu einem Besuch bei Oma dazu und war besser als jedes Hochzeitsessen in einem Fünfsterneschloss.

»Karlos, ich liebe dich so«, seufzte ich zwischen zwei Bissen.

»Ich dich auch«, antwortete er etwas vernuschelt mit kauendem Mund. »Ich möchte mein Leben lang meine Currywurst mit dir teilen.«

Oma zog für diese Nacht in das zweite Kinderzimmer, in dem noch ein heiles Bett stand, und überließ uns ihr Ehebett. Als wir eng aneinandergekuschelt einschliefen, wünschte ich mir, dass unsere Ehe so lange halten und so glücklich sein würde wie die meiner Großeltern.

Am nächsten Morgen fuhren wir zum Flughafen nach Düsseldorf und starteten von dort in die Flitterwochen nach Acapulco.

»Wieso gerade Acapulco?«, fragte ich, als wir im Flugzeug saßen.

Karlos lächelte spitzbübisch. »Ich wollte nichts falsch machen«, sagte er. »Eine Südamerikarundreise schien mir daher das Sicherste zu sein, falls du doch auf dem Titicacasee beharren solltest.«

Die Stewardess servierte uns ein Glas Sekt. »Mit den besten Empfehlungen des Flugkapitäns und unseren herzlichen Glückwünschen zur Hochzeit.«

Oh what a happy day!

Und so geht's weiter!
Diesmal aus der Sicht von Melli.

Bianka Minte-König / Gwyneth Minte
Liebe? Ohne Wenn und Aber!

Werden auch für Melli bald die Hochzeitsglocken läuten? Alles sieht danach aus, bis in Paulas Zimmer in der WG die junge Schauspielschülerin Zara einzieht, die Justin seinen Ausflug in die Homosexualität vollkommen vergessen lässt. Als zwischen den beiden ein heißer Flirt entbrennt, wird Melli rasend eifersüchtig. Sollte sie für Justin doch mehr empfinden, als sie zugeben mag? Und was ist mit Lars?

Alix schüttelt verzweifelt den Kopf über Melli: Eine Frau kann schließlich nicht zwei Männer lieben und auch noch Karriere machen? Oder doch?

Ab April 2009 im Buchhandel erhältlich.

Drei junge Frauen, Alix, Paula und Melli, auf der Suche nach Mr. Right. Chaos hoch drei und turbulente Liebeswirren garantiert!

Bisher sind in dieser Reihe erschienen:

Bianka Minte-König/
Gwyneth Minte
Band 1:
Liebe? Aber klar doch!

Im ersten Band der Reihe erzählt Alix, wie sie sich in der Disko in ein Paar mittelmeerblaue Augen verliebt. Total besessen versucht sie den Typ zu finden, dem diese blauen Augen gehören. Das geht natürlich nicht ohne die Hilfe ihrer beiden Freundinnen Paula und Melli. Aber bis Alix ihren Traummann findet, muss sie eine ganze Reihe von Enttäuschungen hinnehmen. Zwar hat sie noch nie eine längere Beziehung gehabt, aber jede Menge Altlasten und auch gegen einen üblen Praktikumsanleiter muss sie sich wehren.

Pleiten, Pech und Pannen sind vorprogrammiert, was manchmal aber auch ganz hilfreich sein kann, denn so kommt sie Jean-Paul näher. Kritisch wird es allerdings, als sie den Mann ihrer Träume in einer Umarmung mit Melli erwischt. Aber darf man einer Freundin den Typ ausspannen?

Bianka Minte-König / Gwyneth Minte
Band 2:
Liebe? Immer wieder!

Die drei Freundinnen haben endlich eine Wohnung gefunden und ziehen als WG zusammen. Das gefällt Paulas Freund Thomas gar nicht, und noch auf der Einweihungsparty der WG macht er ihr einen Heiratsantrag. Aber kann man jemanden heiraten, mit dem man sich im Bett langweilt? Paula denkt, nein! Sie will der Beziehung, die immerhin schon fünf Jahre andauert, aber eine Chance geben, und so besucht sie mit Thomas eine Paartherapie bei Dr. Agneta Schmidt. Deren Methoden sind so unkonventionell wie wirkungslos. Wie gut, dass da plötzlich Karlos beim Karaoke im Irish Pub auftaucht und sich offenbar rettungslos in Paula verknallt.

Doch was soll er davon halten, als nach einer stürmischen Liebesnacht plötzlich Thomas in der WG steht, um Paula eine Peitsche und ein paar Dominastiefel zurückzugeben? Ist das für den Spross aus gutbürgerlichem Elternhaus ein Witz oder eine Katastrophe? Und wie wird er reagieren, wenn er erfährt, dass Paula gar keine Jurastudentin, sondern eine Friseurin ist?

Bianka Minte-König / Gwyneth Minte Band 3: Liebe? Jetzt sofort?!

Melli hat lieber niemanden an der Backe! Männer, so erzählt sie bereitwillig in diesem Band, halten Frauen nur davon ab, sich selbst zu verwirklichen. Und die beste Selbstverwirklichung findet eine Künstlerin in ihrer künstlerischen Karriere. Männer stören dabei nur, außer sie sind Big Spender, welche die Kunst, besonders die von Melli natürlich, selbstlos fördern. Dann sollte eine Frau das Private und das Berufliche allerdings strikt trennen, das heißt: kein Sex mit Big Spender. Was aber, wenn der Förderer und Mäzen verdammt attraktiv und offenbar auch noch schwer in die Künstlerin verliebt ist, und Lars heißt? Für alle, die es vergessen haben: Lars ist Mr-One-Night-Stand und der schärfste Gockel der Stadt. Arme Melli! Da wundert es nicht, dass zum Sex bei Melli auch noch Drogen und Alkohol kommen. Wie gut, dass Justin als Retter in der Not bereitsteht.

Bianka Minte-König / Gwyneth Minte
Band 4:
Liebe? Nur mit dir!

Alles könnte so schön sein für Alix. Aber dann taucht dieses blonde amerikanische Busenwunder auf und entführt ihren Freund zum Ausgraben von Dinosaurierskeletten nach Amerika.

Da stellt sich natürlich die Frage, ob Männer überhaupt treu sein können angesichts solcher Versuchungen? Ein Nebenjob als Treuetesterin gibt Alix da interessante Aufschlüsse. Pech nur, dass Alix gerade auf den Professor angesetzt wird, bei dem sie ihr Vordiplom machen will. Und der scheint einer Affäre gar nicht mal abgeneigt zu sein. Auch Kommilitone Neville findet Alix durchaus attraktiv, und zwar nicht nur, weil er aus seinem Schlafzimmerfenster heraus direkt auf Alix' Schreibtisch in der WG gucken kann.

Beginnt ein Seitensprung wirklich im Kopf? Und ist Treue nur ein leerer Wahn? Warum zum Teufel meldet sich Jean-Paul überhaupt nicht mehr? Funkloch oder Funkstille wegen seines schlechten Gewissens?

Bianka Minte-König / Gwyneth Minte
Band 5: Liebe? Für immer!

Paulas Märchen scheint wirklich wahr zu werden. Die Hochzeit mit Karlos ist so gut wie beschlossen, wenn er ihr nur endlich einen Heiratsantrag machen würde. Leider gehen diverse Versuche jedes Mal schief, und Paula beginnt an seinen ernsten Absichten zu zweifeln. Weil Paula keine Lust mehr hat, länger zu warten, fragt sie sich, warum es nicht auch einmal andersherum gehen kann!

Aber kann eine Frau wirklich einem Mann einen Heiratsantrag machen? Wird Karlos nicht beleidigt sein? Und was hat sie von der Schwiegermutter zu erwarten, die sie für eine Hochstaplerin und Mitgiftjägerin hält? Die wird doch ganz bestimmt nicht tatenlos zusehen, wie Paula ihren Sohn abschleppt? Tut sie auch nicht, sondern sie bringt Karlos' Ex ins Spiel.